W0376320

LA VIE
DE CHÂTEAU

DU MÊME AUTEUR
CHEZ LE MÊME ÉDITEUR

Un aussi long chemin, 1995.
De Deux roses l'une, 1997.
Reines tragiques, 1999.
Tragédies impériales, 2001.

CHEZ PLON

Dans le lit des rois, 1983.
Dans le lit des reines, 1984.
Les Loups de Lauzargues :
 1. *Jean de la nuit*, 1985.
 2. *Hortense au point du jour*, 1985.
 3. *Felicia au soleil couchant*, 1987.
Le Roman des châteaux de France :
 1. 1985.
 2. 1986.
 3. 1987.
La Florentine :
 1. *Fiora et le Magnifique*, 1988.
 2. *Fiora et le Téméraire*, 1989.
 3. *Fiora et le pape*, 1989.
 4. *Fiora et le roi de France*, 1990.
Le Boiteux de Varsovie :
 1. *L'Étoile bleue*, 1994.
 2. *La Rose d'York*, 1995.
 3. *L'Opale de Sissi*, 1996.
 4. *Le Rubis de Jeanne la Folle*, 1996.
 5. *La Perle de l'Impératrice*, 2001.
Les Émeraudes du prophète, 1999.
Secret d'État :
 1. *La Chambre de la Reine*, 1997.
 2. *Le Roi des Halles*, 1998.
 3. *Le Prisonnier masqué*, 1998.
Le Jeu de l'amour et de la mort :
 1. *Un Homme pour le roi*.
 2. *La Messe rouge*, 2000.
 3. *La Comtesse des ténèbres*, 2001.

AUX ÉDITIONS JULLIARD

 1. *La Jeune mariée*, 1990.
 2. *La Fière américaine*, 1991.
 3. *La Princesse Mandchoue*, 1991.
Les Treize vents :
 1. *Le Voyageur*, 1992.
 2. *Le Réfugié*, 1993.
 3. *L'Intrus*, 1993.
 4. *L'Exilé*, 1994.

Juliette Benzoni

LA VIE DE CHÂTEAU

Illustrations de Dominique Moulin

BARTILLAT
21, rue Servandoni, 75006 Paris

Tous droits réservés pour tous pays.
© 2001, Éditions Bartillat.

Petit avant-propos à bâtons rompus

Un château !... Qui n'a rêvé d'un château ? Exceptés, bien sûr, ceux qui en possèdent déjà un. Encore n'est-il pas exclu que, parmi ceux-ci, certains aimeraient en avoir un second ou encore préféreraient celui du voisin d'en face ? ... Donc, tout le monde, un jour ou l'autre, a souhaité pénétrer en maître et seigneur dans l'une de ces trente mille demeures de prestige qui émaillent l'étoile France comme les fleurettes d'une tapisserie médiévale. Même s'il ne s'agit que d'un manoir ou d'une simple gentilhommière ennoblis d'une tourelle, d'un fronton à la grecque, de quelques chiens-assis ou d'un gracieux escalier, l'appellation incontrôlée vient tout naturellement aux lèvres. N'importe quelle maison un peu grande, entourée d'un semblant de parc, devient le château de quelqu'un... Rien que le mot a quelque chose de fascinant : il est doux, chaud, rassurant, attirant, doucement confortable, succulent même, sa rime la plus riche n'est-elle pas gâteau ? Rien des froideurs polaires du palais, évocateur d'immensités glaciales et de courants d'air. Personne, jamais, n'a désiré la vie de palais aux seules exceptions de Louis XIV et de Napoléon. Moins que tous peut-être, nos présidents de la République fermement décidés à ne voir, dans le cependant modeste Élysée, qu'un bureau comme un autre. Foin de palais donc et vive le château évocateur de soirées paisibles au coin d'un grand feu de bois dans le calme de sereines étendues champêtres ! Il est tellement facile d'y arrimer ses rêves.

Il y a beau temps que les miens, éparpillés aux quatre horizons, sont restés suspendus entre ciel et terre au glacis bleu d'une poivrière angevine, à la noblesse d'un grand toit à la Mansard quelque part en Île-de-France, aux balustres d'une bastide provençale, aux créneaux effrités d'une commanderie périgourdine, au chaume crêté d'iris d'un manoir breton, aux colombages d'une gentilhommière normande, sans oublier certain vieux logis endormi au bord d'un étang picard. Sans jamais la possibilité d'en décrocher un seul...

Ce n'est pas faute pourtant d'y avoir songé. J'avais 7 ans lorsque mes parents m'ont emmenée visiter les châteaux de la Loire dont ma mère raffolait et nous avons piqué droit sur Chambord auquel mon père, chasseur, accordait des vertus magiques. À cette époque, le tourisme n'était pas ce qu'il est devenu et le « rêve de pierre » de François Ier m'est apparu dans la majesté silencieuse de son cadre forestier sans la moindre adjonction d'autocars ou de hordes bariolées. Dussé-je vivre plus que de raison, je n'oublierai jamais ma stupeur ni mon émerveillement. Il faut me croire si j'affirme qu'en dépit de mon jeune âge, aucun Disney World n'aurait pu susciter en moi une émotion de cette puissance et de cette qualité. Même en face de Versailles découvert peu après, je ne l'ai pas retrouvée. Après tout ce que j'avais vu, il n'était que l'apothéose logique de la splendeur royale renforçant simplement une passion de l'Histoire qui ne m'a plus quittée. Depuis, j'ai empilé les uns sur les autres des centaines de châteaux, écoutant leurs histoires, admirant leurs trésors et tout à fait incapable de m'arracher à leur magie. Je pensais alors qu'un jour ou l'autre j'arriverais bien à en posséder un, petit bien sûr. Je ne le pense plus bien qu'il arrive à ce vieux désir de montrer parfois le bout de son nez : la réalisation en devient de plus en plus difficile et j'ai atteint depuis longtemps l'âge de raison. Mais je sais que je le regretterai toujours...

Pas toute seule, d'ailleurs. Catherine Anouilh raconte que son père, retranché en Suisse, était tombé jadis amoureux d'un château Louis XIII situé dans la vallée de Chevreuse. Il allait parfois le voir et soupirait alors : « Dire que j'aurais pu être châtelain !... » J'avoue que cette illustre compagnie me réchauffe le cœur.

Mais, au fait, qu'est-ce que la vie de château ?

Soucieuse des hiérarchies et habituée aux bons auteurs, j'ai consulté les dictionnaires. Avec une logique imparable, Larousse m'a répondu : « Ensemble des habitudes et des occupations dans un château » ajoutant tout de même à ce précieux renseignement « par extension : vie luxueuse et confortable ». Le Robert s'est montré bref et définitif : « Vie oisive et opulente ». Ce qui est plus qu'à moitié faux ; je n'ai jamais rencontré que des châtelains fort occupés et je crois qu'il en a toujours été ainsi. Seul Littré a bien voulu s'expliquer plus clairement : « Mener la vie de château, c'est, dit-il, passer quelque temps à la campagne dans une maison riche et amie où l'on trouve tous les plaisirs du lieu, la pêche, la chasse, bonne table, etc. »

La définition est claire : la vie de château telle que l'entend l'expression si courante c'est tout simplement celle d'un invité qui n'a rien d'autre à faire qu'être aimable, si possible, et se laisser vivre aux frais de son hôte ; celle du châtelain étant une tout autre affaire. Et surtout c'est une vie champêtre, ce qui présente parfois des inconvénients. Voltaire, si ami des grandes adulations, l'appréciait avec une philosophie résignée : « Quand on sait se préserver du poison mortel de l'ennui, on se trouve bien plus à son aise dans son château que dans le tumulte de Paris. » Surtout quand on ne peut pas faire autrement !

Il y eut, au cours des siècles, des professionnels de ce genre d'existence : parents pauvres trop heureux de trouver le gîte et le couvert dans un cadre digne de leur naissance, ecclésiastiques sans prébendes veillant sur la santé morale des habitants et sur les livres de la bibliothèque, voyageurs peu fortunés mais bien pourvus de relations passant d'une tour à l'autre au gré des saisons ou de leur fantaisie, hommes de lettres à la recherche d'un calme d'autant plus propice à l'inspiration qu'il était exempt de soucis matériels – Balzac fut de ceux-là et parfois aussi Chateaubriand –, pique-assiette en tout genre prolongeant dans les grandes demeures la tradition de l'antique « clientèle » romaine, serviteurs enfin constituant de véritables dynasties et dont il arrivait qu'ils fussent plus attachés au domaine que son propriétaire...

De nos jours, la vie de château n'est plus ce qu'elle était. Fastueuse et soumise aux grandes traditions dans les familles de haut lignage et de grande fortune, elle a changé de visage après les bouleversements et les hécatombes de deux guerres mondiales. Les parents pauvres ont disparu en grande partie, absorbés par le travail et la Sécurité sociale : ils avaient une vie en filigrane, ils ont désormais une vie quotidienne. Il arrive même qu'ils soient devenus riches. L'Église, pour sa part, réduite à la ration congrue, est trop dépourvue de prêtres pour les disperser dans des châteaux où ils ne sont plus guère réclamés. Les hommes de lettres ont souvent leurs propres domaines. Quant aux serviteurs de qualité, ils viennent à présent du Japon, de Chine, du Sri Lanka ou de l'Inde. Restent les pique-assiette dont la race est de tout temps, mais ils risquent à présent de se voir invités à passer la tondeuse à gazon ou à repeindre les meubles du jardin...

Au fond, *La Vie de château* n'est peut-être pas le titre qui convient. Mieux vaudrait « La Vie des châteaux », mais ce serait changer de propos. Et puis que savons-nous de cette existence immobile et muette qu'engendre la mémoire des pierres ? Pas grand-chose et dans ce cas il est préférable de ne pas s'aventurer : tout comme les êtres humains, certains presque réduits à l'état de ruine ont plus de vie, de jeunesse et de présence que d'autres beaucoup plus récents qui ne renferment que le vide.

C'est sans doute pendant la Belle Époque, cette période un peu folle coincée entre deux guerres franco-allemandes, qui vit naître le XXe siècle, que la vie de château s'est révélée la plus brillante sur toute l'étendue du territoire français : jusqu'à la Révolution, l'éclat de Versailles, où s'entassait la noblesse, éteignait celui des autres demeures seigneuriales. Sous l'Empire seules avaient droit au faste les résidences de la famille impériale, celles des maréchaux et des grands dignitaires. Les autres, plus ou moins démunies d'argent, faisaient ce qu'elles pouvaient. Il fallut l'arrivée de la grande industrie, de la haute finance et de l'or américain en certains cas pour ressusciter les châteaux endormis ou en faire surgir de nouveaux. Si le goût n'était pas toujours des meilleurs, la somptuosité et le luxe sont garantis. Aussi, avec ce livre, allons-nous regarder vivre ces maisons fastueuses qu'habitèrent, fréquentèrent ou simplement contemplèrent de loin nos arrière-grands-parents, nos grands-parents, parfois encore nos pères et nos mères. Rien que pour le bonheur de retrouver, sur un air de valse, le temps de la douceur de vivre... et de voir ce qu'il en était au juste !

Un roi en ses châteaux

Si un homme a jamais incarné l'art de vivre avec une suprême élégance, avec un goût sans défauts, avec l'amour de la beauté joint au sens de la grandeur, c'est bien lui : Boniface, marquis de Castellane, plus connu sous le raccourci familier de « Boni ». Dieu sait pourtant qu'il devait être difficile de se montrer familier avec lui sans y avoir aucun titre mais la Renommée est sujette à ces faiblesses.

Quoi qu'il en soit, il a régné sur Paris et sur plusieurs domaines durant plus de dix ans. Les femmes en raffolaient, les hommes redoutaient ses « mots » cinglants ; pourtant, s'il était fier, il n'était pas arrogant et son sourire pouvait désarmer la plus dure-à-cuire des douairières. Dans l'histoire du faste comme dans celle de la générosité, il tient une grande place et parler de cette période qu'il a éblouie, subjuguée et parfois agacée, sans évoquer « Boni » serait manquer à la plus élémentaire honnêteté tout en se privant d'un étonnant personnage de roman.

Personne ne savait recevoir comme lui et personne ne parvenait à lui ressembler quelle que peine que l'on se donnât... Blond avec le teint frais d'une demoiselle et l'œil bleu glacier d'un duelliste, aimable, racé jusqu'au bout des ongles, insolent comme un page, brave jusqu'à la folie et beau comme lui seul pouvait l'être, il est, dans les dernières années du XIXe siècle et les premières du

XXe comme une émanation du fabuleux Versailles où son nom – l'un des plus hauts de France – lui eût valu de se trouver chez lui :

« C'était un homme de cour du XVIIIe siècle, dira de lui un de ses amis... Bien que minutieusement accommodé à la moderne il paraissait toujours cousu dans un justaucorps de velours ou de soie brodé d'or. Il faisait image... »

Il n'est pas qu'une image cependant et la noblesse du cœur ne lui fait pas défaut. Pas plus que l'intelligence et le sens politique. « Quel ambassadeur il eût fait ! », soupire Philippe Berthelot tandis que Ghislain de Diesbach, écrivant de l'abbé Mugnier, le saint Vincent de Paul du faubourg Saint-Germain, déclare que ce saint homme disputait à Boni, non le sceptre de l'élégance mais « la faveur des femmes, la confiance des hommes et aussi cette estime qu'accordent les gens de lettres à ceux dont le talent ne leur porte pas ombrage... ».

Le nom, comme je l'ai dit, est superbe : mille ans d'Histoire en ligne directe et sans souffler. Les Castellane, Provençaux s'il en fut, descendent de Thibaut qui était comte d'Arles au IXe siècle, c'est-à-dire un peu plus de cent ans avant qu'Hugues ne devînt roi. Sur le nid d'aigle dominant la petite ville dont ils portent le nom, ils bâtissent une forteresse – que Louis XI jugera bon de raser – où naissent depuis la seconde moitié du XIe siècle des générations de Boniface car, chez les Castellane, on se prénomme ainsi de père en fils aîné depuis la nuit des temps. Ce sont de véritables princes battant monnaie ce qui fera soupirer au nôtre : « Que leurs descendants n'ont-ils continué à en faire autant ! » Mais des princes aux idées avancées. Est-ce que le huitième Boniface ne s'avise pas, en 1252, de promulguer sur ses terres des « lois et coutumes » qui sont une véritable déclaration des droits de l'homme et du citoyen avant la lettre ? Il ira même jusqu'à instituer une sorte de parlement interdisant de statuer sans l'autorisation d'un collège de notables. On devine de quel œil les rois ont pu considérer ce genre d'initiative, mais lorsqu'on constate que

Mirabeau et Barras ont eu tous deux une grand-mère Castellane, on ne s'étonne plus de rien... Pour le plaisir, mentionnons tout de même la marquise de Sévigné dans les illustrations d'une famille qui n'en fut pas avare. Boni, lui-même, s'il ne participa pas aux Croisades comme ses ancêtres et ne fut pas maréchal de France comme son arrière-grand-père, fut député en 1898, 1902, 1906 et lutta vaillamment contre la séparation de l'Église et de l'État puis contre la politique marocaine du Gouvernement.

S'il naît à Paris, en 1867, un an après le mariage de son père Antoine, député, avec la fille du marquis de Juigné, autre député, il va vivre toute son enfance et même un peu plus chez sa grand-mère. « C'est avec elle, dit-il, que mes frères et moi nous vécûmes à Rochecotte jusqu'à notre vingtième année. » En dehors, bien sûr, des séjours en internat au collège Stanislas puis au collège de Juilly...

Rochecotte ou les mères de l'Église.

La grand-mère en question n'est pas n'importe qui. Avant de devenir marquise de Castellane, elle s'appelait Pauline de Périgord, fille de cette étonnante duchesse de Dino, née princesse Dorothée de Courlande qui, par mariage, devint la nièce et, par amour, l'égérie de Talleyrand. Certaines mauvaises langues ont même suggéré que Pauline occupait peut-être bien, dans la parentèle du Diable boiteux, un rang plus proche encore. Toujours est-il qu'élevée dans le sérail de la rue Saint-Florentin et de Valençay, elle a toujours voué à son grand-oncle un véritable culte et s'efforça d'en pénétrer ses petits-enfants.

C'est en 1828 que la duchesse de Dino achète et achève le grand château commencé sous Louis XVI sur la commune de Saint-Patrice en Indre-et-Loire. Talleyrand, hôte perpétuel en a décrit le charme :

« Figurez-vous qu'en ce moment, j'ai sous les yeux un véritable jardin arrosé par une grande rivière et entouré de coteaux boisés où, grâce aux abris du nord, le printemps se montre trois semaines plus tôt qu'à Paris et où, maintenant, tout est verdure et fleurs. Il y a d'ailleurs une chose qui me fait préférer Rochecotte à tout autre lieu c'est que j'y suis, non seulement avec Mme de Dino mais chez elle ce qui est pour moi une douceur de plus... »

C'est tout de même dans cette thébaïde que la belle duchesse, assistée de MM. Thiers et Mignet, du baron Louis et d'Armand Carrel va fonder un journal libéral, *Le National,* qui contribuera vigoureusement à la chute du roi Charles X.

Devenu la propriété de Mme de Castellane dont le ton seigneurial demeure proche de l'Ancien Régime, les meubles y mêlent leurs styles en une sorte de continuité harmonieuse relevant plus du « comme il faut » que de la mode. De même les appartements y sont baptisés une fois pour toutes et, sur les portes on peut lire les noms des hôtes habituels.

« Des gens, amis autant que domestiques, gravitaient autour de la personne principale, raconte Boni dans ses *Mémoires.* Au "petit lever" de ma grand-mère, des femmes, sans fonction précise, venaient prendre des directions, demander des permissions. Le régisseur, M. Dubois ; sa sœur, secrétaire pour les lettres d'importance ; Mlle Lecreux, sorte de dame d'atour ; Mlle Portot qui habillait ; les religieuses lisant à haute voix les nouvelles du jour ou des prières ; le valet de chambre entrant et sortant constamment ; Mme Guérin, épouse du cuisinier surveillant debout ; la mère Taillé, première jardinière ; le maître d'hôtel ; plusieurs filles du village s'agitaient ou attendaient leur tour d'audience dans le premier, le deuxième, le troisième salon comme chez un cardinal secrétaire d'État... » Ajoutons le chef cuisinier, le célèbre Guérin, envié par toutes les cours d'Europe et qui signait ses lettres « Officier de bouche de la maison de Castellane ». On était, selon l'expression du futur marquis, en plein siècle de Louis XIV.

Ou, tout au moins, en plein Ancien Régime. Quoi qu'on en puisse dire, la Révolution et l'Empire sont passés, sur les maisons de haute noblesse, sans rien changer d'un décorum et d'un certain ton dont elles possédaient le secret et il est amusant de rapprocher le cadre d'enfance des jeunes Castellane de celui de Talleyrand lui-même lorsque, pour les vacances, il se rendait chez sa grand-mère, la princesse de Chalais, dans le château du même nom.

« Plusieurs gentilshommes d'ancienne extraction y formaient à ma grand-mère une espèce de cour mais où les habitudes de déférence se mêlaient aux sentiments les plus élevés... Ils se plaisaient à l'accompagner tous les dimanches à la messe paroissiale, remplissant auprès d'elle des fonctions que la haute politesse ennoblissait. Auprès du prie-dieu de ma grand-mère, il y avait une petite chaise qui m'était réservée.

» Au retour de la messe, on se rendait dans une vaste pièce du château que l'on appelait apothicairerie. Dans la pièce qui précédait étaient réunis tous les malades qui venaient demander des secours... Ma grand-mère était dans un fauteuil de velours ; elle avait devant elle une table noire de vieux laque... »

À Rochecotte, le cérémonial est tout juste un peu moins solennel. Il semblerait que les façons familiales implantées par Louis-Philippe et la reine Marie-Amélie aux Tuileries – cette famille d'Orléans si décriée cependant ! – se fussent dispersées dans les châteaux français. Mais écoutons à nouveau Boni :

« Devant une table ronde au milieu du salon, ma grand-mère, sa petite figure terreuse et figée enfouie dans des capuchons blancs, son manchon d'astrakan sur les genoux, une chancelière fourrée sous ses pieds, même en plein été, un écran vert devant les yeux, présidait, enfoncée dans une bergère à oreilles capitonnées, une réunion d'importantes douairières assises sur des fauteuils plus bas que le sien. Hors de ce cercle respectable, les hommes devisaient sur la politique en se chauffant à une vaste cheminée où pétillaient d'énormes bûches taillées spécialement pour ce foyer... Trois lampes à globe éclairaient ces dames avec assez d'intensité pour les empêcher de s'assoupir après le dîner. Celui-ci avait lieu à sept heures et se prolongeait sous prétexte qu'"on ne vieillit pas à table"... Revenues au salon ces "mères de l'Église" se remettaient à tricoter comme s'il se fût agi d'un devoir. Les longues aiguilles de bois jaune qu'elles agitaient dans leurs doigts noueux marquaient par leurs mouvements plus ou moins saccadés, le degré d'approbation ou d'impatience causé par les conversations masculines. De temps à autre, l'une de ces dames lançait avec autorité une observation sévère... »

En dehors de ces plaisirs un brin austères, on recevait beaucoup et superbement à Rochecotte. Outre certaines vieilles amies qui se trouvaient là presque en permanence comme la princesse Czartoriska, « cette bonne Marcelline », et la princesse Wittgenstein on en voyait paraître d'autres à dates fixes comme la duchesse de Galliera, la vicomtesse de Rayneval, la comtesse de La Ferronays, lady Craven, la baronne Cochin ou encore les Radziwill, « cette légion d'altesses ». Tous ces grands noms étrangers n'ont d'ailleurs rien de surprenant chez la fille d'une princesse de Courlande dont l'aïeul manqua devenir tsar. La famille, – les Talleyrand, les Sagan, les Valençay, les Juigné – venait aussi avec une grande régularité et il arrivait que Rochecotte, paisible et même un peu austère dans sa vie quotidienne, se changeât en un centre mondain fort brillant, surtout à l'époque des chasses...

Autres moments intenses, les départs en voyage de la vieille marquise :

« Ma grand-mère qui détestait se presser, ne voulait quitter le château qu'à la dernière seconde. Sa berline attelée de deux postiers était menée par le cocher Pierre, véritable sacristain, avec la tête penchée et l'œil mi-clos. Mille coussins, petits sacs, chancelières, châles et autres objets indispensables encombraient la voiture longtemps à l'avance. À mesure que s'avançait le monstre (le train dont on apercevait la fumée depuis les terrasses) Pierre inspectait l'horizon avec inquiétude. Mlle Norguet, femme de charge, courait à travers les salons pour supplier sa maîtresse de se hâter. Puis arrivait le maître d'hôtel une première fois, une deuxième fois encore. Cela exaspérait ma grand-mère qui continuait à se couvrir d'eau de Cologne en récitant son chapelet. Je l'ai entendue, outrée par tant d'agitation, s'écrier: "Vous m'ennuyez. Je veux manquer le train..." Chose curieuse, la vieille dame arrivait toujours à temps. D'ailleurs, le chef de gare, le vénérable M. Gilet, aurait fait attendre les voyageurs et risqué une réclamation plutôt que de contrarier Madame la Marquise... »

Inutile de dire qu'il ne faut voir là aucune marque d'obséquiosité mais bien plutôt la courtoisie teintée d'amitié d'un vieux monsieur à une vieille dame qui était aimée de tous.

Chez les grands-parents Juigné, dans la Sarthe, l'existence était moins princière. La marquise donnait beaucoup de temps à la charité et ne sortait que pour aller porter des secours à qui en avait besoin dans les villages voisins. Très instruite de surcroît, elle s'occupait elle-même de l'éducation de ses filles et leur donnait des leçons de piano qui n'obtenaient guère de résultats. L'une d'elles ne réussit jamais à déchiffrer convenablement *Le Gai Laboureur,* morceau de base de toute éducation pianistique à l'époque... et même plus tard.

Le marquis, lui, député royaliste après la Guerre de 70, avait, toute sa vie, fait preuve d'une aversion constante pour tous les autres régimes. Détestant les Orléans, il ne supporta pas Louis-Philippe plus que Napoléon III et exécrait la République. « La France, disait-il, n'a connu que deux régimes: celui de la Tradition et celui de la Révolution. » Le jeune Boni, alors âgé de 5 ans, reçut de lui un coup de pied au derrière pour avoir chantonné *La Marseillaise...*

Le pavé dans la mare.

C'est exactement l'effet que produit, dans la famille et la haute société, l'annonce du mariage de Boni avec une Américaine, protestante de surcroît : miss Anna Gould, fille d'un certain Jay Gould qui, parti de sa ferme natale de Roxbury à 12 ans et sans un sou en poche, est devenu le plus grand constructeur de chemins de fer aux États-Unis et multimillionnaire par la même occasion.

La rencontre a eu lieu, un an plus tôt, chez Fanny Read à Paris. Boni, service militaire achevé, a déjà commencé de régner en maître sur la vie mondaine de la capitale par son charme, son esprit, son goût et son panache qui font oublier ses impertinences. Il plaît à presque toutes les femmes et la jeune Américaine n'échappe pas au sortilège. Pendant les semaines qui suivent, les deux jeunes gens se rencontrent beaucoup dans les fêtes, les bals et les réceptions. Le comte – il ne sera marquis qu'après la mort de son père – et la jeune fille se virent souvent. Bientôt, à la stupeur générale, Boni se voit qualifié de « danseur attitré » de l'Américaine ce dont s'indignent beaucoup de ses contemporains. Si encore elle était belle ! Anna est petite, brune, plutôt ronde, trop brune car son teint est en accord avec ses cheveux noirs. Elle possède cependant de très beaux yeux sombres. Si elle savait s'habiller et, surtout, si elle savait sourire, elle pourrait avoir du charme. Malheureusement, elle est autoritaire, méfiante peu gracieuse. Tombée amoureuse de Boni, elle s'ingénie à lui dire des choses désagréables et le fait avec une rare maladresse. Ainsi, un soir :

« Je ne vous épouserai jamais ; sachez-le bien ! J'ai horreur des étrangers et puis je veux vivre en Amérique. »

Si elle s'attend à des protestations, elle tombe mal. Avec un sourire malicieux, il riposte désinvolte :

« Je ne crois pas vous avoir demandée en mariage... »

Vexée, elle insiste :

« Et puis les Français sont dangereux, menteurs, mauvais maris... »

Ce à quoi l'intéressé répond avec douceur :

« C'est bien vrai ! Aussi faudra-t-il vraiment vous garder de m'épouser... »

L'escarmouche en reste là mais le temps travaille pour le comte. Plus Anna le voit et plus elle s'enferre et, quand elle regagne New York, elle ne peut, quelque temps après, s'empêcher de l'inviter. Arrivé en Amérique, Boni révolutionne la bonne société de New Port et trouve vingt héritières qui ne demandent qu'à l'épouser ce dont Anna pense mourir de fureur. Aussi finit-elle par laisser entendre au jeune homme qu'une demande de sa part aurait une chance d'être acceptée. Sans pouvoir s'empêcher cependant d'ajouter une note acariâtre à sa reddition :

« Je ne veux pas devenir catholique comme vous. Je veux pouvoir divorcer si je ne suis pas heureuse.

– Si vous ne l'êtes pas, Anna, ce ne sera pas de ma faute et vous n'aurez à vous en prendre qu'à vous-même. »

Le mariage a lieu, le 4 avril 1895, sous une marée de fleurs et dans le grand salon des Gould. Cet événement réduit au désespoir les jeunes filles du faubourg Saint-Germain et tous les prétendants américains à la fortune d'Anna. Une fortune qui entre tout de même pour beaucoup dans la mésalliance que Boni impose aux siens et qu'il n'eût peut-être pas tentée si sa grand-mère de Castellane et son grand-père de Juigné eussent été encore de ce monde. Cependant il a toujours affirmé qu'il aimait sa femme et comme il n'était pas homme à se commettre dans les fumeux méandres du mensonge, on peut le croire. Il a d'ailleurs tout fait pour la rendre heureuse et, grâce à lui, l'Américaine mal fagotée est devenue une femme très élégante. Malheureusement, elle et son époux n'ont jamais eu la même conception de l'existence. Boni adore le faste, le luxe et les beaux objets. Il a le flair d'un vieil antiquaire, un œil d'artiste et l'âme d'un collectionneur. Tout de suite il se met à transformer la dot royale de sa femme en une foule d'objets de grande valeur... dont on retrouvera quelques-uns, plus tard, dans les musées américains.

Anna, elle, a des goûts solides, bourgeois et, incapable de concevoir la valeur des achats de son époux, elle ne les regarde que pour s'effrayer du prix. En outre, elle déteste cette haute société dont son époux fait sa compagnie habituelle. Un soir de mauvaise humeur elle lui déclare :

« Cette princesse à qui vous voulez que je fasse la révérence ne vaut pas une Américaine... »

Les domaines de la famille, Rochecotte ou autres, ne lui plaisent pas. Elle ne s'y sent pas à l'aise. Aussi Boni, en 1899, saisit-il au vol la possibilité d'acheter, pour elle, un château qui sera bien à elle et où elle se sentira « at home ».

Le château du Marais.

Bâtie en 1770, par un fermier général, cette belle demeure, peu éloignée de Paris, joint une parfaite élégance à un équilibre absolu. Anna s'y plaira beaucoup et d'ailleurs la gardera mais elle aimera moins les nombreuses fêtes et réceptions que son époux ne pourra s'empêcher d'y donner. Pour lui, un château est fait pour être habité par beaucoup de monde sinon on y meurt d'ennui.

La première fête sera pour les paysans d'alentour. Le parc est illuminé, une tente est dressée sur une pelouse pour le bal que le châtelain ouvre avec « l'ancienne » du pays. Il y a de grands buffets fleuris et abondamment garnis et, pour les enfants, un manège de chevaux de bois et toutes sortes de jeux. C'est au cours de cette fête d'ailleurs que Boni verra arriver, sans y être invité, un sien cousin avec lequel il est « en termes à peine polis », Hélie de Périgord, qui deviendra par la suite prince de

Le Château du Marais.

Sagan puis duc de Talleyrand. Personnage peu sympathique, il sera l'un des deux mauvais génies du ménage en poussant Anna, dont il vient faire la connaissance, au divorce. Un divorce dont il recueillera les fruits puisqu'au lieu de retourner vivre dans son cher pays tant regretté, l'Américaine l'épousera. Ajoutons qu'à peine plus fortuné que Boni, il ne verra aucun inconvénient à recueillir l'énorme fortune d'Anna bien qu'il ne se soit jamais privé d'accuser son cousin de vénalité.

L'autre mauvais génie sera une certaine Mrs. Black compagne d'enfance d'Anna qu'il faudra bien accepter au Marais mais dont le comte dira qu'elle « avait l'âme aussi noire que son nom ». Et il ajoute :

« Mrs. Black, malheureuse en ménage, n'admettait pas que son amie ne le fût également. Hantée de se faire faire la cour par moi et n'y réussissant pas, elle tâchait de me compromettre, récoltait tous les ragots qu'elle entendait à mon sujet, les grossissait et les arrangeait suivant les circonstances pour les confier à ma femme qui les absorbait avec volupté. Certaines personnes jalouses trouvent une sorte de jouissance à entendre dire du mal de ceux qu'elles aiment... »

Néanmoins, avec ou sans Mrs. Black, Boni accueille au Marais une bonne partie du Gotha et même des altesses royales.

« De nombreuses réceptions égayaient nos séjours à la campagne. Celle que nous arrangeâmes en l'honneur du grand-duc et de la grande-duchesse Wladimir de Russie fut très réussie. Dambé fit les frais de l'orchestre ; il était pour ainsi dire attaché à ma maison... Une autre jolie fête fut celle où je réunis le duc de Lorges et le comte Louis d'Harcourt pour rencontrer S.A.R. le duc de Montpensier. Après la chasse, on illumina le parc et, au bout du grand canal, on tira un feu d'artifice où les fleurs de lys apparaissaient en feu tandis que les canaux et les avenues étaient éclairés tous les dix mètres par des girandoles... »

Au Marais, le comte de Castellane souhaitait aussi installer une ménagerie un peu dans le genre de ce que nous pouvons admirer de nos jours à Toiry. Il voulait « de beaux animaux exotiques. Je les voyais déjà, dans mon imagination, présentés devant les parterres fleuris au coucher du soleil par des nègres coiffés de turbans rouges empanachés. Malheureusement, le temps me manqua pour réaliser ce caprice de décorateur. Au lieu d'autruches et de léopards, je me contentais d'exhiber des attelages somptueux, des calèches ou des berlines attelées en poste à quatre chevaux avec des valets de pied sur le siège arrière... »

Ressusciter Grignan ?

Le temps, hélas, lui manqua aussi pour rendre vie au château de Grignan dont il avait lu dans un journal qu'il était à vendre.

« Cette demeure, propriété de mes ancêtres depuis François Ier jusqu'à Louis XIV inclus, s'élève sur une montagne fortifiée qui abrite dans ses flancs une basilique où reposent plusieurs membres de la famille de Castellane. Ces souvenirs m'incitèrent à l'acheter : j'ai le culte des morts de mon nom. Quand les revers m'obligèrent à me défaire de mes biens, je conservai néanmoins les cimetières qui y sont attachés. Ces terres des morts sont les seules que je possède aujourd'hui... »

Parmi les tombeaux se trouvaient, bien entendu, ceux de Mme de Sévigné et de sa fille, Mme de Grignan, et Boni, fastueux comme toujours, souhaitait d'abord restaurer le château qui en avait grand besoin, y créer un musée du midi de la France et en faire un lieu de réunion pour des hommes de lettres européens et des « intelligences méridionales : les Favre, les Mistral, les Moréas et autres... ». Hélas, non seulement rien de tout cela ne vit le jour mais il fallut bien en venir à revendre l'émouvant Grignan qui n'intéressait aucunement l'ancienne miss Gould. Entre-temps, Boni avait commis les plus flamboyantes de ces folies princières qui eussent fait de lui en d'autres temps un fantastique metteur en scène.

Tout a été dit sur le Palais Rose qu'il fit construire à l'angle de l'avenue Foch – on disait alors avenue du Bois – et de l'avenue Malakoff et dont on peut déplorer qu'il soit à présent remplacé par un de ces immeubles, luxueux sans doute, mais affreusement anonymes et sans âme qui font la joie des hommes d'affaires américains, des rois du pétrole ou des vedettes de cinéma. Boni qui, pour le construire sur le modèle du Trianon, avait fait venir des marbres roses d'Italie et ressuscité à l'intérieur l'escalier des Ambassadeurs de Versailles, y donna des fêtes somptueuses. Singulièrement celle en l'honneur du roi de Portugal demeurée inoubliable.

Or, Anna déteste le Palais Rose, symbole à ses yeux d'une société qu'elle a en horreur. Un peu plus d'un mois après la réception portugaise, le 26 janvier 1906, Boni en rentrant de la Chambre des Députés trouve porte close et sa famille envolée. Anna a emmené ses trois fils – et Dieu sait que le père les aime ! – vivre à l'hôtel Bristol jusqu'à ce que l'époux désormais indésirable eût vidé les lieux.

Ce qui suit est affreux : c'est l'histoire sordide d'un divorce où l'une des parties, croyant avoir à se venger, emploie les pires moyens. Veut-on un exemple ? Un matin, le concierge de l'hôtel de Castellane où Boni s'est retiré, chez sa mère, voit un fiacre s'arrêter devant la porte. Avant qu'il ait pu s'informer, une portière s'ouvre et une main invisible jette sur le trottoir un paquet de vêtements mal emballé tandis qu'une voix hargneuse lance :

« Les affaires de Monsieur le Comte ! Il y a là tout ce qui, chez la comtesse, lui appartenait... »

On se demande comment, après cela, Anna osa encore regarder ses fils dans les yeux ! C'était à eux, d'ailleurs, que Boni pensait le plus durant cette terrible période. Le divorce lui faisait horreur. Son éducation, ses convictions profondes s'insurgeaient contre un acte qui, à cette époque, constituait une sorte de flétrissure. Il en craignait les conséquences pour ses enfants. Il les aimait chèrement et la séparation lui était cruelle. À cause d'eux, mettant de côté son orgueil, il écrit à Anna une lettre pleine de tendresse et d'appel à la raison. Une lettre qui peut-être l'eût touchée s'il n'y avait son entourage et, surtout, Hélie qui est là, qui ne la quitte plus guère parce qu'il sait bien qu'il y a une place à prendre et que, cette place, il ne veut pas qu'elle lui échappe : ses finances délabrées s'en trouveront au mieux.

Alors, malgré Boni, le divorce est prononcé le 5 novembre 1906. Le comte est désormais un homme seul mais s'il en souffre, personne, hormis sa mère n'en saura rien. Il a acheté un appartement place du Palais-Bourbon – il a été réélu député – et il reprend ce que fut son existence de célibataire, en plus calme. Toujours aussi élégant, toujours séduisant il fréquente l'Opéra à ces lundis qu'il a mis à la mode et retrouve sa place dans les plus grandes maisons. En particulier chez le duc et la duchesse de Rohan dont l'amitié ne lui fera jamais défaut.

Avec beaucoup de dignité, Boni a accepté son sort et, pour désintéresser les créanciers que son ex-femme ne cesse de lui envoyer – sans pour autant se séparer de toutes les merveilles qu'il a achetées – il s'est mis au travail. Un peu de journalisme d'abord mais surtout il se fait antiquaire. Son goût inimitable, sa connaissance profonde des œuvres d'art et son sens de la beauté en font un expert au jugement sans défauts. Cela lui permettra de retrouver un train de vie qui, s'il est sans commune mesure avec celui qu'il a perdu, demeure tout de même fort enviable. Ainsi après la mort de son père et la vente de Rochecotte, il pourra acheter, au 71, rue de Lille, un hôtel particulier où il recevra de nombreuses personnalités et les amis qu'il a su garder. Mais revenons un peu en arrière !

Le 2 janvier 1908, une messe est dite à Sainte-Clotilde pour le repos de l'âme du comte Charles de Talleyrand. Il y a là toute l'aristocratie. Il y a aussi Hélie...

La fin de l'année a été difficile pour le comte de Castellane à cause des créanciers dont il sait bien qui les mène à la curée. Aussi, en voyant, à la sortie, son cousin parader en tête de la famille, Boni pour la première et la dernière fois de sa vie perd son sang-froid : la canne haute il se rue sur l'ennemi et lui administre une solide correction devant une assistance tellement médusée qu'elle ne réagit même pas :

« Voilà pour les étrennes de mes enfants ! » s'écrie-t-il, tandis qu'Hélie cherche son lorgnon sur les marches de l'église. Il a bien tenté de se défendre mais son adversaire est entraîné à plusieurs sports et la colère a décuplé ses forces. Rompu, la victime intentera un procès auquel le Tout-Paris se précipitera et que Boni perdra avec le sourire. Tous les rieurs seront de son côté : est-ce que l'avocat d'Hélie n'a pas eu la malencontreuse idée de produire, aux débats, une photographie représentant son client au fond de son lit et couvert de pansements ? De cet éclat de rire ni lui ni Anna, qu'il épousera au mois de juillet suivant, ne se relèveront vraiment.

Le roi Boni a perdu ses châteaux. Il aura ceux des autres. En outre, il a conservé une couronne d'élégance et d'art de vivre qui ne le quittera jamais. Après la guerre de 1914-1918 où il combattra comme on doit le faire lorsqu'on est un Castellane, il sera atteint d'une grave et pénible maladie : l'encéphalite léthargique. Lorsque la mort approchera, en octobre 1932, il la recevra comme il recevait les rois : en grande tenue ! À demi paralysé mais l'esprit lucide, il a fait chercher un prêtre pour les derniers sacrements. Celui-ci sera reçu dans le vestibule de l'hôtel par des laquais portant des flambeaux. Quant à Boni lui-même c'est en habit et la poitrine couverte des décorations gagnées pendant la guerre, qu'il attend Dieu...

Quelque temps après son divorce, quelqu'un, pensant assez niaisement lui être agréable, lui a dit au cours d'un dîner et à propos du Palais Rose :

« C'était bien beau de votre temps ! Comment est-ce maintenant ?

– Je ne sais pas. Je n'ai plus l'honneur d'y être invité... »

De quelques grandes maisons

Par sa brièveté, sa fulgurance, son éclat voire ses excès la féerie déchaînée par Boni de Castellane demeure un cas particulier. Pendant dix ans elle s'est épanouie dans le ciel de France comme ces feux d'artifice qu'il aimait tant, laissant seulement dans la mémoire des hommes le souvenir d'instants privilégiés. Ce qui ne veut pas dire que le faste fut son apanage personnel. Dans ses hôtels parisiens comme dans ses châteaux, la haute aristocratie, associée à la grande industrie et à la finance, pouvait, elle aussi, déployer des splendeurs souvent dignes d'une cour royale et, surtout beaucoup plus impressionnantes que celles d'une République affligée alors de demeures peu élégantes et d'occupants qui, à de rares exceptions près, se souciaient fort peu de l'éclat de leurs réceptions ou même de la fraîcheur de leurs petits fours ! La grande magistrature, les agents de change et la haute bourgeoisie pouvaient se montrer aussi somptueux. Paris, emporté par le plaisir de vivre sa Belle Époque, connut de superbes réceptions, des fêtes brillantes, des bals ravissants ordonnés par des maîtresses de maison averties, secondées par un personnel de grand style et d'entière compétence. Sans oublier le talent d'artistes réputés.

Dans les châteaux, la vie, un peu différente, demeurait seigneuriale mais plus familiale et plus hospitalière aussi. On séjournait plus ou moins longtemps, ce qui n'était pas le cas dans les demeures parisiennes souvent tout juste suffisantes pour la famille et les domestiques toujours nombreux. Les plus grandes fêtes s'y ordonnaient autour des événements de l'existence : baptême, fiançailles, mariage, première communion, commémoration, passage d'un hôte illustre ou, bien entendu, les chasses corollaires obligatoires de toute vie champêtre. Sans oublier, les célébrations laïques ou religieuses locales, châtelains et paysans se trouvant souvent liés par de longues années, parfois des siècles de voisinage.

Une journée à La Jumellière.

Installé en Maine-et-Loire, pas très loin de Cholet, La Jumellière n'est pas un château ancien. Bâti en 1860 par l'architecte Parent, il s'est vu renforcé d'une aile, vingt-sept ans plus tard, par les soins conjugués de l'architecte Samson et du marquis de Maillé. Pendant qu'il y était, celui-ci a transformé le parc en agrandissant les pelouses et en faisant tomber quelques arbres afin d'installer de grands massifs de fleurs.

Pour ordonner tous ces travaux, il fallait être solidement accroché à la terre. C'était le cas d'Urbain-Armand, marquis de Maillé qui, partant justement de cette terre, fit une carrière politique remarquable. Député du Maine-et-Loire après la Guerre de 70, il prit une part des plus actives à la tentative royaliste de restauration en faveur du comte de Chambord. Fort apprécié néanmoins des milieux diplomatiques, il refusa plusieurs ambassades, fut député de Cholet puis sénateur du Maine-et-Loire jusqu'à sa mort, en 1903. Son fils aîné, Louis-Armand, titré duc de Plaisance par décret de Napoléon III, laissa éteindre cette branche cadette d'une immense famille – le chef de nom et d'armes porte le titre de duc de Maillé – qui, depuis les Croisades s'est étalée largement sur l'ouest de la France.

Le plus ancien du nom est un certain Gauzbert qui, au début du XIe siècle, chicanait avec les moines de

Marmoutier. De tout temps, les Maillé ont été connus pour leur caractère difficile et leur grande bravoure. L'un des plus illustres de la famille est Jacquelin de Maillé maréchal du Temple qui trouva, le 3 juillet 1187, une mort glorieuse à la bataille de Tibériade non sans s'être auparavant brouillé à mort avec son Grand Maître. La vaillance de ce Templier irascible éclata si superbement aux yeux des Sarrasins qu'ils crurent voir saint Georges en personne et, après qu'ils l'eurent enfin abattu sur les nombreux cadavres de leurs frères, ils lui rendirent un étrange hommage : certains ramassèrent le sable trempé de son sang et s'en couvrirent afin de s'approprier une partie de ses vertus héroïques. D'autres allèrent même plus loin en recueillant pieusement ses attributs virils...

Mais revenons à notre marquis et à la vie patriarcale qu'il aimait à mener au milieu de sa nombreuse famille !

Chaque matin, à 9 heures, rasé de près car il ne veut point « paraître devant ses troupes » avec une tenue négligée, il s'assoit à son bureau pour recevoir tous les gens du village et des environs qui souhaitent lui parler.

« Mon grand-père, écrit le duc de La Force, installait son interlocuteur dans un confortable fauteuil, l'écoutait avec sa bonne grâce accoutumée et le renvoyait non moins satisfait de l'accueil que du conseil, du service ou du secours qu'il venait d'obtenir. »

Entre deux visiteurs, le marquis travaille à son énorme correspondance. À 11 heures si l'on doit chasser, ou à midi dans le cas contraire, il pénètre dans le petit salon où « les Maillé, les Le Brun – d'où le titre de duc de Plaisance – et les Wagram fraternisaient sur les murs dans leurs cadres dorés ». Il y a là tous les siens réunis autour de son épouse soit une dizaine de personnes, fils, filles, gendres et brus appartenant aux plus grandes familles de France, plus une bonne douzaine de petits-enfants – ceux tout au moins qui sont assez grands pour paraître à table, c'est-à-dire âgés de 7 ans et plus – certains accompagnés de leur institutrice et, finalement, l'abbé Auclert qui s'occupe de tout ce petit monde.

À l'annonce solennelle du maître d'hôtel, Henri Dagonneau, chacun des messieurs va offrir son bras à la dame « qui lui est échue selon son rang ou son âge » et, en cortège, on se dirige vers la salle à manger, grande pièce carrée « exposée au nord » où les serviteurs, en habit ou en livrée bleue se tiennent au garde-à-vous. Ils sont plus nombreux, ce jour-là que d'habitude. Toute la famille ne réside pas à La Jumellière en permanence et chaque couple amène deux ou trois de ses propres domestiques.

Le service qui se fait à la française avec des réchauds d'argent sur la table et des pyramides de fruits en décor, est très luxueux. L'argenterie date de Louis XV – de quoi faire rêver un antiquaire ! – et les assiettes de porcelaine ancienne sont de grande valeur. La vaisselle plate ne quitte pas Paris où les Maillé possèdent, boulevard Malesherbes, un hôtel particulier. Des carafes de cristal jalonnent l'immense table, posées sur des godets d'argent.

Les jours de chasse, le déjeuner est rapidement expédié. Les autres jours on s'attarde davantage. Dans le premier cas, les chasseurs reviennent vers 4 heures et demie afin que le maître de céans puisse travailler dans son cabinet jusqu'à 7 heures. Dans le second, les promenades, le billard, le croquet quand il fait beau occupent le temps jusqu'à 5 heures où arrivent les journaux parus à Paris le matin même. Ceux qui n'ont pas d'affinités particulières pour les causeries, la musique ou les jeux de société s'y plongent afin d'appliquer au mieux le précepte édicté par Robert de Montesquiou lorsqu'on est invité à la campagne : « De cinq à sept, étude des journaux ; récitation de huit à onze. »

Le dîner est toujours en grand apparat : les hommes en habit et cravate noire, les femmes en décolleté, bijoux et tout ce qui s'ensuit prennent place autour de la table scintillante, fleurie et illuminée par des candélabres d'argent et de grandes lampes placées sur les consoles de marbre et les dessertes d'acajou. Les plats sont plus nombreux encore qu'à midi et la cuisine plus raffinée s'il se peut. Les conversations vont bon train et se poursuivent au salon où il arrive qu'une dame se mette au piano soit pour interpréter avec plus ou moins de bonheur l'œuvre d'un grand compositeur, soit pour en accompagner une autre versée dans le bel canto. Sauf lorsque des invités extérieurs à la famille sont au château – ce qui est rare chez les Maillé car on cousine avec tout l'Armorial. La soirée se termine vers 11 heures où chacun regagne ses appartements pour recommencer le lendemain avec l'intime satisfaction d'avoir bien rempli sa journée.

Non sans humour, le duc de La Force a laissé quelques esquisses rapides de certains hôtes occasionnels du château. Ainsi du marquis de Bongars « vieux boulevardier plein d'histoires... Il semblait un citadin égaré à la campagne » et l'on pouvait le voir « errer dans le parc la pipe à la bouche et les lunettes d'or sur le nez, coiffé d'un chapeau melon et habillé de noir. Veuf, il avait marié sa fille au baron de l'Espée, un original qu'il n'appelait jamais que son "imbécile de gendre". Ancien officier d'Afrique, il avait eu des duels en Algérie... ».

Originale aussi la duchesse de Maillé, belle-sœur du grand-père :

« Elle restait trois semaines d'été durant lesquelles pour lui être agréable, on dînait portes et fenêtres ouvertes, les candélabres d'argent pleurant toutes les larmes de leurs bougies. De taille moyenne, envahie par l'embonpoint, le teint bistre et les yeux noirs fort vifs elle se tenait très droite et les cheveux blancs relevés et crêpés qui la rehaussaient ressemblaient à la perruque à triple étage d'un président à marteau... À La Jumellière, elle mangeait comme quatre ; au goûter plantureux qu'on servait en son honneur, devant la galette ou le gâteau de plomb, elle disait volontiers à telle jeune femme qui n'avait pas son robuste appétit : "Ma petite, il faut se soutenir !"... »

Il arrivait aussi que l'abbé Papin, curé du village, vînt dîner. Il avait « un ventre imposant, une figure de gros bébé où brillaient deux yeux fort intelligents. Son triple menton, son zézaiement ne l'empêchaient pas de prononcer, quand il le voulait, des sermons ou des allocutions remarquables. Il écrivait avec élégance et facilité... »

Le dimanche, bien entendu, toute la famille s'en allait entendre la messe dans l'église du village et s'installait dans la tribune qui dominait, à hauteur de chapiteaux, la porte d'entrée de l'église, les autres invités se plaçant comme ils le pouvaient...

On respectait strictement les devoirs religieux dans ce vieux pays vendéen où jadis, pendant la Grande Révolution, les paysans s'étaient armés pour aller chercher leurs seigneurs afin qu'ils les conduisent au combat pour venger leurs prêtres opprimés et leurs rois martyrs. Les châtelains donnaient encore l'exemple. Ainsi durant les trois jours de l'Adoration Perpétuelle, en septembre, les hommes prenaient les relais de nuit avec ceux du village, les dames partageant la journée avec les autres femmes.

Pas toujours commodes d'ailleurs, les paysannes ! Un jour de Fête-Dieu, l'une d'elles qui avait maille à partir avec l'une de ses voisines, lui déclara alors que le saint sacrement s'avançait vers elle : « Quand mon bon Jésus sera passé, je t'en flanquerai une tripotée !... »

Cependant, cette vie si brillante n'est pas aussi confortable qu'on pourrait l'imaginer. Il n'y a qu'une salle de bains au château. La toilette se fait devant l'une de ces tables à dessus de marbre dont nos contemporains les plus âgés ont gardé le souvenir. Elles supportaient des services composés d'une grande cuvette, d'un pot à eau et de porte-savon fort recherchés de nos jours par les antiquaires pour la qualité de leurs faïences anciennes. Valets et femmes de chambre se chargeaient d'apporter l'eau chaude du matin. Vers le début du siècle, chaque chambre eut son cabinet de toilette. À La Jumellière, tout au moins, qui passait pour l'un des châteaux les mieux équipés de France car on n'y comptait pas moins de seize W.-C. dont quelques-uns installés dans lesdits cabinets de toilette ce qui représentait, sur l'Angleterre par exemple, une longueur d'avance.

À ce propos, je ne résiste pas au plaisir d'écouter une fois encore le duc de La Force rapporter une petite scène qui eut pour théâtre une des résidences anglaises de la comtesse de Paris qui était alors l'infante Maria-Isabel :

« Dans cette résidence royale les lieux à l'anglaise consistaient en un seul réduit. Le marquis de Ganay, qui était l'hôte de la princesse, avait saisi une occasion favorable pour s'y rendre. Il n'y était pas depuis trois minutes qu'une main impérieuse secoua violemment le bouton de porte. Confiant dans l'excellence de la fermeture, il se riait de ces vains efforts quand le verrou céda... La "reine de France" eut alors ce spectacle imprévu : le marquis de Ganay assis sur le trône et faisant un pied de nez... »

Pour en revenir à l'unique salle de bains – avec douche ! – elle n'était pas d'un abord facile : pour s'en servir il fallait avertir le gardien du château assez longtemps à l'avance.

Le chauffage, lui, est assuré très convenablement par deux calorifères renforcés par un troisième à vapeur et d'excellentes cheminées à bouches de chaleur. On n'y souffrait jamais du froid ce qui n'était pas le cas dans tous les châteaux surtout ceux qui conservaient tours et courtines féodales. Ainsi, par exemple de Sully-sur-Loire. Ma vieille amie, hélas disparue, la marquise de Bausset-Roquefort, née Béthune-Sully, m'a souvent raconté que, dans sa jeunesse et en hiver il lui était arrivé de casser la glace pour faire sa toilette... Il est vrai qu'à cette époque les enfants recevaient une éducation plutôt spartiate qui ferait hurler d'horreur nos bons chéris actuels. À La Jumellière, notre duc de La Force en son âge tendre était logé, avec ses frères, dans une mansarde orientée au nord qu'il n'a abandonnée que pour les joies du collège.

Pas d'électricité ! On tenait en grande méfiance cette nouveauté. Même à Paris où les Maillé s'éclairaient soit avec des lampes à pétrole, soit avec des lampes à huile comme au temps des Romains. À la campagne, toutefois, on consentait à éclairer couloirs et escaliers à l'acétylène.

Encore était-ce pour « rendre service au village qui n'aurait pu y recourir si le château ni avait recouru ».

Départ pour Sainte-Eusoge.

C'est la règle dans toute la haute société : passée la semaine du Grand Prix, le faubourg Saint-Germain, Passy, Auteuil et la plaine Monceau ferment leurs hôtels parisiens pour prendre leurs quartiers dans leurs divers châteaux. On y passe l'été – coupé parfois de séjours à Dieppe, à Trouville ou dans les villes d'eaux –, l'automne qui est saison de chasse et ce début d'hiver que couronnent les fêtes de Noël et du Jour de l'An. Ensuite, retour à Paris en hâte afin d'être à pied d'œuvre pour les bals qui débutent en janvier.

Dans les premiers jours de juillet, c'est donc le grand branle-bas dans l'hôtel que le marquis d'Harcourt, ancien député du Loiret, occupe au coin de la rue Saint-Dominique et de la rue de Constantine avec sa femme, ses trois enfants et ses nombreux serviteurs. Cette maison où l'on s'est installé en 1900 est absolument neuve : elle fait partie d'un ensemble de quatre grandes demeures alignées, tout fraîchement construit par la duchesse de Castries remariée depuis peu au vicomte d'Harcourt et que, dans le quartier, on a surnommé « le mur d'Harcourt ». Le train de maison y trouve ses aises, beaucoup plus qu'au 148, rue de Grenelle qu'il fallait partager avec le prince de Montholon.

Le départ pour Sainte-Eusoge est un véritable déménagement qu'orchestre Félix, le maître d'hôtel. Outre les nombreux objets qu'on emporte – ils vont de la verrerie au grand piano à queue – il y a tous ceux qui ne suivront pas et qui vont attendre, sous housses, sacs en tarlatane et antimites, le retour des émigrants. Les bagages personnels de M. le Marquis sont le domaine de Narcisse, valet de chambre attitré, ceux de son épouse ressortent de Léonie sa revêche camériste. Quant à ceux des enfants ils sont le domaine privé d'un étrange duo comme il s'en manifeste alors dans presque toutes les grandes maisons : la nurse anglaise et la gouvernante allemande, qui, naturellement, s'exècrent et se jalousent.

À elles, cependant, le soin d'emballer, dans des caisses, livres de classe et jouets et, dans de grandes malles, les vêtements et la lingerie. Joints aux bagages des parents cela fait un nombre impressionnant de coffres en tout genre qu'un fourgon mènera à la gare où ils partiront en « petite vitesse » trois ou quatre jours avant la famille tandis qu'une entreprise de transport, à l'aide d'une voiture de déménagement tirée par quatre vigoureux percherons, se chargera des objets précieux, du piano, etc.

Deux jours avant les maîtres partait l'écurie. Chaque cocher – il y en a trois – mène l'une des voitures : landau, victoria et coupé trois-quarts. Avec eux s'embarquent un palefrenier, deux marmitons, les valets de pied... et le lampiste chargé d'éclairer le château comme il éclairait l'hôtel. Après une halte d'une nuit dans une auberge située entre Fontainebleau et Nemours, le cortège pense arriver à temps pour récupérer, en gare, la « famille » maître et serviteurs unis dans les vicissitudes du même train mais pas du même wagon. M. Félix, le maître d'hôtel, a retenu deux compartiments de première et un de deuxième pour lui-même, le chef cuisinier, le valet du marquis et deux ou trois autres personnages de moindre importance. Seule Léonie, femme de chambre de la marquise qui refuse de s'en séparer, a droit aux premières ce qui offusque la dignité de la nurse et de la gouvernante. Privilège tout temporaire d'ailleurs : à Montargis, où l'on change de train pour atterrir finalement à Breteau, on a tout le temps de se restaurer au buffet de la gare ce qui est un vrai supplice pour le chef cuisinier mais enchante les enfants. Quant à Léonie, elle rejoint la table de ses pairs au grand soulagement des « éducatrices ».

Encadré par une forêt de chênes et une série d'étangs, le château de Sainte-Eusoge n'a rien d'historique. Le marquis Bernard lorsqu'il représentait le département du Loiret à la

Chambre des Députés, a acquis ce qui n'était encore qu'une grosse maison bourgeoise plantée dans une région particulièrement giboyeuse et l'a flanquée d'ailes et de décrochements en briques et en pierres qui en ont fait une vaste demeure mais certainement pas une œuvre d'art. C'est très vaste, très logeable et passablement hétéroclite. Seulement, dans ce coin de La Puisaye on se retrouve en famille. À onze kilomètres il y a le château de Pont-Chevron, « une splendide résidence de style Louis XVI », que le vicomte Louis d'Harcourt vient de faire construire et pas bien loin non plus du magnifique château de Saint-Fargeau – un vrai, celui-là ! une demeure quasi royale ayant appartenu à la Grande Mademoiselle – dont les propriétaires sont alors les cousins Boisgelin qui mènent grand train et dont l'équipage de chasse, le Rallye-Puisaye, découple en forêt d'Orléans ou en Normandie, à Beaumont-le-Roger, dont les Boisgelin sont seigneurs.

Le « train » de Sainte-Eusoge n'a rien de misérable, d'ailleurs. La vie mondaine y est peut-être plus brillante encore qu'à Paris – d'où le grand déménagement ! – car on y reçoit, pour des séjours cette fois, ceux que l'on appelle « les Grands ». Entendez la famille d'Orléans : la reine Amélie de Portugal, le duc d'Aumale, le duc de Chartres, la duchesse d'Aoste, etc. Le marquis d'Harcourt est, en effet, très proche du comte de Paris qu'il accompagne dans ses déplacements. Mais en dehors de ces hauts personnages, la maison ne désemplit pas de parents, d'amis, voire de simples relations qu'il faut loger, nourrir, distraire, d'où la nécessité d'un personnel encore plus nombreux : d'où l'importation de celui de Paris pour compléter les serviteurs qui restent à demeure dans le domaine sur lequel veille un régisseur. Encore n'est-ce pas toujours suffisant : il faut recruter au village des blanchisseuses, des lingères, des laveuses de vaisselle.

En un sens la vie à la campagne se révèle beaucoup plus fatigante que la vie parisienne surtout pour les domestiques, toujours enchantés quand on prend le chemin du retour, mais aussi pour les maîtres tenus de s'occuper constamment de leurs invités sans négliger pour autant le train-train quotidien : les soins de la politique et les divers travaux exigés par l'entretien d'un grand domaine, plus l'organisation des chasses. Voilà pour le marquis ! Pour sa femme, outre un va-et-vient incessant de visites à recevoir ou à rendre, toutes les obligations charitables qui incombent à une châtelaine. Dès son arrivée, elle a fait la tournée des pauvres, celle des « berceaux » car, à tout nouveau-né, elle offre la layette et des cadeaux en nature pour la mère, celle aussi des personnes âgées. Quant aux filles-mères, s'il s'en trouve, elle leur délivre un homélie, leur fait don d'un chapelet et d'un pliant pour la paix de l'âme et la fatigue à venir et elle essaie d'arranger les choses. Parfois en réussissant à convaincre un garçon rétif à prendre conscience de ses responsabilités. Enfin, il y a les relations avec M. le Curé qui dîne au moins une fois par semaine au château et les innombrables devoirs religieux qui réclament pas mal de temps.

Seuls, les enfants ont droit à de vraies vacances telles que les a décrites la comtesse de Ségur. S'il leur faut toujours suivre les leçons de Fraülein, celles-ci sont moins absorbantes et puis il y a toujours la ribambelle des cousins, cousines, enfants invités, flanqués eux aussi de précepteurs et de gouvernantes mais avec lesquels on peut organiser des goûters dans le parc, des promenades, des parties de pêche dans les étangs, enfin monter à cheval. Le château comporte de grandes écuries et un manège où les petits Harcourt ont appris à se tenir en selle et où ils peuvent se perfectionner sous l'œil sévère des cochers jusqu'à ce qu'ils soient capables de suivre une chasse à courre sans couvrir leurs parents de ridicule. Enfin, il y a la chasse au trésor.

Sainte-Eusoge n'ayant jamais connu l'ombre d'un donjon et ne possédant pas le moindre souterrain, cet exercice se pratique à Saint-Fargeau en compagnie des cousins Boisgelin et, de préférence, dans la chapelle : il s'agit de retrouver certain tableau peint par Louis David et disparu depuis un siècle.

On sait l'histoire de Michel Le Peletier de Saint-Fargeau, président de l'Assemblée sous la Révolution, après avoir été député de la noblesse aux états généraux, qui vota la mort du roi et fut assassiné le lendemain par un garde du corps nommé Paris. Son corps, déposé en grande pompe au Panthéon, fut ramené par la suite dans la chapelle du château ; mais David avait exécuté un portrait du conventionnel qui le représentait avec, à la main, le bulletin de vote régicide. Sa fille unique, Mme Le Peletier de Mortefontaine, offrit au peintre d'acheter le tableau pour le détruire afin d'effacer un souvenir qui blessait sa foi royaliste. Il refusa mais ses héritiers, plus tard, acceptèrent la grosse somme qu'elle offrait en lui faisant toutefois promettre de ne pas détruire une œuvre du maître. Elle s'y engagea mais fit murer le tableau dans un endroit dont elle emporta le secret dans sa tombe.

Personne, jusqu'à présent, n'a encore retrouvé la toile accusatrice...

Un des grands événements de Sainte-Eusoge a été la fête donnée pour les vingt-cinq ans de mariage des châtelains. En cette occasion, tous ceux qu'abritait le « mur d'Harcourt » sont venus de Paris sous la houlette de la duchesse de Castries, plus tous ceux de Normandie, plus de si nombreux invités qu'il a fallu en loger une partie à Saint-Fargeau ou à Pont-Chevron. Hôte d'honneur : le duc de Chartres qui était le parrain de May, la plus jeune des filles. Cet étonnant personnage passionné de chevaux et de photographie ne se déplaçait jamais sans l'important matériel nécessaire à l'époque. Il tint essentiellement à prendre, le grand jour venu, un cliché de toute la famille sur le perron du château. Passablement excentrique par ailleurs, il aimait à surprendre son entourage en avalant des araignées. Bel homme, au demeurant, il courait volontiers les femmes de chambre. Le grand bal qui eut lieu après le fabuleux dîner et où le marquis avait convié toute sa domesticité, lui donna l'occasion d'ouvrir la danse avec Léonie tandis que le maître de céans invitait une lingère. Ce qui posa un problème à Jean Chabot, le cocher : devait-il inviter la marquise ? Homme de bon sens et de grande dignité, il s'en abstint pensant qu'il y avait tout de même « des limites à ne pas dépasser ».

Un fantastique feu d'artifice pour lequel les frères Ruggieri s'étaient déplacés de Paris embrasa le parc illuminé et la campagne nocturne après quoi le champagne fut servi, non seulement à tous les invités mais encore à tous les assistants : villageois ou simples passants attirés par le spectacle.

Les châteaux d'Harcourt.

À ce point de notre exploration, une précision s'impose. Imaginer que les récents Sainte-Eusoge et Pont-Chevron sont les seules demeures champêtres des Harcourt serait une lourde erreur : la famille est d'origine normande et c'est là qu'on trouve les plus magnifiques de ses châteaux. Mais, d'abord, un peu d'Histoire pour s'y retrouver.

Son auteur étant Bernard, dit le Danois, descendu un beau matin de son drakkar en compagnie de son parent Rollon, la maison d'Harcourt est tellement normande qu'elle a commencé par être viking. Ces rudes ancêtres étant à la fois guerriers et marins, on ne s'étonnera pas d'y trouver, au fil des âges, quatre maréchaux de France et trois amiraux. Naturellement, lorsque Guillaume le Conquérant passe la Manche, il y a déjà plusieurs membres de la famille autour de lui. Certains, après la bataille d'Hastings, se laisseront séduire par le climat anglais et donneront naissance à des lords Harcourt dont certains reviendront en France avec le titre d'ambassadeurs. Chose étrange d'ailleurs les liens continueront

Harcourt. Le châtelet d'entrée.

d'exister entre la branche française et la branche britannique, tendus quelques fois, jamais brisés. Et cela pendant un millénaire. Où trouver plus bel exemple d'esprit de famille sinon chez les Rothschild ?

De leur côté du détroit, les Français, au XVe siècle, vont se scinder en deux puissants rameaux : la branche aînée dite d'Olonde qui donne les marquis d'Harcourt – donc ceux qui nous occupent en ce moment – et la branche cadette de Beuvron qui, elle, va donner les ducs mais un peu plus tard : c'est Louis XIV qui, en novembre 1700, confère le titre ducal à Henri d'Harcourt, marquis de Beuvron, qui devient du même coup gouverneur de Normandie.

Destiné dès lors à représenter la gloire du Roi-Soleil en pays caennais, leur château de Thury-Harcourt, construit sous Louis XIII s'agrandit au point de devenir l'une des plus magnifiques demeures d'une région qui en compte beaucoup. Lorsque le comte d'Artois, futur Charles X, visite le pays en 1777, il ne cache pas l'impression ressentie par le train que l'on y mène :

« La maison du duc d'Harcourt était de la plus grande magnificence : une compagnie de gardes vêtus en rouge et galonnés comme ceux du roi en bleu ; nombre d'officiers attachés à cette compagnie portant le bâton, des écuyers, des pages et quatre-vingts gentilshommes ou dames de qualité, tous logés au château, une musique nombreuse, un équipage de chasse, telle était la représentation du maréchal d'Harcourt. Il réunissait dans son château toutes les dignités à une immense fortune et joignait à cette magnifique représentation la plus parfaite simplicité, la modestie la plus touchante... »

Vers la fin du siècle suivant, il suffit de retrancher l'appareil militaire à cette description ; tout le reste demeure valable compte tenu du fait que gentilshommes et dames se partagent en permanents s'il s'agit de la famille, et en visiteurs ; mais les chambres sont toujours occupées. L'inventaire de la lingerie, à la veille de la Guerre de 1914 est à cet égard pleine d'enseignement :

– 270 paires de draps dont 32 avec couronne brodée pour adultes et 12 pour enfants ;

– 478 taies d'oreillers dont 86 brodées avec dentelle faite à la main ;

– 326 nappes damassées aux armes d'Harcourt ;

– 1 036 serviettes de table ;

– 478 tabliers dont 255 blancs réservés aux valets de chambre et au chef de cuisine.

On aimerait connaître l'ampleur du personnel dont, de nos jours, quelques rares châteaux à la fois anglais et princiers pourraient donner l'équivalent.

La disparition quasi totale de cette noble demeure, de ses trésors dont le plus précieux, un chartrier extrêmement riche en documents normands, incita le duc à investir ses dommages de guerre dans un autre fabuleux château qui, d'ailleurs, au cours des siècles, appartint à la famille à diverses reprises. Le Champ-de-Bataille dont le nom guerrier sonne comme un quarteron de trompettes mais dont l'ordonnance ample et majestueuse, sobre et ordonnée autour d'une vaste cour d'honneur, n'évoque en rien la fiévreuse pagaïe des combats. Là tout n'est qu'ordre et beauté. Quant à la bataille en question, elle remonte à la nuit des temps lorsque l'ancêtre viking, Bernard le Danois, à la tête des troupes du duc de Normandie, Guillaume Longue-Épée, y étripa congrûment Riouf, comte de Cotentin et, du coup, devint seigneur de la région qu'il possédait en partie ; à quelques kilomètres de là, près de Neufbourg, subsiste encore le vieux fief du XIe, premier château à porter le nom d'Harcourt : un paquet de tours sur une butte féodale. Il ne sert plus guère que de décor à un vaste arboretum mais laisse clairement entendre que s'ils ne portaient pas encore de grands titres, les Harcourt de l'époque ne comptaient pas au nombre des petits sires.

C'est à Champ-de-Bataille, qu'en 1966, le duc célébrera le millénaire de sa famille avec un éclat qui mérite d'être rapporté... en d'autres temps et lieu. Nous n'en sommes encore qu'à la Belle Époque.

Pour être tout à fait complète, je dois signaler un autre château Harcourt à Chauvigny, près de Poitiers et enfin, outre-Manche, le très aristocratique Stanton-Harcourt, dans le voisinage d'Oxford. Ces demeures n'étant d'ailleurs que les plus importantes, celles qu'on pourrait appeler les domaines de fondation car la famille d'Harcourt qui étend ses branches aux quatre horizons possède d'autres châteaux. Rien qu'en Normandie il y en a au moins trois : Orcher, Maisons et Beaufossé...

Normandie seigneuriale.

Dans l'histoire de la vie châtelaine, la grande province qui jadis conquit l'Angleterre – ce qui permettait à un Clemenceau sardonique d'évoquer pour Lloyd George « cette vieille colonie française qui a mal tourné » – occupe une place à part. D'abord parce que, durant la Révolution, elle a été peu touchée par l'Émigration. Seules de très grandes familles partirent pour préserver un nom trop illustre ou encore les derniers d'une race qu'il fallait essayer de continuer. Il n'y eut donc guère de confiscations. En outre, les liens étaient étroits entre une noblesse attachée à sa terre et les paysans qui la cultivaient. Une enquête approfondie permet de croire qu'il n'y eut guère de châteaux pillés et brûlés et encore par des bandes urbaines qui bien souvent, leur coup fait, trouvaient en face d'eux les gens du pays. Combien d'intendants, de fermiers, de serviteurs dévoués ou même de nourrices ont caché momentanément le maître menacé et protégé la maison ? Aussi, la tempête passée, la vie reprit à peu près comme à la fin de l'Ancien Régime : seule variante, les seigneurs se changèrent en maires, conseillers généraux ou autres élus du peuple.

Même l'immense château de Broglie avec ses deux cent quarante-deux mètres de façade ne fut pas détruit. Pillé, oui, après la mort sur l'échafaud du maréchal-duc arrêté pour avoir quitté l'armée du Rhin après la mort du roi Louis XVI, et l'exil forcé de son fils. Quand celui-ci rentre au pays, le château est debout. Cependant le spectacle n'a rien de réjouissant : « Le château dont les meubles avaient été vendus pendant la confiscation, était inhabitable à ce point qu'il n'y restait même plus de croisées, et, tout au plus, des volets. J'allai loger chez le notaire... »

Le village, on le voit, s'ouvrait largement pour son ancien seigneur retrouvé. D'ailleurs, au plus fort de la catastrophe, l'intendant s'était vu contraint de livrer les archives à la bande d'énergumènes sous peine de voir brûler la maison. Cet homme était le père de Prosper Mérimée.

Gens de qualité que ces gens de campagne en dépit de la tentation du désordre et du profit illicite ! Rien à voir avec ceux d'un gouvernement révolutionnaire qui osa vendre au roi George IV d'Angleterre – l'ennemi juré cependant ! – la vaisselle de Sèvres appartenant à Louis XVI et Marie-Antoinette. La Normandie, ouverte à tous les vents de mer cependant, se refermait comme un poing sur tout ce qui lui appartenait : corps ou biens ! Sa chouannerie prolongea le combat jusqu'au trône impérial.

Elle a toujours tenu à ses richesses et à ses illustrations. Les grands noms y surgissent à chaque détour de chemin et c'est sur son sol qu'on trouve le plus de ducs au kilomètre carré. Harcourt déjà nommé et aussi Broglie, que je viens d'effleurer pour y revenir plus tard, mais aussi Coigny avec le château du même nom en Cotentin et, encore, à un kilomètre de là, Franquetot qui vit naître « la Jeune Captive » et où son frère revint tranquillement après la Révolution s'occuper d'horticulture et d'arbres aux essences rares. Duché tombé en quenouille d'ailleurs : à la fin du XIXe siècle, la comtesse de Beauchamp, dernière descendante, y poursuivait les traditions familiales.

Autre duché : Montmorency-Laval qui possède alors l'incomparable Beaumesnil dont La Varende a fait le Mesnil-Royal de *Nez-de-Cuir* : « Une guillochure rose et blanche, un madrépore immense de coraux réguliers s'érige. Au fond d'une avenue assombrie par les siècles, cela rutile, étincelle avec le soleil couchant, la pluie ou la brume. » À coup sûr le plus beau château Louis XIII qui soit en France... et le plus ruineux. À ce chef-d'œuvre il faut une armée de domestiques : une centaine alors qu'une grande propriété à la fin du siècle marchait avec une trentaine. Le duc de Montmorency-Laval y menait une vie fort brillante, une vie de voisinage constant aussi, recevant fréquemment son voisin de Broglie et son épouse qui était la fille de Mme de Staël. La fortune des « premiers barons chrétiens » permettait l'entretien royal de ce joyau dont, à sa mort, héritèrent les Maistre. Ce furent eux qui vécurent à Beaumesnil la fin de la Belle Époque avant de se trouver contraints de le vendre mais pas à n'importe qui : au grand-duc Dimitri de Russie.

À Glisolles qui n'existe plus – incendié en 1939 dans des conditions bizarres –, on trouvait le duc Gaspard de Clermont-Tonnerre avec un train de maison adéquat cependant que Sassy abritait – et abrite toujours grâce à Dieu ! – le duc d'Audiffret-Pasquier descendant du célèbre jurisconsulte Étienne Pasquier et de cet Étienne-Denis Pasquier qui fut chancelier de France en 1837, duc et pair et 1844. Rose et blanc, lui aussi comme Beaumesnil mais d'un siècle plus jeune, le château de Sassy porté par ses terrasses et posé sur des parterres de broderies est voué au cheval presque depuis sa construction entreprise par le comte de Germiny, capitaine au régiment Colonel-général-Dragons, en 1761. Les Audiffret-Pasquier y ont développé l'un des plus importants haras de Normandie et, en même temps, des relations avec la Couronne anglaise. Les dernières visiteuses furent la reine Élisabeth II et la princesse Anne.

Encore un duc à Dangu, à la limite de l'Île-de-France et un duc qui, cette fois, ne peut guère se dire normand puisqu'il s'agit d'un Pozzo di Borgo résolument corse. Ce que l'on ne saurait lui reprocher en pays normand où les Broglie, issus d'Italie depuis 1658, tiennent le haut du pavé et d'autant moins que leur train de maison y fut toujours de grand ton. Non contents d'avoir acheté l'ancienne demeure, datant du XVe, de la famille de Ferrières, les Pozzo di Borgo l'ont restaurée soigneusement au temps de la Belle Époque et lui ont ajouté une autre construction du XVIIIe provenant de Saint-Cloud d'où elle a été apportée pierre par pierre.

Curieux personnage d'ailleurs que ce duc Charles Pozzo di Borgo en qui sommeillait la double passion du bâtisseur et du déménageur ! Non content d'avoir transporté dans l'Eure un édifice clodoaldien, il fait mieux encore ; en 1891, au point le plus élevé de la baie d'Ajaccio, il inaugure son château de La Punta... qui n'est rien d'autre que l'un des trois pavillons centraux du palais des Tuileries, incendié pendant la Commune, lui aussi transporté pierre à pierre jusqu'en Corse. Pour le conduire à pied d'œuvre, le duc n'hésite pas à faire tracer une route de sept kilomètres. Les mauvaises langues ont prétendu qu'il s'agissait là du dernier acte d'une sorte de vendetta opposant, depuis la petite enfance et pour une querelle de femmes, Napoléon à celui qui, proche du tsar, reviendrait en France avec ses cosaques. L'inscription que porte le château semble s'inscrire en faux : le duc a voulu « conserver à la patrie corse un précieux souvenir de la patrie française ».

Enfin, depuis 1909, les ducs d'Albufera, qui sont à eux seuls un concentré de la Grande Armée puisqu'ils descendent de quatre maréchaux, Suchet, Davout, Massena et Reille, sont implantés en Normandie, au superbe château de Bizy, somptueuse demeure dans le goût des palais italiens, construit vers le milieu du XIXe siècle à l'emplacement de la demeure du maréchal de Belle-Isle, fils du surintendant Fouquet qui, après la mort de son père, sut arracher à la mauvaise conscience de Louis XIV la contrepartie de Belle-Ile jalousement conservée par Mme Fouquet, sa mère. Il n'en reste que de belles écuries et des communs mais l'ensemble demeure grandiose.

Fastes d'un autre âge peut-être mais aussi simplicité quasi paysanne dans ces demeures où l'on vivait avec une certaine bonhomie et où l'on se recevait – tout le monde étant plus ou moins parent – avec une exactitude dans les traditions et une générosité dans l'hospitalité qui n'excluaient pas certaine utilisation des compétences autorisées par une sorte d'intimité.

La Varende raconte que, lorsqu'il y avait grande fête dans l'un ou l'autre de nos châteaux normands, il était d'usage courant pour les invités d'amener avec eux tout leur personnel mâle en grande livrée. « Le maître d'hôtel distribuait alors les valets avec cordialité et judiciaire : "Vous, les Montmorency, au dessert ! Vous, les Dauger, à l'argenterie ! Vous, les Bernberg[1], à l'annoncée !" », etc. L'abondance, en outre, débordait largement les limites du domaine et, les jours de liesse, tout le pays en profitait. Même chose pour les grandes chasses. Ainsi, au château de Beaumont-le-Roger comme à Saint-Fargeau, la marquise de Boisgelin, après chaque grande manifestation cynégétique, exigeait de son époux le montant exact de la somme dépensée pour les équipages, les chiens, les chevaux, les invités afin de distribuer cet argent aux pauvres.

Autour de Sainte-Assise.

On peut être prince, très riche, posséder un château quasi royal et cependant mener une existence fort opposée à celles que nous venons d'évoquer. Dieu sait pourtant que les Beauvau-Craon ne sont pas de modeste origine ! Remontant aux comtes d'Anjou de la première race, titrés « cousins du Roi » en 1711 et princes du Saint-Empire en 1722, ils pouvaient prétendre à un trône quelque part en Europe. C'est pourtant une existence patriarcale que choisit de mener, dans les dernières années du XIXe siècle, le grand-père d'Élisabeth de Gramont qui en a donné un portrait aussi affectueux que lucide.

1. L'extrait étant tiré d'un roman, il faudrait lire Bréda.

Le château d'abord ; c'est Sainte-Assise, une très belle demeure Louis XVI construite, près de Melun, dans une agréable situation dominant la Seine, par le duc d'Orléans, père du futur Philippe-Égalité, pour sa seconde épouse – morganatique ! – la marquise de Montesson. Le fait que notre siècle sans respect ait transformé ledit château en une station de radio n'enlève rien au faste qu'on y déployait alors et qui était en tout point digne de ceux du Palais-Royal et de la fortune des Orléans. Mme de Montesson y tenait, dans ses salons et ses magnifiques jardins, une sorte de cour à laquelle ne manquaient ni les artistes, chanteurs, danseurs, ni les beaux esprits, ni les courtisans. Le grand désespoir de la châtelaine était le dédain où la tenait la reine Marie-Antoinette à qui le comte de Provence, son perfide beau-frère, tenta de jouer un tour assez pendable : sachant que la reine, enceinte, devait se rendre à Fontainebleau par le fleuve, Monsieur, envoya discrètement à « la Montesson » un immense filet tissé d'argent pour qu'elle le fît tendre en travers de la Seine afin d'obliger le bateau de la reine à s'arrêter pour contempler un fabuleux spectacle préparé à son intention. Sagement, le gros duc Louis-Philippe et sa marquise renoncèrent à se servir du filet.

Aucune magnificence de ce genre à craindre du temps du prince de Beauvau ! Bien qu'il eût chez lui, à demeure, une trentaine de personnes, il pratiquait « l'avarice française ». Jamais de grandes réceptions. On vivait en famille, la princesse, née Adèle de Gontaut, n'ayant pas moins de vingt frères et sœurs. Avec les entours immédiats de son époux cela constituait une affluence tout à fait suffisante aux yeux de celui-ci. À table, il faisait servir à ses hôtes « la piquette qu'on lui envoyait en fûts de ses vignes de la Sarthe. Le château renfermait des tapisseries et des meubles magnifiques mais il ne les faisait jamais réparer. Les chambres, souvent carrelées, n'offraient guère de confort ». Pourtant, le prince, qui détestait la solitude, ne tolérait pas qu'un de ses enfants s'éloignât de lui : « Je vous déshérite ! », s'écriait-il alors ;

ce qui pouvait tout de même donner à réfléchir, car sa fortune terrienne était réellement imposante bien que l'occupation allemande en Lorraine l'eût privé de son château d'Haroué, « le Versailles lorrain ». Il possédait des biens en Seine-et-Marne mais aussi dans la Sarthe, le Nivernais et dans la vallée de l'Ourcq autour de Villers-Cotterêts. Sans compter un vaste terrain, avenue Montaigne à Paris, qu'il se refusait farouchement à laisser construire et qu'il aimait contempler des fenêtres du modeste appartement où il séjournait parfois juste en face. Il fallut attendre jusqu'en 1913 pour que l'hôtel Plaza-Athénée pût s'étaler à cet emplacement.

Excellent administrateur au demeurant, il sut augmenter encore cette fortune au point de permettre, après sa mort, un train de vie imposant à ses descendants. Son seul luxe, au fond, était les grandes battues de perdreaux et de lapins qu'il offrait à l'automne mais il n'allait pas jusqu'à élever des faisans.

Parmi les commensaux habituels de Sainte-Assise, les premiers étaient la sœur du prince, Béatrix et son époux, le comte Horace de Choiseul. Ils n'habitaient pas le château mais un pavillon à Seine-Port où ils ne rentraient guère que pour dormir. Ils passaient tout leur temps à Sainte-Assise où le prince était peut-être le seul homme que le comte Horace ne détestât pas. Par contre, il adorait les femmes. Non qu'il eût des maîtresses, bien qu'il eût été jadis le dernier amant d'Hortense Schneider, mais il ne pouvait se passer d'une atmosphère féminine autour de lui.

Cette phobie des mâles contre laquelle il lui fallait bien lutter dans la vie de tous les jours – il passa de l'armée à la diplomatie et à la politique et fut même le premier député républicain de sa caste – lui venait du drame épouvantable qui avait brisé son enfance. En effet, il n'avait que 9 ans, ce 17 août 1847, lorsque son père, le duc Théobald de Choiseul-Praslin, assassina sa mère de trente coups de poignard dans l'hôtel du faubourg Saint-Honoré, appartenant au maréchal Sébastiani, ancien compagnon d'armes de Napoléon Ier et père de la jeune femme. Horace et ses huit frères et sœurs furent confiés à leur plus proche voisine, la duchesse-douairière de Clermont-Tonnerre, avant d'être répartis dans des collèges et des couvents. La cause du drame était la gouvernante des enfants, une certaine Henriette Deluzy-Desportes dont le duc était tombé follement amoureux et qui, ensuite, partit pour les États-Unis où elle fit un assez beau mariage. Quant au meurtrier, enfermé au Luxembourg, il s'y empoisonna pour éviter à ses proches la honte de la cour d'assises. Une légende tenace en Cotentin, dont Jean de La Varende s'est fait l'écho passionné et passionnant, prétend que le duc, évadé discrètement aurait vécu au cœur des marais et des forêts normandes une vie d'ermite soutenue par l'affection d'une de ses filles, la comtesse de Robersart devenue veuve et retirée dans un château des solitudes. Avec aussi la protection silencieuse du duc de Coigny, cependant oncle de la victime.

Le château familial des Choiseul-Praslin, c'était le trop superbe Vaux-le-Vicomte cause de la perte du surintendant Fouquet. Le frère aîné du comte Horace en avait hérité mais ne l'habita guère. En 1875, il le vendait à un « sucrier » richissime, M. Alfred Sommier. En assez triste état d'ailleurs ! Vide de ses collections à l'exception de deux tables de marbre et de bois sculpté que personne n'a jamais pu déplacer à cause de leur poids. Les célèbres jardins étaient retournés à la friche.

En homme amoureux, M. Sommier fit passer une grande partie de sa fortune en travaux de restauration et recherche des anciens meubles. Fier, à juste titre de son œuvre, il éprouvait pour son beau palais une telle vénération qu'il refusait farouchement d'y installer l'électricité, craignant que cette nouveauté, très mal connue, n'y mît le feu. Il fallut qu'aux environs de 1900, le chef des gendarmes de Melun vînt lui expliquer que la lampisterie qu'il y entretenait, digne d'une gare, représentait un danger beaucoup plus grand pour les vénérables boiseries et les peintures précieuses. Lui-même, sa femme – fille de l'historien Prosper de Barante – et ses enfants, vivaient à Vaux dans le respect et l'admiration de cette beauté qu'ils recréaient avec des soins pieux sans céder à la tentation d'y ressusciter le train de vie ruineux de jadis. La restauration l'était déjà suffisamment et, à la mort d'Alfred Sommier, en 1908, les jardins achevaient tout juste de retrouver la belle ordonnance de Le Nôtre.

Pour en revenir au comte Horace, il n'avait jamais pu se résoudre à s'éloigner définitivement de Vaux. D'où cette demeure modeste achetée à Seine-Port et ce siège de député de Seine-et-Marne qu'il occupa jusqu'à ce que le comte Greffuhle eut l'idée de prétendre s'y asseoir. Du coup, ils furent battus tous les deux et en conçurent l'un envers l'autre une haine violente que le comte Horace, en dépit de son sang corse, ne jugea pas utile de changer en inexpiable vendetta.

À la mort du prince de Beauvau, il vendit Seine-Port et s'installa au château de Viry-Châtillon où il s'occupa exclusivement d'horticulture. Par ses soins, son parc devint un bouquet de fleurs où foisonnaient les plus belles roses et où poussaient les fruits les plus savoureux. « Ses garçons jardiniers, rapporte Élisabeth de Gramont, portaient à Barbier les primeurs de son potager célèbre. »

Après la mort de sa femme, il vécut dans son jardin « sous le grand marronnier entouré d'une collection de nièces alors jeunes et charmantes » qui le consolaient de son deuil. Mais les maris étaient fermement exclus de cet eden où Horace prodiguait à ses belles visiteuses les trésors d'un esprit vif et cultivé et d'un goût artistique très sûr (il aurait pu, comme Boni de Castellane, se faire antiquaire et décorateur) sans compter les nombreux cadeaux dont il les couvrait.

Il finit, à 69 ans, par épouser l'une d'elles, la marquise Mary d'Adda, qui en avait 40 et dont il était tombé très amoureux ; mais c'était un homme tellement délicieux que, lorsqu'il mourut après neuf ans d'un bonheur sans nuage, sa veuve, encore jeune cependant, demeura inconsolable.

La châtelaine de Chaumont

L'année 1875, qui voit le maître des raffineries Sommier entrer en possession de Vaux-le-Vicomte, semble bien avoir marqué d'une pierre blanche le destin des grandes sucreries françaises. En effet, au même moment, la jeune Marie Say, richissime héritière de Constant Say, épouse le prince Amédée de Broglie après avoir acheté en toute simplicité le royal Chaumont-sur-Loire qu'elle entreprend de doter d'un confort raffiné sans toucher en aucune façon à son décor général et à ce qu'on pourrait appeler son âme. Tout au contraire, elle la lui a rendue.

Extraordinaire personnage que cette petite Marie Say ! Elle a 16 ans lorsqu'elle épouse le prince dont on dit qu'il était « beau comme un ange ». Elle n'est pas vraiment jolie mais elle a du charme, du piquant, beaucoup d'humour et encore plus d'esprit. Le jour de son mariage, comme elle arrive à La Madeleine dans le carrosse à housse de sa sœur, la marquise de Brissac, avec cocher et laquais emperruqués, elle considère la foule d'invités et de curieux qui encombre les marches, se tourne vers sa sœur et déclare :

« Jeanne, il y a trop de monde. Revenons demain ! »

Un an plus tard, à un déjeuner chez la duchesse de La Trémoille, elle se trouve auprès du duc de Choiseul-Praslin, frère aîné de notre comte Horace, qui, par mégarde, renverse une tasse de café sur sa robe :

« Je suis navré, princesse, car le sucre tache..

– Le sucre tache en effet mais se lave, Monsieur le Duc, tandis que le sang tache et reste. »

Fantasque et même un brin extravagante mais bonne et généreuse, elle est ravie d'être princesse en regrettant secrètement toutefois de n'être pas souveraine mais qu'à cela ne tienne : elle décide de vivre comme si elle l'était. Sa fabuleuse fortune lui permet un train quasi royal : outre le château de Catherine de Médicis, elle a quatre-vingts chevaux dans ses écuries, des serres d'orchidées à faire rêver le roi des Belges, un yacht toujours prêt à l'emmener au bout du monde, un hôtel à Paris, rue de Solferino[1], une villa à Cannes sans compter un éléphant, cadeau du maharajah de Kapurthala chez qui elle était allée chasser le tigre, et qu'elle ramena sur son yacht.

En fait, sa demeure parisienne ne lui servait guère qu'au printemps ; cependant elle ne cessait d'y donner des réceptions et grands dîners, car elle fut sans doute l'une des hôtesses les plus généreuses de son temps.

Ne se levant guère avant une heure de l'après-midi, elle aimait à tenir des petits-levers façon Louis XIV. Son lit qui occupait le centre d'une vaste chambre était cerné de rideaux de brocart et surmonté d'un dôme orné de bouquets de plumes d'autruche. Elle n'y dormait pas à cause du bruit de la rue mais « s'y faisait porter » dès son réveil. Et là, dans des draps de crêpe de Chine rose, elle recevait quelques-uns de ses nombreux amis pour entendre les dernières nouvelles du matin ou encore s'entretenir avec son secrétaire, personnage barbu, aussi grave et froid qu'elle était pétulante, pour parler d'affaires ou donner ses ordres en vue d'un bal, par exemple. On lui portait alors, outre le Gotha, de longues listes alignant toutes les personnalités parmi lesquelles la princesse entendait faire son choix. Ces listes portaient des titres révélateurs. Il y avait : le Personnel de l'Intimité et du Monde, le Personnel *(sic)* des Altesses et Princes royaux,

1. Juste en face du Parti socialiste.

le Personnel des Ambassades et Étrangers, le Personnel de la Danse, le Personnel du Théâtre, le Personnel du Bridge et enfin le Personnel des gens à côté mais utilisables. Entendez par là de brillants célibataires, des dames seules, de peu de fortune parfois mais bien élevées et sachant causer, capables d'apporter une animation, un petit plus à une réception. Elle choisissait judicieusement selon la personnalité de l'hôte d'honneur et ne commettait jamais aucune faute mondaine ni même aucune faute de goût. Aussi ses réceptions étaient-elles fort recherchées mais ce n'était pas à Paris qu'elle donnait le meilleur d'elle-même.

À côté de beaucoup de qualités, elle était affligée d'un énorme défaut. Détestant toute règle, toute discipline, elle était d'une inexactitude à rendre malade tous les maîtres d'hôtel et, surtout, tous les cuisiniers d'Europe. Qu'il s'agît d'une maison ducale – rappelons que, chez nous, le titre de duc est le plus élevé venant juste après les altesses royales ! – ou d'une ambassade étrangère ne changeait rien à la chose. Ainsi de certain dîner à l'ambassade de Turquie prévu pour 8 heures et demie et où elle arriva, fraîche et souriante, sur le coup de 10 heures persuadée au demeurant qu'elle était tout à fait dans les temps. Naturellement, tout le monde l'attendait et le cuisinier était en larmes.

Le grand chef dont je n'ai pu découvrir le nom – il était, paraît-il, célèbre dans l'Europe entière – et qui régnait sur les cuisines de la princesse se trouvait à l'abri de ce genre de mésaventure. Habitué de longue date à ces retards constants, il faisait sienne la politique des cuisiniers de Napoléon Ier entraînés à une sorte d'acrobatie constante puisque l'Empereur décidait de l'heure de ses repas lorsque l'envie lui en prenait. Heureusement pour celui de Mme de Broglie, le retard permanent ne se mélangeait pas chez elle à cette sorte d'appétit fantaisiste qui poussait l'Empereur à commencer son repas par un veau Marengo, par exemple, pour passer ensuite à une crème au chocolat suivie d'un potage aux légumes et une carpe à la Chambord, le tout arrosé d'un immuable chambertin mais expédié, quels que puissent être le nombre et la qualité des convives, en une dizaine de minutes. Après quoi, si l'on ne voulait voir se froncer l'impérial sourcil, il fallait se brûler héroïquement avec un café trop chaud pour qu'on pût en apprécier l'arôme.

Rien de tel chez la princesse de Broglie, mais comme son chef ne pouvait jamais prévoir à quelle heure il lui conviendrait d'avoir faim, celui-ci préparait plusieurs dîner semblables afin d'en avoir toujours un de prêt à servir immédiatement, dès l'instant où elle déciderait de rejoindre ses hôtes. Et n'allez pas imaginer qu'il puisse s'agir d'un petit menu tout simple composé par exemple de terrine d'un quelconque gibier, d'une omelette et d'un rôti. Voici un exemple de ce que cet artiste préparait à multiples exemplaires pour les invités de sa maîtresse :

Velouté à la Reine
Riz de veau à la Maréchale
Saumon de la Loire sauce verte
Gigue de chevreuil sauce poivrade
Purée de marrons
Paons rôtis
Salade Cardons à la moelle
Chaud-froid de grives aux raisins
Truffes à la serviette
Glace à l'ananas
Gâteaux

N'ayant aucune précision sur les crus servis, je ne saurais m'avancer à la légère. Cependant et tout en admirant, en cuisinière honorable, l'exploit du maître, je ne peux m'empêcher de remarquer, aussi bien dans ce menu que dans tous ceux qui nous sont parvenus de cette époque, l'absence d'un élément qui les rend impardonnable aux yeux de nos gastronomes actuels : pas de fromages !

Je ne sais plus qui a dit : « Un repas sans fromage est un jour sans soleil, ou encore une jolie fille à qui il manque un œil. » Autre temps, autres mœurs ! Et peut-être jugeait-on à cette Belle Époque qui se voulait si complètement raffinée que les produits de nos bergeries sentaient un peu trop l'étable pour être servis sur d'aussi augustes nappes où s'étalaient, en argenterie, porcelaine et cristallerie, sans compter les « surtouts » de vermeil ou d'argent massif hérissés de fleurs rares, de quoi remplir deux ou trois musées.

Certes, le fromage est un produit rustique mais n'est-il pas l'un des meilleurs soutiens pour faire chanter un grand bourgogne ? Et pour en revenir au menu de la princesse – qui fut servi en décembre 1913 au duc de Montpensier – je ne peux m'empêcher de déplorer qu'au goût sublime, divin encore que très légèrement campagnard, d'une truffe dans la plénitude de son arôme on fasse succéder une banale glace à l'ananas capable de tuer le souvenir buccal d'une telle splendeur. Et dussé-je me faire traiter de béotienne, d'iconoclaste ou d'idiote absolue, j'aurais terminé le repas sur lesdites truffes. Ou si l'on tenait vraiment à la purée d'ananas glacée et crémée, il me semble qu'en la faisant précéder d'un fromage de chèvre presque frais, légèrement frisant accompagné d'une tranche de pain aux noix à peine grillé on eût assuré plus harmonieusement le passage des vins de haute gamme aux vins de dessert. Il est vrai qu'à l'époque, le vin de dessert c'était toujours du champagne.

Sur cette digression de gourmande qu'on voudra bien me pardonner, revenons-en à Mme de Broglie, son cuisinier, ses invités et, surtout, la façon dont s'écoulaient les jours – et les nuits – sur le coteau de Loire où elle passait les trois quarts de l'année, tout au moins quand elle ne décidait pas de partir sur son yacht pour la Turquie, les Indes ou l'Europe du nord.

Encore, lorsque sa fantaisie l'entraînait loin des côtes de France, tenait-elle à être informée constamment de ce qui se passait dans ses domaines. Surtout lorsqu'il s'agissait de ses nombreux animaux qu'elle aimait profondément.

Ainsi, alors qu'elle allait partir pour les Indes, l'un de ses chiens favoris, un superbe lévrier nommé Prince, fut victime d'un accident : un valet de pied, refermant un peu trop vite la portière du coupé princier, déchira la queue de l'animal qu'il ne pouvait plus être question d'emmener en voyage, surtout dans un pays aussi chaud. Prince resta donc au château sous la surveillance d'un vétérinaire et de trois ou quatre serviteurs. Mais l'inquiétude de la princesse était telle qu'elle exigea qu'on lui télégraphie des nouvelles tous les deux jours. Ce fut tout de même avec un rien de gêne et une forte envie de rire qu'à Port-Saïd, l'un des marins de son yacht lui apporta le télégramme suivant : « La queue du Prince va beaucoup mieux ! »

Les anecdotes sont légion qui entourent la princesse de Broglie mais c'est encore à Chaumont qu'il est le plus facile de l'évoquer.

Les fantômes d'un vieux château.

Le comte d'Aramon dont la mère, remariée au vicomte Walsh vendit Chaumont à la jeune Marie Say, prétendait que le château portait malheur : « Tout s'y est toujours terminé tragiquement, disait-il, et il n'a jamais été possédé plus d'une génération par une même famille. »

La future princesse de 15 ans le sait-elle lorsqu'elle exige de ses hommes d'affaires qu'ils lui achètent cette demeure sur laquelle planent des ombres plus ou moins heureuses ? Très certainement et il n'y a pas là de quoi faire reculer une jeune personne capable, sur un simple caprice, de faire appareiller son yacht pour aller chasser le tigre dans une savane indienne. Il est même probable que le côté sombre du château a tenté sa fantaisie et stimulé son imagination car, en dépit d'une situation admirable sur un coteau forestier au pied duquel paresse la Loire toujours changeante, Chaumont lorsqu'on y arrive par la route n'est pas vraiment gai : de grosses tours rondes casquées d'ardoise bleue, des murs épais percés de fenêtres parcimonieuses, un pont-levis menant à une voûte profonde pavée avec les galets du fleuve. En résumé une forteresse qui comme ses pareilles a un petit air de prison. Rien de fort attrayant pour une jeune fille mais par contre follement excitant pour une imagination. Ça, c'est un château ! un vrai ! Digne d'une princesse nourrie au lait d'Alexandre Dumas ! En outre, une fois franchie la sombre voûte, on débouche sur une terrasse large ouverte sur le ciel de Touraine, cernée d'élégants logis Renaissance et, surtout, bordée par un à-pic sur le fleuve royal et un immense panorama. Quant aux fantômes, ils seraient plutôt les bienvenus : au moins, ici, on peut lutter à armes égales avec les Anglais toujours si follement entichés de leurs revenants. Ainsi d'ailleurs qu'avec ceux de Brissac, autre château de Loire où règne Jeanne Say, la sœur aînée au moins aussi riche que sa cadette. On peut même l'emporter sur tout le monde car Chaumont, lui, est un château royal comme l'attestent les initiales de Louis XII et d'Anne de Bretagne qui décorent le porche.

Pour juger de l'intérêt des fantômes faisons un peu connaissance !

Le prince Jacques de Broglie, fils de la princesse Marie, qui s'est plu à en écrire, évoque d'abord la sombre histoire d'enlèvement d'une pure jeune fille amenée à Chaumont – la forteresse du Xe siècle démantelée plus tard par Louis XI – par l'abominable Foulque Nerra, comte d'Anjou, particulièrement déplaisant et qui, chez les petits enfants du Val de Loire a longtemps assumé le rôle de Croquemitaine de compte à demi avec Gilles de Rais dont Charles Perrault fit Barbe-Bleue. Enlèvement donc puis viol, meurtre et finalement malédiction lancée sur Chaumont et que réalise Louis XI en lui faisant sentir le poids de sa colère à la suite de la Ligue du Bien Public à laquelle participait le propriétaire, Pierre d'Amboise. Le roi le restitua d'ailleurs par la suite au châtelain et ce fut son fils Charles qui rebâtit, en 1473, le château

Chaumont.

où séjournèrent à plusieurs reprises le roi Louis XII et la reine Anne.

En 1560, c'est Catherine de Médicis qui l'achète avec une idée derrière la tête : obliger l'indéracinable favorite de son défunt époux, Diane de Poitiers, à en accepter l'échange avec le délicieux Chenonceaux dont d'ailleurs Catherine fera une merveille. Hélas, tant que régneront le jeune roi François II et sa belle épouse Marie Stuart – qui est entichée de la favorite alors qu'elle dédaigne ouvertement sa belle-mère – il faudra attendre.

La reine mère ne séjournera guère à Chaumont mais y laissera un souvenir frappant : c'est là qu'une nuit, son astrologue Ruggieri lui montrera l'avenir dans un miroir : elle y verra trois rois, ses trois fils François, Charles et Henri, effectuer autant de tours qu'ils régneront d'années.

Le premier ne fait même pas un tour : François II, en effet, meurt en décembre de la même année.

À peine son fils mort et Marie Stuart réexpédiée dans ses brouillards écossais, Catherine oblige Diane de Poitiers à accepter Chaumont en échange de son château préféré. Disons qu'en fait, Catherine s'est montrée plutôt généreuse : elle aurait très bien pu dépouiller la favorite déchue sans autre compensation. Mais avant de quitter le château, elle y ourdira l'un de ces complots galants en quoi résident ses meilleures armes : pour empêcher que Le Havre, tenu par les protestants ne tombe entre les mains d'Élisabeth d'Angleterre, Catherine ordonne à l'une des filles de son célèbre Escadron Volant, de séduire le chef en second des protestants, Henri de Condé. La blonde Isabelle de Limeuil réussira au-delà de toute espérance dans sa mission : elle séduira mais sera séduite ce qui lui vaudra d'accoucher pratiquement dans la salle des États de Bourgogne, à Dijon, d'un enfant tout à fait inattendu. Du moins, des personnes présentes ! Abandonnée ensuite par son amant mais non par la reine, elle épousera le richissime Scipion Sardini, fidèle de Catherine de Médicis et sans doute l'un des plus puissants financiers de France qui, en cadeau de mariage lui offrira... le château de Chaumont vendu par les héritiers de Diane qui, lui préférant Anet, n'y vint pratiquement jamais.

Plusieurs propriétaires ensuite : Roffignac, Saint-Aignan, Beauvilliers sans jamais excéder le cadre d'une génération. En 1750, le seigneur en est Jean-Donatien Le Ray, Grand Maître des Eaux et Forêts de France, armateur nantais et financier, ami de Benjamin Franklin, qui, de ce fait, engloutira la plus grande partie de sa fortune dans la guerre d'Indépendance américaine. Son fils ira s'installer outre-Atlantique mais conservera Chaumont qu'en 1810 il prêtera à son amie Mme de Staël, interdite de séjour à Paris par Napoléon.

Avec « Corinne » nous trouvons la seconde et peut-être la plus impérieuse des raisons qui ont poussé la fiancée du prince Amédée à acheter le château : Mme de Staël à qui elle porte une véritable admiration, est l'aïeule des Broglie. Le séjour qu'elle fit à Chaumont fut sans doute l'un des plus agréables de sa vie aventureuse. Elle y fit venir ses enfants, leur précepteur et ses meilleurs amis : Juliette Récamier, Benjamin Constant, Prosper de Barante et l'indispensable Mathieu de Montmorency. Elle s'y plaisait ainsi que l'indique ce fragment de lettre à sa sœur :

« Je vous écris, ma chère sœur, au bord de la Loire qui me plaît à cause de son caractère aimable entre Blois et Amboise, d'un vieux château imposant et bastionné de tours rondes indestructibles, jadis possédé et habité par les rois... Comme dans les Champs-Élysées il y a aussi autour de nous des bois en fleurs où des rossignols chantent sans arrêt. De notre plate-forme, nous dominons une vue étendue, à vrai dire non sur les montagnes suisses mais sur une plaine fertile et peuplée... »

Mme de Staël ne resta que six mois à Chaumont ; la vindicte impériale, après la parution de son livre *De l'Allemagne,* jugea qu'elle était encore trop près de Paris. Il fallut partir. Mme de Broglie s'arrangea pour que son ombre y revînt et y eut droit de cité car elle ne permettait à aucun de ses invités d'ignorer son illustre devancière. L'hommage était obligatoire.

La princesse et sa cour.

Lorsqu'elle réside au château, et elle y passe au moins la moitié de l'année, Mme de Broglie a toujours une quinzaine d'invités à demeure pour plusieurs semaines en dehors des « hôtes de week-end » et de ce qu'elle appelait « les passagers volants » appartenant le plus souvent au « Personnel des Altesses et Princes royaux » quand il ne s'agissait pas du roi don Carlos de Portugal ou de la reine Isabelle II d'Espagne. D'ailleurs la plus grande partie des souverains d'Europe a goûté de sa royale hospitalité. En l'honneur de ces hôtes illustres, elle n'hésitait pas à faire venir le corps de ballet de l'Opéra, la Comédie-Française ou les chanteurs les plus célèbres.

En ces occasions, la princesse, respectueuse du protocole, réformait quelque peu l'étrange rythme de vie qu'elle imposait normalement à ses invités. Au quotidien, elle se comportait en effet comme une souveraine dans son palais. Ainsi, refusant fermement de voir dans l'exactitude la « politesse des rois », les horaires du château relevaient de la plus haute fantaisie.

Je l'ai déjà dit, elle ne quittait pas son lit avant 1 heure de l'après-midi. Le déjeuner commençait une demi-heure plus tard. C'est dire qu'elle le présidait rarement. Ce qui, au fond, était sans grande importance. Il se voulait « très familial », les femmes y venant en toilette de jour pour la campagne et les hommes en costume de sport. On déjeunait donc sans elle mais en général elle descendait quand tout le monde avait fini et, tandis que le ballet des plats recommençait à son intention, elle gardait auprès d'elle l'un de ses hôtes pour lui faire la conversation tandis qu'elle se restaurait. On avait appris à reconnaître certains signes annonçant l'humeur du jour. Ainsi lorsqu'elle apparaissait avec une mantille sur la tête cela signifiait qu'elle n'avait pas laissé à sa femme de chambre le temps de la coiffer et que le baromètre était au mauvais temps.

Deuxième rendez-vous pour les invités : le goûter, contrepartie française, en beaucoup plus copieux encore, du *five o'clock tea* des Anglais. À Chaumont, il déroulait ses fastes dans le grand salon et à 5 heures... à moins que la princesse ne décidât de le prendre à 7 ! On voyait alors arriver deux couples de valets de pied apportant, sur de vastes brancards, tous les ustensiles nécessaires pour la célébration du rite : samovar, théières, chocolatières, pots à lait, tasses, couverts, assiettes, d'une part, sans oublier des vins d'Espagne, du whisky, du porto et, d'autre part, tout un assortiment de gâteaux, de pâtés, de rillettes, de muffins et de scones enfermés dans des légumiers d'argent, de sandwichs, de petits pains fourrés et de fruits. On se servait soi-même, à sa convenance jusqu'à ce qu'à 8 heures pile, valets et brancards regagnent les offices.

Le dîner ayant lieu à 8 heures et demie, en principe, cela ne laissait que peu de temps pour endosser les tenues de soirée. Caméristes et valets de chambre devaient alors opérer des prodiges. Après quoi on attendait, sous les armes, en grands décolletés, ruissellement de bijoux et habits noirs, gilets et cravates blancs l'arrivée de la maîtresse de maison car le dîner ayant toujours lieu en grand cérémonial, il ne pouvait être question de commencer sans elle. En général, elle arrivait une heure plus tard. « On patientait exquisément, dit l'un de ses plus chauds thuriféraires, parmi les jolies femmes délicatement parées, somptueusement gemmées, les conversations aimables, les parfums musqués et sucrés des mauves orchidées dont les salons étaient remplis. »

Quand le maître d'hôtel annonçait enfin le dîner – qui avait souvent été refait deux ou trois fois – les messieurs offraient le bras aux dames et, en cortège, on passait dans la vaste salle à manger gardée par des valets de pied en livrée bleu de Prusse et jaune safran et par des maîtres d'hôtel en livrée noire échelonnés devant les superbes tapisseries du XVe siècle qui habillaient les murs de pierre blanche.

Sans revenir sur l'abondance et la qualité des mets servis, il faut tout de même souligner certaine particularité des cuisines de Chaumont : l'usage du paon, volatile essentiellement décoratif qui, s'il connaissait une grande vogue au Moyen Âge où les tables princières le voyaient apparaître avec la totalité de son plumage, se trouvait moins apprécié depuis par les gastronomes. Chez Mme de Broglie, qui, peut-être, en avait rapporté la recette des Indes, on élevait dans le parc ces superbes oiseaux en les nourrissant d'une pâtée spéciale et surtout de bourgeons de cèdre qui leur procuraient un arôme particulier et, paraît-il, une chair onctueuse à souhait.

Il n'était pas rare, d'ailleurs, de rencontrer au château des potentats orientaux qui arrivaient escortés d'une suite chamarrée et même de leurs cuisiniers. Non par crainte d'être mal nourris mais afin que leurs amis français pussent retrouver chez eux les plats appréciés au cours de leurs voyages. Ainsi lorsqu'il s'agissait du maharajah de Kapurthala, on servait de l'agneau au riz et au curry dont la sauce était moirée de parcelles d'argent. Le shah de Perse, lui, faisait accommoder des perdreaux bien français à la mode de son pays, c'est-à-dire aromatisés de thym, de lentisque et de lavande « qui fondaient dans la bouche comme des berlingots et semblaient sortir tout préparés de chez le parfumeur Guerlain ».

Le dîner achevé, toute la société regagnait les salons pour y prendre le café. La princesse, pour sa part, allait s'asseoir dans son fauteuil préféré, au coin de la cheminée, afin d'y déguster en toute tranquillité son moka et une liqueur. Personne, à ce qu'il paraît, ne se fût permis de l'approcher à cet instant avant qu'elle n'en eût manifesté le désir. Elle faisait signe alors à l'un des assistants de venir s'asseoir près d'elle sur une petite chaise de soie bleue. Il s'agissait toujours d'un homme à qui elle déclarait aimablement :

« Allons, cher ami, venez me faire un petit frais ! »

L'audience achevée, la princesse s'installait à une table de bridge vers minuit et l'on jouait souvent jusqu'à l'aube. C'était un rite imprescriptible même les soirs où il y avait concert, ballet ou comédie.

Mais c'était le dimanche que la châtelaine de Chaumont jouait à la souveraine avec le plus d'autorité, pour ne pas dire avec le plus d'aplomb, à l'occasion de la messe que le chapelain disait dans l'élégante chapelle où reposait le cardinal d'Amboise. « C'était, rapporte l'un des habitués que j'aurai plaisir à présenter plus largement dans les pages à venir, un véritable drame. Chaque dimanche, vers midi un quart et de son lit, la princesse téléphonait qu'à midi et demi le chapelain pourrait monter à l'autel. Nous (les invités) entendions la messe dans la chapelle. Elle, toute seule, dans la tribune de la reine Catherine de Médicis communiquant avec la chambre historique de la célèbre veuve d'Henri II. À midi et demi, le prêtre commençait la messe, jetant de temps à autre un regard éploré vers la tribune qui demeurait vide. Arrivé à l'Évangile, et la tribune s'obstinant à rester vide, l'abbé disait lentement de saintes prières. Cela durait quelque fois une demi-heure. Alors, tout d'un coup, on entendait le pas trépidant de hauts talons marteler les dalles des appartements. Un valet de pied soulevait la tapisserie de la tribune. La princesse, pas encore coiffée mais une mantille posée sur la tête, en chemise de nuit et robe de chambre, enfouie dans un manteau de zibeline, lui tendait son pékinois favori et recevait en échange son livre d'heures. Elle mettait ses lorgnons et annonçait en toussant sa présence. Le prêtre, réveillé de ses prières, sursautait, clignait un œil vers la tribune royale et la messe continuait.» Un jour, le comte d'Obidos, grand seigneur portugais familier de Chaumont, lui dit: «Princesse, vous êtes la seule femme qui osiez faire attendre Dieu.»

Autre rite du dimanche: c'était le jour où l'on recevait à goûter les châtelains des environs, ceux que Mme de Broglie appelait en toute simplicité «les naturels du pays». Pour un peu, elle aurait dit les indigènes! Ce qui ne veut pas dire qu'elle les traitait avec désinvolture, bien au contraire. Il s'agissait de gens appartenant à l'aimable aristocratie tourangelle, très au fait d'ailleurs de la vie parisienne et la princesse connaissait trop le monde pour se permettre des impairs qu'on ne lui eût pas pardonnés. Elle recevait donc selon son habitude, avec somptuosité. Simplement les brancards ne quittaient pas la cuisine et l'on dressait l'impressionnant buffet dans la salle à manger où il y avait davantage de place.

Un retour de chasse.

Fidèle à son propos de ressusciter les fastes d'antan, la princesse de Broglie s'est penchée aussi sur la chasse en général et la vénerie en particulier, si fort en honneur au sud de la Loire où se trouvaient quelques-uns des plus beaux équipages : celui de M. de la Motte Saint-Pierre, au château de Montpoupon, celui du marquis de Vibraye à Cheverny et celui du duc de Valençay au château du même nom.

L'idée de la princesse fut de rétablir, sur la terrasse de Chaumont, les curées aux flambeaux qui n'existaient plus depuis Catherine de Médicis. La reine, on le sait, était une chasseresse et une cavalière émérite. C'est elle d'ailleurs qui a inventé la monte « en amazone » plus élégante pour une femme et qui lui permettait de montrer ses jambes qui étaient très belles. On a tellement daubé sur le peu de beauté de la mère des derniers rois Valois, sur sa ressemblance avec le pape son oncle pour ne pas souligner ce qu'elle avait de bien : des mains admirables et des jambes de déesse.

Pour en revenir à ces fameuses curées, si l'on s'efforce d'oublier ce qui en était le centre, le spectacle dans la nuit bleutée, sur cette terrasse dominant la Loire, éclairée par les torches que portaient les valets en livrée bleue et jaune, animée par les couleurs des équipages, les robes brillantes des chevaux et le pelage accordé des chiens de meute tandis que les trompes de chasse sonnaient à tous les échos de la vallée ne manquait certainement pas de grandeur. Ceux qui en furent témoins en ont gardé le souvenir.

Le cuisinier du château aussi qui, cependant, n'y assistait pas. Mais pour des raisons bien différentes. En effet, chacun de ces retours voyait affluer, vers le gargantuesque « goûter » installé dans la salle à manger, toute la horde des chasseurs. L'inconvénient était que le nombre des convives ne correspondait pas toujours à celui prévu par la maîtresse de maison. D'où l'obligation d'assez incroyables exploits. Par exemple, ce jour d'hiver où l'équipage de Montpoupon, aux tenues rouges galonnées d'or, découplait avec celui, bleu de roy du baron de Waldner. Le nombre des invités annoncés était de soixante. Or, lorsque la chasse arriva sur ses fins, on s'aperçut qu'il y avait au moins cent cinquante personnes qui avaient rejoint à un moment ou à un autre. Toujours royale, Mme de Broglie invita tout le monde à venir se restaurer au château. L'un de ses parents lui rappela alors, discrètement, que son chef n'attendait pas tant de monde :

« Ah, mon Dieu ! s'écria-t-elle, comme j'aimerais que le miracle des petits pains se reproduisît ! »

Cependant, comme elle n'était pas femme à attendre un improbable secours du ciel, elle sauta dans sa voiture et se fit ramener chez elle ventre à terre. Là, elle se contenta de déclarer à son maître d'hôtel : « J'ai commandé un goûter pour soixante personnes. Prévenez le chef qu'il en fasse un exactement pareil et aussi copieux pour deux cents... »

Une heure après, tous ces affamés dévoraient avec entrain sans imaginer un seul instant que leur venue n'était pas prévue. Et quand on sait que ces agapes de retour de chasse accumulaient sur l'immense table des viandes en gelée de toutes sortes, des pâtés de venaison, des poissons, des langoustes, des chauds-froids de faisans et de gelinottes sans oublier les fameux paons maison farcis de noisettes et de truffes, sans compter, bien sûr, les desserts, on peut se demander si le cuisinier de Mme de Broglie ne disposait pas d'une baguette magique. Ce qui est certain c'est qu'il pouvait puiser à son gré dans un fantastique garde-manger, situé dans l'une des grosses tours rondes qui servait de chambre froide. De la voûte gothique pendaient trois longs accroche-viande datant du Moyen Âge d'où cascadait tout un étal de boucherie et de gros gibier. Le reste à l'avenant.

Vint un jour, pourtant, où la princesse connut un revers de fortune. En 1905, un désastre financier, le « krach Crosnier » amena la faillite des raffineries Say, mais grâce à la sage administration du prince Amédée, la fortune personnelle de sa femme fut mise à l'abri de même que, chez les Brissac, la fortune de la duchesse Jeanne put être préservée. Un mot, à cette occasion du prince de Broglie qui, au moment de son mariage, renonça, non sans regrets, à une belle carrière dans l'artillerie autant en raison des affaires politiques que pour mieux gérer les intérêts de sa femme, entreprendre la restauration à l'identique de Chaumont et s'occuper tout simplement de son épouse en dépit du fait qu'elle ne plaisait guère à sa famille. Chez les Broglie où l'intérêt se tournait vers les sciences, les lettres, les arts et la politique, on ne partageait pas le goût de Marie Say pour les mondanités bruyantes ni sa passion des voyages pas plus que son gaspillage. Seulement, ce mariage-là était un mariage d'amour en dépit du fait que, sur le théâtre du monde, la princesse tenait tout le devant de la scène, laissant à son époux la rafraîchissante pénombre qu'il préférait.

Pour en revenir au désastre financier qui exigea tout de même un brin de réflexion, notre fastueuse hôtesse décida de tenir un conseil de famille où siégèrent autour du couple, leurs enfants : le fils aîné, Albert, marié à la sculpturale Daisy d'Harcourt, Jacques, le cadet qui n'avait pas encore mais ne tarderait pas à épouser une autre Daisy, fille du prince de Wagram celle-là, et enfin leur sœur Marguerite.

Après en avoir longuement discuté, pesant avec soin chacune des rubriques du fantastique train de maison, la princesse tira la conclusion des débats : « Puisqu'il nous faut nous restreindre, je décide de supprimer les petits pains au foie gras du goûter. »

Avec ou sans foie gras, la vie quotidienne à Chaumont se poursuivit comme devant. Pour sévère que fut cette perte d'argent – il s'agit de vingt-huit millions or ! – elle laissait à Mme de Broglie une fortune suffisante pour qu'il lui fût possible de continuer le genre d'existence qu'elle aimait, entourée des amis, fidèles ou intéressés, que lui valaient son hospitalité généreuse et, il faut bien en convenir, un charme certain.

Pourtant, si elle accueillait volontiers, elle détestait, semblable en cela à beaucoup de maîtresses de maison, qu'on s'imposât chez elle. Une vieille Américaine, implantée en France depuis Napoléon III, fort riche mais de réputation douteuse, en fit l'amère expérience.

Chaumont accueillait alors le roi de Portugal, Don Carlos, et la princesse s'ingéniait à rassembler autour de lui les personnalités et les dames qu'elle jugeait susceptibles de lui rendre le séjour encore plus agréable. Elle n'invita pas Mrs. Moore en dépit du fait – ou peut-être à cause du fait – qu'elle prétendait collectionner les rois au sens biblique du terme. Celle-ci attendit en vain une invitation qui n'arriva pas et en éprouva un vif ressentiment mais, appartenant à cette catégorie de femmes dont on ne se débarrasse pas facilement, elle usa d'un stratagème. Elle prit le train pour Tours avec sa femme de chambre et, comme on approchait de la petite gare d'Onzain qui desservait Chaumont, elle se déclara soudain très souffrante et, laissant sa camériste poursuivre jusqu'à destination, elle descendit et fit prévenir le château pour demander de l'aide : elle prétendait souffrir de la gorge et être en proie à une forte fièvre.

Pas dupe pour un sou, la princesse fit chercher la fausse malade, l'accueillit avec la compassion que commandait son triste état, la fit coucher et, comme celle-ci refusait de voir un médecin « pour ne pas déranger », assurant qu'un peu de repos et des soins appropriés la remettraient rapidement sur pied, elle la confia à sa femme de chambre particulière après avoir dûment chapitré cette fidèle servante : il ne pouvait être question, à aucun prix et sous aucun prétexte, de permettre à Mrs. Moore de faire son entrée dans les salons sur le coup de 8 heures, souriante et pomponnée, comme elle en avait certainement l'intention.

L'ordre fut exécuté à la lettre : un innocent vomitif, judicieusement administré, mit la dame hors d'état de se montrer et de venir faire au roi sa plus belle révérence. Le lendemain, Mrs. Moore, rétablie et furieuse, quittait le château sous l'ironique sollicitude de son hôtesse à qui elle ne pardonna jamais sa mésaventure, persuadée qu'elle était d'avoir goûté à l'un des antiques poisons de Catherine de Médicis qu'on conservait très certainement dans ses anciens appartements. Du coup, Mme de Broglie n'eut pas droit au moindre souvenir lorsque Mrs. Moore quitta ce monde, plusieurs années plus tard, en laissant par testament des legs à tous ceux qui avaient favorisé son ascension sociale. Ce qui fit dire à Robert de Montesquiou : « Mrs. Moore a quitté ce monde comme elle eût quitté le Ritz : en distribuant des pourboires. »

Le domaine de Chaumont, à l'époque, était impressionnant. Le prince Amédée avait patiemment reconstitué l'ancien fief par des achats de terrain ou des échanges avec les paysans : deux mille cinq cents hectares d'un seul tenant coupés de routes bien tracées et englobant une belle forêt et le parc du château.

Cette superbe propriété n'eut pas à souffrir de la déclaration de guerre en 1914 mais ne résista pas à la mort du prince, en 1917. « Ce sera pour Chaumont la pire des catastrophes, écrit la comtesse de Pange. Tout sera dilapidé, vendu ; il ne restera rien de ces opulentes splendeurs... » En 1938, le château appartiendra à l'État qui a toujours eu la peau trop dure pour être sensible aux sortilèges ou aux malédictions.

En 1907, alors qu'elle avait 19 ans et ne songeait pas encore à épouser Paul de Pange, Pauline de Broglie fut invitée avec son frère Maurice et sa belle-sœur, née Camille de Rochetaillée, à effectuer un petit séjour au château. Mme de Broglie était, à la fois sa tante par alliance et sa marraine, une marraine qu'elle ne connaissait pratiquement pas mais qui, pourtant, se manifestait à ses anniversaires et à Noël sous la forme de cadeaux, de jouets « compliqués et fragiles, trop beaux pour être cassés. On les reléguait sur le dessus d'une armoire d'où ils disparaissaient bientôt mystérieusement ». Attitude un peu stupide puisqu'au nom d'une quelconque querelle de famille elle privait une fillette de ces plaisirs un peu féerique attachés à l'enfance et qu'on ne retrouve jamais.

Donc, en pleine saison des chasses, Pauline s'embarque pour Chaumont à bord de la grande berline Rochet-Schneider de son frère. Pour la circonstance et bien qu'elle soit encore en période de demi-deuil, on lui a offert une robe du soir en mousseline crème ornée de broderies d'argent qui lui parut la plus belle du monde. Jusqu'à ce qu'elle pût la comparer aux toilettes fastueuses des invitées de sa tante.

Dans le salon, elle retrouve, outre ses cousins Albert et Jacques, d'autres personnes rencontrées en diverses circonstances comme le comte Alexandre de Laborde et Bernard de Gontaut, la comtesse Blanche de Clermont-Tonnerre, la baronne de Cassin, la marquise de Pothuau et quelques autres qui faisaient plutôt partie du « Personnel de l'Intimité ». Par contre, elle y fit la connaissance du célèbre André de Fouquières dont elle avait beaucoup entendu parler par d'autres jeunes filles du monde qui « sortaient » mais pas au sens où les jeunes l'entendent à présent ! Depuis deux ans, il était, en effet, « le meneur de jeu de tous les bals. C'était une sorte de dandy raisonnable considéré comme un arbitre mondain ». Autant le dire tout de suite, il ne fit pas grande impression sur la jeune fille. Elle s'attendait à un homme de belle stature, séduisant comme un grand-duc russe et ce n'était pas du tout cela : Fouquières était petit, d'un physique moyen et son élégance, si elle était irréprochable, n'avait rien de fracassant. Plus tard, cependant, il entra dans son amitié.

Celui qui l'intéressa le plus fut son voisin de table : un jeune homme « qui ne manquait pas d'esprit », à qui elle ne sut que dire mais qu'elle rencontra souvent par la suite. Il s'appelait fort simplement Gabriel-Louis Pringué. C'était un habitué de Chaumont et un fidèle ami du couple princier auquel il portait une sincère affection.

Quelques années après la mort de son époux, la princesse commit la folie d'épouser une altesse royale : l'infant Luis Fernando d'Espagne qui était encore plus extravagant qu'elle. Infidèle et peu scrupuleux de surcroît, il porta les derniers coups à la fortune de l'ex-Mme de Broglie. Il fallut vendre l'hôtel de la rue de Solferino, puis le château que l'État acquit après bien des vicissitudes. On morcela les terres et du beau domaine si soigneusement rassemblé par le prince Amédée, il ne resta qu'un parc autour d'un château silencieux.

Devenue altesse royale, Marie Say n'en retira aucun profit. Elle mourut pendant l'Occupation, fort âgée mais dans un triste logis de la rue de Grenelle. Son malencontreux époux la suivit dans la tombe deux ans après.

« Je dis suivre à tort, précise André de Fouquières qui, lui aussi aimait bien les Broglie et les accompagna au cours de l'un des voyages aux Indes, car je pense que, là-haut, il évitera de rencontrer sa trop confiante épouse. »

L'étonnant M. Pringué

Autant l'avouer tout de suite, je dois la plus grande partie du chapitre précédent – et quelques détails des autres ! – à cet extraordinaire personnage, surprenant gentilhomme breton sans particule dont j'ai fait la découverte par livre interposé, peu d'années après la dernière guerre et qui, depuis, me fascine pour avoir réussi à mener durant près de cinquante ans la plus fantastique carrière d'homme du monde, sans aucune autre activité – du moins officielle ! – grâce à sa parfaite éducation, à la fortune et aux relations familiales, à un caractère d'une grande urbanité, à une élégance sans reproches et, si l'on en croit certain portrait réalisé par Wittmann lorsque son modèle avait 25 ans, à un physique plutôt décoratif.

Pierre Daninos, alors qu'il réunissait la documentation destinée à son *Snobissimo,* l'a rencontré sur le tard au cours d'une visite au Jockey-Club et en a donné une de ces irrésistibles pochades où il excelle :

« J'ai connu dans les années 40 un de ces échantillons de snob royal qui avait fréquenté tout ce que l'Europe comptait de têtes couronnées avant la Guerre de 14 et même après celle de 40. La taille cambrée bien prise dans un veston très ajusté, l'œil bleu, le teint bois de rose, la moustache blonde, cet homme disert, toujours orné d'un œillet ou d'un bleuet *bachelor's button* (qu'il laissait discrètement tomber dans le bénitier lors des messes funèbres pour le reprendre à la sortie) était le plus fantastique *name dropper*[1] que j'eusse jamais rencontré. Toutes ses phrases, ou peu s'en faut, commençaient ainsi :

« "J'étais un jour chez mon vieil ami le prince de La Tour d'Auvergne-Lauraguais (à la famille duquel par parenthèse mais vous savez sûrement ça, Louis XVIII avait remis le cœur de Turenne) quand tout à coup, que vois-je entrer ? Ah, mon cher, un Gainsborough tout vif, un cou de cygne, un port de reine... Lida !... ma chère Lida, la princesse Victor de Thurn et Taxis..."

« Ce vieux Parisien élevé dans le Morbihan, mascotte de toute une société, célibataire perpétuellement invité, avait lui-même fait son chemin sans particule et comme entre parenthèses dans les plus impénétrables forêts du Gotha[2]. »

Peu de temps avant sa rencontre avec Daninos, Gabriel-Louis Pringué avait fait paraître sous la houlette de la revue *Adam* un ouvrage de souvenirs intitulé, avec une grande modestie d'ailleurs, *Trente ans de dîners en ville*. Livre étonnant, bourré d'anecdotes et de souvenirs, préfacé un peu à l'aigre-doux d'ailleurs par les frères Tharaud qui étaient voisins de campagne de l'auteur, et qui ouvre des perspectives assez fabuleuses sur la haute société européenne dans le premier tiers du XXe siècle. Si quelqu'un sait ce que fut la vie de château avant que la Seconde Guerre mondiale ne vînt bouleverser les valeurs essentielles des vieilles civilisations c'est bien lui. Il a fréquenté des demeures extraordinaires, remplies d'objets d'art et d'une domesticité nombreuse qui, de l'escalier aux salons, accompagnait les pas et les gestes des visiteurs, s'empressant au-devant de leurs moindres désirs. Il a rencontré, et admiré en connaisseur, les plus jolies

1. Semeur de noms.
2. Je ne saurais trop recommander, même à quelques années d'intervalle, la lecture de *Snobissimo* qui est à la fois un régal et la peinture de toute une société. À défaut de le trouver en librairie, il convient de se le faire prêter.

femmes de son temps et si ses souvenirs dégagent parfois le parfum de roses mourantes des féeries évanouies du moins sont-ils exempts d'amertume ou seulement de regrets. Cette existence de folies mondaines, il l'a voulue et n'en a jamais éprouvé la moindre désillusion. Bien au contraire : on sent, au fil des pages, qu'il a voué une profonde admiration, une vraie tendresse à ces femmes et ces hommes qui le recevaient et souvent en faisaient leur confident. Le seul reproche que l'on peut lui adresser est de se montrer quelque peu excessif dans la louange mais quand on aime on ne compte pas et quand, par hasard, il lui arrive de se montrer sévère on peut en conclure que le personnage en question devait être vraiment détestable.

Cependant, cette espèce de culte qu'il voue à ses ébouriffants compagnons d'existence n'exclue pas un certain sens de l'humour : « Peu d'êtres auront, je crois, autant vécu que moi et avec plus d'intensité, écrit-il à la première page de son livre. J'ai emmagasiné des souvenirs afin de les lire dans l'autre monde dont j'ignore le confort et la distraction et dont les aperçus qui me sont offerts appartiennent au domaine du vague et de l'irrésolu. »

Au fond, le personnage dont il parle le moins, c'est lui-même et il faut beaucoup d'attention pour reconstituer, en dehors de sa vie dans les salons, ce qu'était sa vie de famille. Quant aux femmes qu'il a pu aimer, hormis une passion romantique et désincarnée pour l'impératrice Élisabeth d'Autriche – « ce fut une de mes grandes et mystérieuses passions dans le rêve » – il se montre d'une discrétion pleine de rigueur pour tout ce qui put toucher à ses affaires de cœur.

La première enfance a pour cadre un château du Morbihan, proche de Redon, appartenant à sa grand-mère maternelle dont le nom demeure ignoré mais qui cousinait avec les Lantivy de Trédion et les La Motte Broons de Vauvert qui font remonter jusqu'à Du Guesclin cette importante partie du sang de notre narrateur. Son père, pour lequel il professe une admiration pleine de révérence, fit carrière dans la haute magistrature, débutant en 1882 comme attaché au cabinet du garde des Sceaux pour devenir ensuite avocat général à Rennes et finir en tant que conseiller à la Cour de cassation, à Paris donc où, même après sa retraite, ses connaissances approfondies de la jurisprudence lui valaient d'être souvent consulté. Le train de maison était important. Le service comportait maître d'hôtel, cuisinière, valets et femmes de chambre aussi bien au lieu de résidence du magistrat que dans la maison de famille de Dinan et la villa d'été de Dinard.

Gabriel-Louis ayant opté pour un confortable célibat, la famille dut s'éteindre après lui. Il ne mentionne d'ailleurs aucun frère mais des sœurs dont l'une devint comtesse Bréart de Boisanger – famille importante ayant compté un directeur de la Compagnie des Indes et, plus près de nous, un administrateur de la Comédie-Française, entre Pierre Descaves et Maurice Escande – puis, après un veuvage, comtesse Chauveau et dame du château de Bothané en Bretagne. Dernier détail enfin, notre héros perdit sa mère lorsqu'il était encore très jeune et semble n'avoir jamais guéri de cette blessure.

Si l'on en croit les premières lignes de son livre, il fréquenta au moins deux collèges en Bretagne d'abord et ensuite à Paris, mais le ton qu'il emploie pour les évoquer est tout à fait inhabituel chez les anciens potaches : « Ayant quitté les collèges amènes fardés de brouillard nacré et dessinés à la manière des pastels, sur la toile de fond du plaisir... » Les éléments mâles de sa famille échappés de Stanislas, de Saint-Vincent de Senlis, des Jésuites d'Autun ou autres n'ayant jamais trouvé la moindre aménité ou le plus petit brouillard nacré à ces augustes maisons ont fini par conclure qu'il s'agissait là d'un cas exceptionnel doublé d'une inaltérable bonne humeur. Il est vrai qu'on peut lire ensuite, « ayant clos cette période de nostalgie et de mélancolie qui vous gratifie de vingt-quatre mois de spleen, dénommée le temps de service militaire, je rentrais à Paris décidé à connaître l'excitation constante et perpétuelle dans le bonheur de vivre ».

Avant ce triste épisode, Gabriel-Louis s'est livré à quelques études supérieures. Avec un certain succès d'ailleurs : « Mes parents habitaient un appartement aux confins du Luxembourg, près du boulevard Saint-Michel. C'est dans ce jardin que ma paresse passait les heures qu'elle volait à l'École de Droit dont, cependant, chaque année, je réussissais à passer les examens. » Dûment licencié et pour faire plaisir à sa mère qui souhaitait le voir un jour ambassadeur, notre étudiant entra rue Saint-Guillaume, à l'école des Sciences politiques où il eut comme professeur Anatole Leroy-Beaulieu, Albert Sorel et le comte Vandal. En même temps, il continuait à fréquenter le Luxembourg particulièrement bien peuplé à cette époque puisqu'il s'y lia avec Jean Giraudoux, Paul Morand, Maurice Bedel, Dunoyer de Segonzac, Pasteur Vallery-Radot, Lucien Daudet, etc.

Chose étrange, après de brillantes études, le jeune Pringué choisit de ne rien faire du tout. Il ne donne aucune raison à ce choix, se bornant à la dédicace de son ouvrage : « Je dédie ce livre à la mémoire de mes bien-aimés parents qui me comblèrent de tendresse et dont la bonté compréhensive me permit de mener la vie qui séduisait ma fantaisie. » Les armes qu'il possède pour affronter la vie sont cependant importantes : solide bagage intellectuel auquel se joint une parfaite connaissance de l'anglais puisqu'il passa une partie de sa jeunesse en Angleterre, et multiples relations de part et d'autre du Channel. Avec en plus une ou deux autres langues étrangères. Le Quai d'Orsay aurait dû lui ouvrir largement ses portes et pourtant il ne les franchit pas...

Il y a peut-être à cela une raison profonde qui n'apparaît qu'en filigrane : à plusieurs reprises Gabriel-Louis déclare négligemment et comme entre parenthèses qu'il fut gravement malade. La première fois sans date précise. La deuxième en 1913 « relevant d'une importante maladie qui m'avait fait terriblement maigrir ». La troisième : « Pendant la guerre de 1914, au moment du déferlement des hordes teutonnes sur Paris, je dus, très malade, quitter

Melun... » Quelques syllabes pudiques cachant peut-être une souffrance inavouée... Pourtant, il reprendra l'uniforme quitté à un certain moment de la guerre. Lorsque sonne le clairon de l'Armistice, il est officier de liaison avec l'armée anglaise. Par la suite il retrouvera cette vie de mondanités et de voyages fréquents à travers l'Europe qu'il menait avant la guerre et qui permet alors de se poser une question : n'était-il vraiment qu'un aimable papillon posé sur les fleurs des salons, l'un de ces charmants célibataires oisifs que s'arrachaient les maîtresses de maison, ou bien y avait-il autre chose ? Imagination de romancière, me direz-vous ? Peut-être !... Pourtant, je ne peux me défendre d'un petit doute : cet homme qui aimait profondément la France, n'a-t-il pas choisi, entre un bal à Vienne, une garden-party à Windsor ou un laisser-courre à Cheverny, de servir discrètement son pays ?

La question demeurera éternellement sans réponse. En attendant nous nous contenterons de suivre Gabriel-Louis Pringué dans quelques-uns de ces châteaux qu'il connaissait si bien.

La princesse Alice de Monaco à Haut-Buisson.

Avant de devenir personnage de roman – elle est la princesse de Luxembourg de Marcel Proust dans *À la recherche du temps perdu,* Alice de Monaco en vécut un qui ne manque pas de rebondissements.

À l'origine, elle se nomme Alice Heine, née en 1858 de Michel Heine, banquier de Hambourg et de sa femme Marie-Amélie Miltenberger émigrés à La Nouvelle-Orléans, mais émigrés riches ! Bien que d'origine juive, l'enfant sera catholique et vivra dans le « Vieux Sud » une enfance dorée, naturellement complétée par des voyages en Europe où la famille a gardé des liens. Outre le grand poète allemand Henri Heine, elle cousine plus ou moins avec les descendants de Masséna et les Nadaillac.

Reçue donc dans la haute société française, elle y rencontre Marie-Odet-Richard-Armand Chapelle de Jumilhac, duc de Richelieu et de Fronsac. Le mariage a lieu en 1875 à l'église de la Sorbonne, privilège spécial accordé à la maison de Richelieu. Le marié a 27 ans, la mariée 17. Elle est grande, blonde, éclatante. Lui n'est pas mal du tout. En résumé il s'agit d'un mariage d'inclination que deux enfants, Armand et Odile, viendront cimenter tout naturellement. À Paris, on vit dans le cadre somptueux du 25, faubourg Saint-Honoré et l'été, quand on ne voyage pas, on séjourne au château de Haut-Buisson, dans la Sarthe, qui appartient au duc.

C'est au cours d'un de ces voyages, à Athènes en 1880, que l'époux d'Alice meurt et qu'elle se retrouve veuve... approximativement au même moment où le tribunal de la rote, à Rome, prononce le 3 janvier 1880, l'annulation du mariage contracté dix ans plus tôt par Albert, duc de Valentinois, fils aîné du prince Charles III de Monaco, avec Mary-Victoria Douglas Hamilton, fille du duc de Hamilton, premier pair d'Écosse, et de la princesse Marie de Bade, petite-fille de cette Stéphanie de Beauharnais jadis adoptée par Napoléon Ier. Mariage assorti : 20 ans pour l'un, 18 ans pour l'autre, néanmoins mariage où le cœur n'a pas trouvé sa place. Ce fut uniquement une union politique, voulue par Napoléon III dont lady Mary était la petite-cousine. Pourtant, pour employer une formule moderne et peu élégante, cela aurait pu marcher. Mary était jolie et Albert, marin dans l'âme, fort séduisant ; teint mat contrastant avec des yeux clairs, sensible et intelligent, plein de charme et de gentillesse mais hautain et nerveux à ses heures.

Le départ est encourageant quand, le 18 septembre 1869, le contrat de mariage est signé au palais de Saint-Cloud et le mariage religieux célébré trois jours après au château de Marchais, dans l'Aisne, qui appartient toujours à la famille de Monaco. Quelques semaines en Suisse puis à Bade et, en décembre, le nouveau couple arrive à Monaco où la jeune duchesse commence une grossesse difficile et, très vite, se sent malheureuse. Elle souffre d'être éloignée de sa mère et de son pays, plus encore peut-être de la vie surveillée qui est la sienne aux côtés d'un époux qui la néglige. En outre, le prince Charles III est malade et sa sœur, la duchesse d'Urach, est revenue vivre sur le Rocher où elle impose sa loi. Au mois de février 1870, Mary quitte Monaco pour l'Allemagne et c'est à Baden-Baden que, le 12 juillet 1870, elle donne le jour à un petit garçon qui deviendra le prince Louis-Honoré-Charles-Antoine. Elle ne reverra jamais le palais des Grimaldi au soulagement d'ailleurs d'un époux qui, lancé dans la guerre de 1870, se retrouvera ensuite officier dans la marine espagnole. Aucune tentative de rapprochement ne réussira et il faudra, qu'après le jugement de Rome, le prince Charles III se résigne, le 28 juillet, à déclarer dissous le mariage civil de son fils. Il n'est que temps : depuis un mois environ Mary Hamilton est devenue l'épouse d'un noble hongrois, le comte Festetics grâce à qui elle pourra approcher, en amie, l'impératrice Élisabeth d'Autriche.

C'est aux Açores que le duc de Valentinois, qui fait voile à bord de son yacht *L'Hirondelle,* rencontre la jeune veuve du duc de Richelieu. Il lui fait visiter son navire et les instruments d'océanographie qu'il contient. Depuis pas mal de temps déjà, il s'intéresse aux méandres et caprices du Gulf Stream. Alice vient à bord avec ses deux enfants et Albert, qui est en proie depuis quelque temps à de graves difficultés financières pour continuer ses expériences, se déclare très vite charmé par cette belle jeune femme... si riche.

Lorsqu'il rentre à Monaco, il est fermement décidé à l'épouser mais le prince Charles III, lui, n'est pas d'accord. La scène qui les oppose est restée célèbre :

« Épouser une roturière, une Allemande, une juive ! clame le prince de Monaco. Voulez-vous donc nous déshonorer ?

– Cette roturière, père, est duchesse de Richelieu. Cette Allemande est américaine. Cette juive est catholique et, qui plus est, c'est l'une des grosses fortunes d'Amérique.

– Je sais ce que je dis !

– Je sais ce que je sais ! »

Chacun se retire sur ses positions mais Albert ne cédera pas. Il attendra la mort de son père qui survient en 1889 et fait de lui le prince régnant : quelques semaines plus tard, à Paris, à la légation de Monaco puis dans la chapelle de la Nonciature, rue de Varenne, il épousait Alice avec laquelle il faisait, le 12 janvier 1890 son entrée solennelle dans sa bonne ville... avant de repartir, d'un pied léger, sur son yacht baptisé désormais *Princesse Alice*.

Coulée dès lors dans la peau d'une femme de marin, il fallut bien que la nouvelle princesse s'en arrangeât. Elle avait tenu, à Paris, un salon brillant où se côtoyaient gens du monde et artistes. Elle attira les uns au palais, les autres à Monte-Carlo où, depuis une dizaine d'années, Charles Garnier avait construit le théâtre. Mais la nouvelle salle ne faisait pas vraiment recette. L'honneur de la princesse Alice fut de faire venir à Monte-Carlo, en 1892, l'extraordinaire organisateur qu'était Raoul Gunsbourg qui, durant une cinquantaine d'années, allait se vouer à l'opéra monégasque et en faire l'une des premières scènes du monde.

En attendant les ballets russes de Serge de Diaghilev, Gunsbourg y fit créer les premières œuvres de Massenet et y monta certains opéras de Wagner réservés jusque-là à Bayreuth. La Comédie-Française, elle aussi, se fit applaudir souvent... mais la princesse Alice n'occupait plus la grande loge centrale. En dépit de son activité, elle avait fini par s'ennuyer et rêver d'une vie plus libre. Le 30 mai 1902, la séparation était prononcée entre elle et Albert, déjà reparti pour ses grandes expéditions océanographiques. Aucun enfant n'étant né de cette union, chacun pouvait s'en aller vivre à sa guise. Le prince, en tout cas, n'avait plus de soucis financiers : Monte-Carlo, son casino, son théâtre et ses grands hôtels étaient désormais une réalité capable de traverser les siècles.

La princesse Alice retrouva la société lettrée, artistique et cosmopolite qu'elle aimait. Elle reprit ses habitudes parisiennes et ses séjours au château de Haut-Buisson qui restait de son apanage. C'est à cette époque que Gabriel-Louis Pringué lui fut présenté et devint de ses familiers. Il se rendait fréquemment dans la Sarthe, parfois en compagnie de la princesse de Broglie : cent vingt kilomètres seulement séparaient Chaumont de la demeure estivale d'Alice qui, séparée civilement, demeurait l'épouse d'Albert aux yeux de l'Église. Notre chroniqueur a laissé du château, situé près de La Ferté-Bernard une description... et un menu : « Haut-Buisson était un petit château du XVIIIe, aménagé avec le dernier confort anglais. Dans les boiseries du grand salon se trouvaient encastrés les portraits en pied du cardinal de Richelieu par Philippe de Champaigne, du maréchal de Richelieu par Van Loo, et du duc de Richelieu, ministre de la Restauration, par Lawrence. Dans la bibliothèque, on pouvait admirer aussi un très beau portrait de femme dû à Clouet qui me captivait. Les serres de Haut-Buisson étaient magnifiques et la princesse Alice y cultivait ces orchidées roses, don de la reine Alexandra qui les lui avait fait parvenir de Sandringham. Le cuisinier se montrait particulièrement remarquable... »

Il donne ensuite, avec un plaisir de gourmand et de gourmet, la totalité du menu d'un repas auquel assistaient, outre Mme de Broglie, lady de Grey, la duchesse de Camastra et Pierre Loti, grand ami de la maison où il faisait de fréquents séjours :

Melon glacé au porto
Œufs à l'aurore
Langoustes à l'armagnac
Chartreuses de pintades
Pommes de terre soufflées

Chevreaux rôtis ornés de barquettes de mirabelles
Salade
Bœuf mode à la gelée
Chicorée à la crème
Compotes de fruits

C'est ce jour-là, paraît-il, que Pierre Loti « fardé de rose » et juché « pour se grandir » sur des talons-échasses, raconta l'histoire d'un marchand chinois qui, ayant perdu sa femme dont il était fort épris, l'avait fait incinérer. « Il gardait ses cendres dans des boîtes d'or. Le soir, avant de se retirer pour la nuit et s'il avait le lendemain une décision importante à prendre, il se saupoudrait le front de cette cendre. Ainsi, il évoquait l'âme de sa femme et agissait le jour suivant selon les rêves que lui avait suggérés le retour de cette âme. La réussite se prouvait certaine... »

Autre personnage, inattendu d'ailleurs, habitué des festins de la princesse, Joseph Caillaux qui venait de sa propriété de Mamers. C'est là qu'il prononça, paraît-il, une phrase dont je me demande encore si elle était d'une grande innocence ou simplement cynique. C'était au moment où cet homme de bien créa l'impôt sur le revenu : « Les gens du monde sont furieux contre moi mais ces farouches royalistes ne se rendent pas compte que je rétablis tout simplement un des impôts de la monarchie de droit divin : la taille. » Curieuse façon de se faire bien voir dans la haute société où l'on n'apprécia guère ce retour aux anciens usages ! Les bons républicains, eux, devaient se montrer encore moins sensibles à ce rappel historique apporté un peu comme un cheveu sur la soupe par un homme que notre Pringué impavide et toujours indulgent déclarait « très brillant causeur, un peu irascible mais d'une prodigieuse intelligence... » Personnellement – et je ne suis pas seule de cet avis – j'aimerais pouvoir effacer M. Caillaux de l'histoire de France aussi radicalement que sa femme supprima le directeur du *Figaro*... Il est toujours permis de rêver.

Pour en finir avec la princesse Alice, elle entretenait d'étroites relations avec l'Angleterre dont la reine Alexandra l'honorait de son amitié. Durant la *season* elle séjournait à l'hôtel Claridge's où elle rencontrait nombre de ses compatriotes. À Paris, elle se faisait un devoir d'aider les Américains à gravir les échelons d'une société qui – en dépit des fameux mariages d'argent – ne leur était pas toujours ouverte. Ainsi, elle accepta un jour, sans l'avoir jamais rencontrée, l'invitation d'une Américaine nouvelle venue qui venait d'acheter un magnifique hôtel particulier et qui, souhaitant faire son chemin dans le Tout-Paris, chargea André de Fouquières d'organiser pour elle sa soirée de pendaison de crémaillère. Celui-ci se tira au mieux de sa tâche et, ayant invité en son nom, réussit à réunir une pléiade d'altesses, d'ambassadeurs, de grandes dames sans compter un plateau d'artistes tels que Caruso et Géraldine Farrar. La princesse Alice fut du nombre, admira en connaisseuse puis, descendant le grand escalier au bras de notre ami Pringué, elle soupira : « Quelle belle soirée ! On connaissait tout le monde sauf la maîtresse de maison... »

Son fils, le duc de Richelieu, épousa lui aussi une Américaine mais ce fut pour le mariage de sa fille Odile avec le comte Gabriel de La Rochefoucauld que la Sorbonne revit la princesse Alice de Monaco.

Josselin et la duchesse Herminie.

Plus beau, plus noble, plus imposant ne se peut trouver sur cette terre bretonne, si riche cependant en superbes témoins du passé, que ce hautain château dans son armure de pierre. Il impose sa loi, il domine le paysage si paisible et qui, peut-être a oublié ; mais lui se souvient. Elles ont vu tant de choses, les trois tours épargnées ! Elles étaient neuf jadis, avant Richelieu qui les rasa, plus un puissant donjon qui se reflétaient dans la petite rivière d'Oust. Un nom qui ressemble à un cri de

Josselin.

guerre et qui va mal à ce tranquille chemin d'eau... Elles ont vu, surtout, les Rohan !

Parfois éloignés, toujours revenus, mêlés à l'histoire profonde de la Bretagne, à ses légendes qui sont vérités et, depuis Olivier de Clisson, connétable de France, qui l'érigea dans sa splendeur, à la mémoire glorieuse de notre pays.

Après tant de guerres et d'incendies, après les pioches et les mines du cardinal-ministre, Josselin connut l'abandon durant les XVIIe et XVIIIe siècles. Les tours commandant la première porte et le pont-levis furent démolies elles aussi en 1760. On y établit même une filature destinée à venir en aide aux enfants pauvres. Pourtant il appartenait toujours aux Rohan et leur resta au-delà de la Révolution. Le duc de l'époque n'ayant pas émigré conserva ses biens. Mais dans quel état !

Cette ruine grandiose émut, en 1824, la duchesse de Berry qui visitait la Bretagne. Elle en « conseilla » la restauration mais Josselin dut attendre encore quarante-deux ans, jusqu'en 1866 où le duc Josselin de Rohan entreprit la reconstruction, relayé en 1893, après sa mort, par le duc Alain. Et le grand château retrouva lentement sa splendeur d'autrefois, digne en tous points de l'altière devise de la famille « Roi ne puis, prince ne daigne, Rohan suis ». Et comme, à pareil cadre, il fallait des hôtes prestigieux, une femme, durant la Belle Époque, allait se charger de le peupler selon ses mérites : celle que ses amis appelaient la duchesse Herminie et les pauvres du Morbihan et du quartier des Invalides, « la bonne duchesse ».

Lorsqu'il était encore prince de Léon, titre porté par le fils aîné chez les Rohan, le futur duc Alain-Charles-Louis épousa en 1877 la toute jeune Herminie, des marquis de Verteilhac dont les ancêtres gouvernèrent le Périgord et donnèrent au roi – et même à Napoléon Ier – toute une série de grands soldats. Unique héritière, celle-ci possédait une imposante fortune que son époux, devenu député du Morbihan, sut administrer avec une sagesse et une mesure qui n'excluaient pas la générosité. Ainsi qu'un magnifique hôtel construit au XVIIIe siècle par Brongniart sur le boulevard des Invalides où elle attira, non seulement tout le contenu du Gotha mais aussi, chaque jeudi à 5 heures, tout ce que Paris comptait de jeunes auteurs inconnus, de poètes plus ou moins faméliques et de débutants dans l'art – ô combien difficile ! – de la littérature. En même temps, elle conviait des académiciens, des éditeurs, des journalistes et des célébrités variées mais tous susceptibles de venir en aide à ses protégés. À tout ce monde, elle offrait de copieux et succulents goûters qui entraient bien pour quelque chose dans la bonne volonté que mettaient les Immortels à se laisser traîner dans ce genre de galère. Le duc, en effet, était gourmand et la duchesse avait un excellent chef. Cependant, la souriante amabilité de ces réunions excita la verve ironique d'Henri Rochefort qui déclara un jour : « Le salon de la duchesse de Rohan c'est la rue avec un toit dessus. »

Il y eut pourtant un poète qui fut l'apport personnel du duc.

Les dames, à cette époque, lorsqu'elles ne recevaient pas, rentraient chez elles en fin d'après-midi et s'installaient dans un petit salon, revêtues d'une toilette d'intérieur avant de se préparer pour les sorties de la nuit. Elles accueillaient quelques amis habitués qui venaient leur apporter les dernières nouvelles et les potins tout juste sortis du four. Ces visiteurs du soir appartenaient essentiellement au genre masculin. Ils avaient leur fauteuil ou leur pouf réservé, leur guéridon où ils posaient rituellement leur chapeau haut de forme, leur canne et leurs gants. Ils savaient que, suivant l'heure où ils arriveraient, ils pourraient goûter quelques instants d'un agréable tête-à-tête où ils se livreraient aux joies de la « conquête cérébrale ». Aussi détestaient-ils trouver quelqu'un d'autre à leur place surtout quand ce quelqu'un n'appartenait ni à leur club ni à leur société. « Ils le monoclaient comme on couche en joue un condamné à mort dans les fossés de Vincennes », précise

Gabriel-Louis Pringué qui ajoute : « Il arrivait même que le nouveau venu, peu au courant des us et coutumes, eût le front de s'asseoir sur le pouf capitonné du grand seigneur et même de poser ses gants, son chapeau, sa canne sur le guéridon destiné à des honneurs plus hiérarchiques. »

C'est ce qui arriva, un soir, au duc de Rohan, venu rendre sa visite quotidienne à la belle Mme John Balli. Il trouva un tout jeune homme étincelant de verve et d'esprit installé confortablement à sa place, commença par prendre la chose fort mal... puis se calma. Le petit jeune homme était Jean Cocteau qui ne tarda pas à prendre le chemin du boulevard des Invalides... la duchesse n'étant pas femme à se laisser troubler par une anecdote de ce genre. Elle et son époux étaient d'ailleurs fort unis et cinq enfants cimentaient leur couple : deux fils, Josselin qui sera duc de Rohan et député du Morbihan mais tombera au champ d'honneur en 1916, et Jehan, marié à Mlle de Talhouët-Roy ; trois filles en outre qui résumeront un peu l'armorial : Marie, princesse Lucien Murat puis comtesse de Chambrun et ambassadrice à Rome[1], Anne mariée au comte de Talleyrand-Périgord et Françoise qui sera duchesse de Caraman.

À l'automne, la famille se transportait au château de Josselin pour y continuer la vie brillante de Paris avec une nuance d'intimité qui, en dépit d'un faste normal pour une maison ducale, n'approchait en rien les outrances et le côté décousu de l'existence à Chaumont. Pour s'en rendre compte, il suffit d'y suivre notre ami Pringué qui vouait à la duchesse Herminie un respect nuancé d'affection pour la bonté compréhensive qu'elle lui avait montrée au moment de la mort de sa mère :

« Le train vous déposait à la gare de Ploermel. Là vous attendait la grande calèche attelée de rapides postières blanches dont les queues flottaient au vent ; des pos-

1. Elle sera la belle-mère de Josée Laval.

tillons en tenue verte et rouge les montaient. Les onze kilomètres à travers landes et bois étaient franchis à toute allure... On trouvait à Josselin l'accueil le plus familial et le plus amical. Après avoir salué le duc et la duchesse toujours là pour vous recevoir, le maître d'hôtel vous conduisait à votre chambre où vous attendait le valet de pied attaché à votre personne pendant votre séjour, qui défaisait vos bagages, rangeait vos vêtements... Le duc de Rohan, très ponctuel, tenait beaucoup à l'exactitude et ne souffrait aucun retard pour les repas. Le déjeuner était à midi et demi, le goûter à 5 heures et le dîner à 8 heures. Pour le dîner comme dans tous les autres châteaux, les femmes revêtaient des robes du soir décolletées et les hommes des smokings. Quelquefois, pour le goûter, de vieux messieurs très élégants revêtaient des smokings d'après-midi en velours bleu, ponceau ou noir. Les maîtres d'hôtel portaient la tenue noire, les valets la petite tenue verte et rouge. Ce n'est que dans des cas exceptionnels que le service prenait la grande livrée d'apparat. Je ne l'ai vue porter à Josselin que deux fois, une fois en 1903 pour le séjour de l'archiduc Charles de Habsbourg, tout jeune homme qui devait plus tard épouser la princesse Zita de Bourbon-Parme et devenir l'empereur Charles. Et une autre fois en l'honneur de LL.AA.RR. le comte et la comtesse d'Eu, née princesse impériale du Brésil... Rien n'était beau à Josselin comme le dîner dans cette vaste salle à manger de pierre à l'aspect sévère, énorme pièce médiévale où la statue du connétable de Clisson faisait face à la monumentale cheminée de granit sculpté aux armes des Rohan rehaussées de couleur. Tout une forêt de bûches y brûlaient d'un feu d'enfer... »

Parmi les hôtes habituels de Josselin, on rencontrait alors deux des hommes les plus spirituels de l'époque, encore que dans des registres tout à fait différents : l'un était le marquis de Modène, petit-fils d'un page de Louis XV et doué d'un humour décapant, l'autre l'abbé Mugnier, vicaire de l'aristocratique paroisse

Sainte-Clotilde et chargé des âmes frivoles de tout le faubourg Saint-Germain.

En dépit d'une soutane élimée, de gros souliers et d'une ronde figure paysanne surmontée d'un toupet de cheveux roux, l'abbé dînait dans le grand monde au moins aussi souvent que notre ami Pringué. Il venait parfois à Josselin depuis le château du Combourg, où durant l'été il se trouvait à demeure chez la comtesse de Durfort.

Familier des Rohan qu'il entendait à confesse, il avait son couvert mis chez eux chaque fois qu'il le désirait. Un soir, à l'occasion d'un grand dîner, il eut pour voisine une dame d'un âge plus que certain arborant sur un décolleté décharné une magnifique croix de diamants. En sortant de table, quelqu'un lui demande :

« Avez-vous vu la croix ?

– Non, réplique l'abbé, je n'ai vu que le calvaire... »

À une autre occasion, comme la duchesse Herminie lui reprochait doucement la répugnance qu'il montrait à prêcher en chaire, il lui répondit : « Dieu a donné la parole au prêtre, Madame la Duchesse, mais il n'a jamais demandé qu'il s'installe dans un coquetier pour la répandre. »

Quant au marquis de Modène, ses mots sont trop nombreux pour trouver place ici. Certains marqués au coin de cette touche de cruauté inhérente au ton de l'Ancien Régime. Ainsi, à un riche parvenu que le pape était en train d'anoblir et qui lui demandait conseil sur le choix d'une devise, il répondit avec un sourire féroce : « Elle est toute trouvée : "Pas de quartiers !". »

Un autre jour, après un déjeuner à Josselin, et alors qu'il venait de fêter ses 90 ans, il eut à subir un jeune loup aux idées progressistes qui tentait de lui en faire admettre le bien-fondé et la valeur exceptionnelle. Au bout d'un certain temps, agacé, le marquis se leva : « Pardonnez-moi, monsieur, mais je suis encore trop jeune pour m'intéresser à la politique... »

Sur un autre plan, le château accueillait toutes les fêtes locales de la petite ville et de son environnement. S'y réunissaient alors toute la splendeur colorée des costumes bretons, brodés d'or et d'argent, les coiffes de dentelles, les joueurs de cornemuse et de biniou. On dansait dans le parc et le coup d'œil valait bien celui des soirées mondaines. À ces occasions, le duc et la duchesse se retrouvaient bretons jusqu'à la moelle et ne manquaient pas d'entonner avec leurs invités le *Bro Goz ma zadou* qui est en quelque sorte l'hymne national de la Bretagne.

Le potager de Pontchartrain.

Après la mort de la douteuse Païva, célèbre courtisane née dans le ghetto de Moscou qui, par sa beauté, réussit après moult aventures à se faire épouser par un marquis portugais puis par un comte allemand devenu prince le jour où il fut veuf, le beau château, construit par Mansart sur des jardins de Le Nôtre pour la famille Phélypeaux qui en prit le nom, passa pour ainsi dire du diable au Bon Dieu : le prince de Donnersmarck, devenu indésirable en France après la guerre de 1870, le vendit à une grande dame que notre Pringué appelle la marquise de Villehermose – sans doute une francisation de Villa-Hermosa. Elle était, paraît-il, une ambassadrice occulte du Vatican au moment de la promulgation de la loi sur les congrégations.

D'une extrême beauté, la marquise menait un train quasi royal grâce à l'énorme fortune qu'elle tirait d'une mine d'émeraudes au Pérou et d'un gisement, nettement moins décoratif mais peut-être plus rentable encore : les îles à guano du Chili à cause desquelles un procès déjà vieux d'un demi-siècle opposait sa famille au gouvernement local. Elle recevait, évidemment, avec le faste qui convient et sur lequel il serait superflu de s'arrêter.

Toujours vêtue de noir, elle enroulait son cou de tulle sous lequel, dans la journée, luisaient cinq sautoirs de grosses perles d'un orient très pur. Le soir, les perles étaient remplacées par des rivières de diamants sous une

« marée » des mêmes tulles permettant tout de même d'admirer un ravissant décolleté.

En général, elle apparaissait vers midi dans le grand vestibule de Pontchartrain, coiffée de ce qu'elle appelait « son chapeau de jardin », c'est-à-dire une grande capeline de tulle noir. Ensuite, elle montait en voiture, une grande victoria aux suspensions de cuir afin d'obtenir un confort plus moelleux, tirée par de grands chevaux noirs avec cocher et valets de pied en livrée. En cet appareil, la châtelaine ordonnait qu'on la menât à son jardin potager. Un modèle du genre avec de belles allées tirées au cordeau où il se peut que La Quintinie ait mis la main. Comme à Versailles, ce potager était gardé par des grilles de fer forgé qu'on ouvrait devant la voiture. Et l'inspection quotidienne commençait.

De temps en temps, on s'arrêtait afin que la marquise pût examiner les légumes, les fruits et les fleurs que ses jardiniers, suivis de leurs aides, lui présentaient sur des plateaux d'argent avant de les porter au château. Ensuite, elle rentrait pour présider le déjeuner qui avait lieu à 2 heures, à la mode espagnole. Même décalage horaire pour le dîner que l'on servait à 10 heures. Dans l'après-midi, la marquise faisait de longues promenades dans la campagne environnante mais toujours avec ses équipages. Elle possédait néanmoins une automobile, pourtant elle ne s'en servait que si elle désirait se rendre à Paris ou à Dreux.

La matinée était réservée aux affaires. Elle la passait dans un boudoir orné de toiles signées Vélasquez, Goya, Rubens. Assise dans une bergère, les genoux protégés par une couverture de zibeline ou de chinchilla, elle dictait son courrier et distribuait ses ordres à ses secrétaires. Quiconque de ses invités souhaitait lui parler sans attendre son apparition de midi, devait demander audience comme à une reine, en prévenant sa « dame d'honneur », Mlle de Beauroyre, qui ressemblait paraît-il à Don Basile mais dont les quartiers de noblesse – il s'agit d'une ancienne famille du Périgord – auraient pu, en d'autres temps, lui permettre d'escorter une véritable souveraine. Sans doute Mme « de Villehermose » avait-elle été séduite par la devise des Beauroyre : « Bien sert, jamais ne dessert. »

La marquise vivait avec ses deux filles aussi belles qu'elle et tout aussi pieuses. Chaque dimanche, un dominicain venait de Paris pour célébrer, à midi, la messe dans la chapelle du château. Mme de Villehermose et ses enfants descendaient alors de leurs appartements coiffées de mantilles espagnoles et, avec une exactitude d'horloge, allaient prendre place dans une sorte de loge tendue de velours rouge, un peu comme au théâtre, et suivaient le service avec attention et piété dans de gros livres d'heures. Ensuite, bien entendu, le prêtre était convié à la table du château sur laquelle de grands paons d'or chargés de fruits, de confiseries à la rose et à la violette jouaient les surtouts.

On aimerait en savoir davantage sur cette descendante des conquistadores du Pérou mais Gabriel-Louis semble l'avoir perdue de vue, sans doute pendant la guerre. Il se contente de terminer le chapitre qu'il lui consacre en écrivant simplement : « La marquise de Villehermose est morte. » Ces quelques mots rendent un son plus triste que tous les discours.

La comtesse de Clermont-Tonnerre et son chef de gare.

Revenant de Turquie où régnait encore le terrible sultan Abdülhamid, Pringué séjourna quelques jours à Budapest où flottait toujours le souvenir de Sissi afin de s'incliner, au palais royal de Buda devant « la robe de soie noire de l'assassinat et le stylet du crime ». Naturellement, il fut constamment invité et c'est ainsi que, dînant un soir dans un palais des bords du Danube, il y fit la connaissance d'une grande dame française tout à fait surprenante. Grande et belle avec une allure d'altesse et de magnifiques épaules supportant une double rivière de diamants, des cheveux noirs séparés en bandeaux qui eussent été beaux si l'on avait pris la peine de les coiffer, elle portait une robe de soie jaune à longue traîne mais de toute évidence tirée tout juste d'une valise sans qu'on eut pris la peine de la repasser ; autrement dit affreusement chiffonnée. Avec cela, des bottes vernies à l'écuyère.

Avant même qu'on se mît à table, la nouvelle venue dont l'aspect étrange ne choquait apparemment personne, entreprit le petit Français qu'on lui présentait – notre Pringué – en le priant d'ôter le gardénia blanc qu'il portait à sa boutonnière sous prétexte qu'elle ne pouvait en supporter l'odeur. Pas plus d'ailleurs qu'aucun parfum ; ceux-ci étant tout juste bons à empoisonner l'atmosphère tout comme le savon dont selon elle la potasse irritait la peau. On ne pouvait se laver valablement et sans danger que dans l'eau pure et glacée. Quant aux habits noirs et surtout aux chemises et cols glacés que portaient les hommes, elle les jugeait tout bonnement ridicules. La seule vraie beauté venant de la Grèce antique, les messieurs gagneraient beaucoup en arborant des tuniques drapées et largement décolletées.

N'eût été le grand nom de cette dame, Pringué l'eût prise pour une folle et ce fut d'un pas mal assuré qu'il gagna la table. Mais elle s'appelait Blanche, comtesse de Clermont-Tonnerre et la magie de la haute noblesse opéra sur le jeune homme son effet habituel. Jointe d'ailleurs à l'enchantement d'une conversation exceptionnellement brillante. En fait, c'était une femme extraordinaire qui aurait pu, comme lady Stanhope, inspirer des romanciers mais les Français sont ainsi faits qu'ils préféreront toujours les originalités étrangères.

Cette amazone à tous les sens du terme se dévouait corps et âme à la cause monarchiste. Sur la fin de son adolescence elle avait épousé le comte Chandon de

Briailles pour s'en séparer au bout d'un an jugeant que son champagne était le seul élément intéressant de ce mariage : elle en fut toujours abondamment pourvue d'ailleurs. Chez cette Bourguignonne trahie par le roulement léger de sa parole on ne buvait rien d'autre.

Impétueuse et passionnément attachée à l'Orient, la comtesse Blanche tourna deux fois autour du monde, fit le coup de feu en Chine, rapporta de Sibérie un ours qu'elle dut confier au Jardin des Plantes après qu'il eut manqué dévorer son personnel de la place François-Ier. Par la suite, elle tenta de détrôner le shah de Perse pour le remplacer par un prince d'une ancienne dynastie, fit de la prison en Turquie et en Grèce, acheta néanmoins un palais à Corfou et visita l'Arabie dont elle admirait infiniment la civilisation.

Elle portait un curieux surnom : on l'appelait la « comtesse Chaussette » parce qu'elle ne mettait jamais autre chose. D'où les bottes avec une robe du soir. Le jour, elle ne portait jamais de chapeau, sinon à la main en laissant les plumes ou les aigrettes qui l'ornaient balayer négligemment la poussière.

Un beau jour, elle décida qu'il lui manquait un château. L'idée lui en vint au cours d'un voyage dans les Alpes. Alors qu'elle remontait la vallée de la Durance entre Sisteron et Barcelonnette, elle aperçut sur un piton une forteresse dont les neuf tours étaient en ruine mais où restaient intactes la chapelle et un corps de logis pourvu d'une immense salle des gardes aux dalles sonores qui occupait la plus grande place. Aussitôt, la comtesse Blanche évoqua les châteaux francs qu'elle avait aperçus en Terre sainte : le krak de Moab, le krak des Chevaliers. Elle sentit que son âme s'attachait à ces vieilles pierres. Elle s'y attacha davantage encore lorsqu'elle sut le nom de ce castel ruineux : Tallard ! Tallard qui, jadis, appartenait à sa famille. Alors elle l'acheta et s'y installa avec des serviteurs arabes, des chiens... et le chef de gare de Brousse qu'elle avait ramené de Turquie parce qu'il s'y ennuyait : elle en fit son maître d'hôtel, personnage particulièrement pittoresque orné d'énormes moustaches. Quant à son cuisinier c'était un Polonais échappé des prisons russes.

Tout ce monde occupant la place disponible dans le château, la comtesse Blanche qui aimait recevoir ses amis, louait pour eux à l'année, dans le village une maison du XVIIIe siècle appartenant au notaire et qu'elle avait meublée fort joliment. Avec le temps, elle finit par consacrer plus de temps à ce vieux bourg dont les pierres claires retenaient le soleil qu'à son magnifique hôtel de la place François-Ier à Paris où, cependant, elle donna, en 1912, un Bal Persan qui fit autant de bruit que celui des Mille et Une Nuits donné, quinze jours plus tôt rue Christophe-Colomb par la marquise de Chabrillan. Ce fut là qu'elle choisit de mourir à un âge très avancé, inconsolable de la mort de sa nièce, fille de son frère, qu'elle avait élevée avec une tendresse toute maternelle.

Comme il n'est bonne compagnie qui ne se quitte, il faut bien en venir à laisser dormir Gabriel-Louis Pringué sur les souvenirs émerveillés qu'il égrène tout au long de quelque trois cents pages si finement imprimées qu'elles en font bien cent de plus d'une typographie normale. Des portraits s'y mêlent : photographies aux dédicaces flatteuses, visages évanouis d'une vie fastueuse et un peu solennelle qui ne reviendra plus. À sa suite, nous aurions pu visiter d'autres châteaux encore : Grosbois, Fontaine-Française, Brissac, mais sans apprendre autre chose qu'une énumération d'hôtes un peu différents. Les usages, à cette époque, étaient partout les mêmes et les grandes familles déployaient un cérémonial traditionnel qu'on pourrait à la longue juger uniforme. Nous aurions pu aussi pénétrer dans des palais italiens, espagnols, autrichiens ou hongrois mais c'eût été déborder les limites de ce livre uniquement consacré à quelques-unes des belles demeures françaises et à la vie qu'on y menait.

D'autres nous attendent. Nous n'aurons plus pour guider l'aimable M. Pringué. Aussi vais-je le laisser conclure ce chapitre sur les mots qui ferment son livre : « Puissent mes lecteurs avoir quelque indulgence pour ma frivolité qui me fut une bien douce philosophie parce qu'indifférente à l'opinion. Beaucoup de gens ne me l'ont pas pardonnée. Je leur pardonne. »

Moi, je l'en remercie... Et vous ?

Du côté des jeunes filles en fleurs et des garçons en bourgeons

On ne peut évoquer convenablement la vie de la jeunesse dans les châteaux familiaux sans savoir d'abord comment elle vivait à Paris en hiver.

À cette époque, dans l'existence d'un enfant, mâle ou femelle, de la Haute Société, il y avait trois étapes incontournables : la nourrice, la nurse et l'institutrice remplacée selon le cas par le précepteur.

La nourrice, venue de la France profonde, accueillait le bébé dès sa naissance pour le faire bénéficier de son lait ce que n'auraient su faire les élégantes jeunes dames au corps étranglé par un corset impitoyable dont une femme de chambre tirait les lacets de toutes ses forces tandis que la coquette s'accrochait aux colonnes de son lit, à la commode ou à l'espagnolette de la fenêtre.

Principalement en Bourgogne, en Auvergne ou en Normandie, la jeune femme qui devenait mère voyait s'ouvrir devant elle une fructueuse carrière. Elle quittait alors son village en confiant son propre enfant non sevré à une nourrice demeurant au pays ou à une « nourrice sèche » qui élevait le petit paysan au lait de vache, de chèvre ou encore à la bouillie ; puis montait à Paris pour y dispenser son lait à un petit noble ou à un futur millionnaire. Ces femmes renonçaient à la vie de famille et délaissaient les leurs qu'elles voyaient environ tous les deux ans : le temps de se faire refaire un petit. Parfois, elles restaient beaucoup plus longtemps, bien après le sevrage parce qu'on s'était attaché à elles et vice versa. C'était tout de même assez rare. Néanmoins, on peut citer un exemple, la nourrice de Louis de Broglie, une Bourguignonne, de Montsauche, demeura dix ans auprès de son « fils de lait » qui ne voulait se passer d'elle. Le futur prix Nobel était, en effet, fragile et il ne pouvait être question une fois sevré de le confier à la nurse qui s'occupait déjà de sa sœur Pauline. Celle-ci a raconté les bagarres qui opposaient l'Anglaise et la Bourguignonne, lesquelles se souciaient peu de l'antique alliance conclue pendant la guerre de Cent Ans : « Elles s'injuriaient chacune en son jargon : cockney d'un côté, patois de l'autre : Folle ! Toquée ! Gardienne de vaches ! étaient les moindres invectives que je les entendais échanger chaque jour. » Force resta cependant à la nourrice devenue « sèche ».

Le costume que ces « nounous » portaient avec fierté ne se pouvait comparer à aucun autre. Du haut en bas, il se composait d'abord d'un bonnet blanc sur lequel on fixait par de grosses épingles à boules d'or, une énorme ruche de rubans aux couleurs vives : rouge, bleu, vert, cerise ou écossais dont les longs pans descendaient jusqu'à terre et flottaient dans le dos. Au-dessous venait une pèlerine très ample en beau drap brodé de galons de velours et recouvrant un tablier blanc à larges poches. Daumier et aussi Christophe dans *Le Sapeur Camembert* ont fixé pour l'éternité cette silhouette majestueuse qui promenait les petits aristocrates aux Champs-Élysées et au bois de Boulogne surveillée, du haut de son landau armorié, par un cocher en chapeau haut de forme et grand manteau à revers d'astrakan.

Le cas « Broglie » est un peu particulier. En général, le temps du sevrage venu, la laitière épuisée repartait pour sa campagne avec un pécule enviable le temps de se faire engrosser de nouveau et de revenir porter son sein généreux à un autre bébé fortuné.

L'ancien nourrisson entrait alors de plain-pied dans l'empire britannique par le truchement d'une nurse venue tout droit d'Angleterre ou d'Écosse. C'était une coutume quasi générale dans les grandes familles où il était de bon ton de remettre ses enfants entre les mains sans faiblesse des filles d'Albion. Au moins deux générations se trouvèrent ainsi bercées par la langue de Shakespeare.

En réalité, leur rôle était celui d'une bonne d'enfants. Elles prenaient vraiment en charge les bambins, dormant avec les plus petits, les habillant et se faisant les confidentes de leurs chagrins petits ou gros. Ainsi, chez la marquise d'Harcourt, la nurse qui se nommait Agnès Lynch était une jeune fille de 20 ans, arrivée en France sur la recommandation de la branche anglaise de la famille. Au début, elle retournait tous les ans chez elle puis, au gré des années, elle espaça ses voyages pour finalement demeurer auprès de ses élèves qu'elle vit grandir et qu'elle ne quitta plus. Ce dévouement lui valut d'être invitée à reposer, après sa mort, dans le caveau de famille. Naturellement sa vie se situait à l'écart de celle des domestiques.

C'était donc une puissance avec laquelle la gouvernante, venue plus tard lorsque l'aînée des filles eut 7 ans, devait compter. Celle-ci était une Allemande, Helen Gerbaumann et toutes deux se détestaient cordialement.

Le rôle de la dernière venue était celui d'une institutrice chargée d'apprendre à ses élèves les mathématiques, l'allemand bien entendu et le français, ce qui est plus surprenant. L'anglais étant l'affaire de la nurse, il existait à cette époque un nombre impressionnant de jeunes aristocrates ne parlant couramment que la langue britannique. Les parents la parlant également, le français ne venait que sur le tard. Les sentiments d'attachement à la mère patrie aussi. C'est au point qu'au moment de Fachoda, la toute jeune Pauline de Broglie qui devint plus tard comtesse de Pange, se rangea résolument, pour faire plaisir à sa nurse, du côté de lord Kitchener, considérant notre pauvre commandant Marchand comme une sorte de bandit de grand chemin doublé d'un affreux assassin.

Ainsi encadrée, la vie des enfants se déroule à l'écart de celle des parents. Ils habitent l'étage supérieur de la maison, juste avant celui des serviteurs ; ils ont leur salle à manger à eux qu'ils partagent avec leur nurse et leur institutrice. Chaque matin, ils vont saluer leur mère et leur père. C'est seulement lorsqu'ils sont assez grands qu'ils sont admis à table, dans l'intimité bien sûr, et que les filles sont invitées au salon au « jour » de leur mère. En dehors de cela, ils étudient chaque matin, dans une salle réservée à cet effet, après quoi, vers 11 heures, l'une des voitures de la maison les conduit au Champ-de-Mars, par exemple, retrouver des petits camarades sous la surveillance de l'Anglaise ou de l'Allemande – jamais les deux à la fois ! – et du cocher. Après le déjeuner, il arrive que la mère emmène sa ou ses filles dans la tournée qu'elle fait en voiture pour « déposer des cartes » dans l'une ou l'autre des maisons amies. Autrement, les enfants effectuent une nouvelle promenade entre les leçons de piano, de chant, d'aquarelle ou autres arts d'agrément.

Venait un temps où la nurse regagnait définitivement son pays. C'était souvent un véritable déchirement pour ces enfants qui voyaient en elle une seconde mère, la leur se mouvant plutôt sur le plan éthéré des divinités superbement parées et endiamantées qui vous embrassaient précautionneusement le soir en prenant bien soin de ne pas déranger l'ordonnance de leur coiffure...

Il a suffi de deux lignes à Élisabeth de Gramont pour décrire ce qu'était une existence enfantine dans cette catégorie sociale que l'on appelait alors « le gratin », un mot que personnellement je trouve beaucoup trop culinaire : « Hormis le travail et deux heures de marche aux Champs-Élysées, tout nous était défendu. Alors nous travaillions. » Elle ajoute : « Je passais infatigablement de l'anglais à l'allemand, du piano au trapèze et de la danse au dessin. » Encore eut-elle la chance d'avoir, pour institutrice une Mlle Vivier qui permettait à cette élève douée pour les lettres, de lire à peu près tout ce qu'elle voulait.

Mais quand venait le temps d'été où l'on quittait Paris pour les châteaux, c'était comme un rideau qui se levait sur l'évasion, une sorte de liberté, la joie de vivre au grand air et aussi une plus grande intimité avec les parents.

La jeune châtelaine de Mangé.

Cette jeune Élisabeth ne connut pas sa mère, Isabelle de Beauvau-Craon, qui mourut en la mettant au monde. Son père, officier de carrière, ne pouvant s'en encombrer dans ses diverses garnisons la laissait à ses grands-parents. Pourtant, lorsque Agénor de Gramont se remaria, la petite Élisabeth eut la chance de pouvoir s'attacher à sa belle-mère. Celle-ci, Marguerite de Rothschild, fille du baron Charles, de la branche allemande qu'elle mécontenta en s'alliant à un Français doublé d'un chrétien, dut renoncer à l'existence fastueuse qu'on menait chez les Rothschild, véritable phénomène de société dont nous parlerons plus loin. Elle accepta la vie resserrée que lui offrait un époux peu fortuné mais qu'elle aimait.

La famille habitait alors rue François-Ier un appartement « arrangé d'une façon affreuse par le tapissier Pijassou... Quant au cabinet de toilette de ma mère, une midinette de 1926 ne s'en contenterait pas : une soupente noire avec une toilette en marbre et une étoffe de calicot rayé cachant les objets de toilette. La salle de bains était dans le même genre... » Pourtant on s'efforçait de tenir son rang.

Lorsque meurt le prince de Beauvau-Craon, il lègue à sa petite-fille, Élisabeth, le château de Mangé, jolie bâtisse Louis XIII située dans la Sarthe, non loin de Craon et, de ce fait « le bien-être de la famille en fut accru ». On avait, enfin, un endroit à soi où passer les beaux jours, tout au moins jusqu'à la majorité ou jusqu'au mariage de la jeune propriétaire qui serait alors en droit de l'habiter seule.

La duchesse Marguerite ne se plaisait guère à Mangé qu'elle jugeait trop éloigné de Paris. La vie qu'elle y menait n'était guère récréative en effet ; le matin, elle promenait son petit chien sur le gravier des allées et l'après-midi elle lisait d'anciens numéros de la *Revue des Deux Mondes*. Le duc, lui, s'occupait de la terre mais, pour Élisabeth, le petit château représentait le Paradis.

Lorsqu'elle arrivait, elle commençait par en faire le tour, saluant au passage les portraits de ses belles ancêtres et vérifiant « si le jeune homme poudré en habit rose » se trouvait toujours dans l'encoignure du piano. Elle visitait ensuite la bibliothèque aux armoires fermées à clef où s'entassaient des romans de Georges Ohnet, de Paul Bourget et du philosophe Caro mais, ceci une fois constaté, elle se consacrait uniquement à l'extérieur : « À moi les ombrages de la futaie, les sentes courant sous le bois, le mur dont je connaissais les éboulis pour les franchir et retomber dans les labours et les vignes. »

Au mois de juillet – consacré aux villes d'eaux ou à Dieppe par la haute société – les enfants Gramont habitaient Mangé sous la surveillance du personnel du château, de leur gouvernante, d'un professeur et d'un petit carlin.

« Je conduisais une petite voiture dans la forêt où je lisais enfoncée dans une meule ou près d'une source brillante dans une hêtraie. C'est là que plus tard je lus les *Lundis* de Sainte-Beuve et c'est là, dans cette forêt obscure de mon souvenir, que défilèrent pêle-mêle la princesse des Ursins, l'abbé de Bernis, Marie-Antoinette, Joseph de Maistre, Balzac, Voltaire, Sully. »

Lorsque Agénor et Marguerite rejoignaient enfin la Sarthe, on montait à cheval, le matin, dans la forêt de Bercé et, l'après-midi, le régisseur venait chercher la famille en carriole pour faire le tour des fermes car un château ne pouvait se concevoir sans l'agriculture qui le faisait vivre. Élisabeth de Gramont rapporte à cette occasion un amusant souvenir : « Les cours étaient remplies de boue et de purin que je grattais de mes pieds lorsque j'entrais dans la ferme pour y goûter avec du lait et des châtaignes : "Vous décrottez point, princesse, vous

La soirée d'après J. Béraud.

décrottez point !", lui dit un jour un fermier pour qui l'héritière d'un prince avait automatiquement droit au même titre. »

Naturellement, on chassait en septembre-octobre comme partout ailleurs sur un mode moins fastueux sans doute qu'à Chaumont où dans tels autres châteaux que nous avons encore à visiter. Élisabeth adorait son petit domaine où elle se sentait bien chez elle et ne rêvait rien de mieux que de voir, plus tard, ses propres enfants s'y ébattre, mais le destin en avait décidé autrement.

Lorsqu'en 1886, meurt le baron Charles de Rothschild, père de Mme de Gramont, la situation de la famille change du tout au tout, une véritable pluie d'or s'abat sur la famille. Du coup, on quitte la rue François-Ier pour un vaste hôtel, situé au coin de la rue de Chaillot et de l'avenue des Champs-Élysées qu'on achète au comte Wladimir de Montesquiou-Fézensac. Le duc de Gramont peut enfin mener la grande vie mondaine qu'il aimait. Sa femme le suivait bien que ses goûts ne fussent guère de ce côté. En bonne Rothschild, elle savait s'entourer d'objets rares et magnifiques. Grâce à elle la maison fut admirablement décorée et meublée mais elle préférait, aux robes somptueuses, des toilettes moins brillantes et plus en accord avec la société qu'elle aimait : celle des gens de lettres, des artistes et des hommes politiques. Aussi, malgré sa grosse fortune n'excitait-elle pas la jalousie des autres femmes. « Ses mœurs étaient pures et ses toilettes simples, trop simples peut-être... »

Un château se révéla vite indispensable. Aussi, peu soucieux de restaurer Bidache, l'antique et noble demeure des ducs de Gramont, le père d'Élisabeth choisit-il d'en construire un non loin de Paris : ce fut Vallière érigé sur le domaine de Mortefontaine, près de Senlis, où l'on déploya un luxe presque équivalent à celui que nous retrouverons au château de Ferrières, la fabuleuse propriété des Rothschild. Trente chambres avec chacune sa salle de bains desservies par de larges galeries sans compter de vastes salons. Il y eut en outre un haras, des écuries, un chenil, des gardes, un élevage de faisans et des serres d'orchidées. Il semble, en effet, qu'à cette époque, on se souciât peu d'élever des géraniums ou des bégonias : seules les fleurs les plus onéreuses avaient droit de cité.

Et Mangé me direz-vous ? Que devient Mangé, le cher petit château d'Élisabeth avec ses cinq chambres d'amis et son unique salle de bains ? Un soir, alors que la jeune châtelaine lisait du Victor Hugo sous la lampe, elle entendit son père dire qu'il venait de louer Mangé. Tout de suite inquiète et d'ailleurs mécontente, elle demanda à qui : à des gens très soigneux, les Montgomery, d'antique famille normande devenue anglaise ainsi qu'on le sait. Pourtant Élisabeth n'était pas satisfaite : « Que signifiait alors ce droit de propriété qui m'était enlevé par la volonté de mon père ? Mon impuissance m'apparut et j'en fus à la fois honteuse et désespérée. » C'est ainsi que l'on fait naître une féministe.

Hélas, les Montgomery, peu délicats, sous-louèrent le château à des Américains lesquels se conduisirent comme de véritables vandales. « Ces horribles gens n'habitèrent pas Mangé, ils le polluèrent. Ils donnaient des orgies de filles, pervertissaient le pays avec des pourboires ridicules. La belle Otéro habita Mangé... »

Lorsqu'une fois mariée et devenue duchesse, la jeune propriétaire voulut revoir sa maison elle ne la reconnut plus : les meubles anciens avaient disparu, les tentures étaient trouées, salies. Elle se rendit alors à l'avis de son époux et accepta de vendre sans jamais, pour autant, pardonner ce qu'on avait fait à sa demeure préférée.

Instruites tant bien que mal par des professeurs migrateurs, les quelques cours dispensés par un certain M. Prat qui habitait un quartier retiré de Paris et par ceux, plus brillants, du cours de Mlle Adeline Désir officiant rue Jacob – la séparation de l'Église et de l'État ferma les couvents qui constituaient jusque-là de si commodes couveuses à jeunes filles – celles-ci, en général, aspiraient au mariage qui leur permettrait enfin de vivre dans le monde des adultes. Elles acceptaient le plus souvent le premier prétendant qu'on leur amenait.

Les rencontres se faisaient généralement, non dans les châteaux – sauf pour la province ! – mais dans ce que l'on appelait alors « les bals blancs » sorte d'entreprises matrimoniales commençant, Dieu sait pourquoi, à minuit. On y conduisait les demoiselles à marier et, de leur côté, les jeunes gens décidés à convoler venaient visiter plus ou moins longuement cette « foire aux filles ». Les danseurs les plus assidus – ceux qu'Élisabeth de Gramont appelle « les frotteurs » – étaient généralement « laids, maigriots, ne savaient pas danser, m'enfonçaient leurs genoux pointus dans les jambes, noircissaient mes souliers de satin... Les as de l'époque, eux, ne jetaient qu'un coup d'œil méprisant sur notre foule et s'en allaient ailleurs ».

En réalité, belle, pleine d'esprit, cultivée et fort riche, la jeune Élisabeth n'avait que faire de ces sauteries, les demandes en mariage affluant chez son père en trop grande quantité pour son goût. Le malheur voulut que, déjà très indépendante, elle prit elle-même les choses en main après avoir remarqué, dans une embrasure « la jolie tournure » de Philibert de Clermont-Tonnerre, fils aîné du duc du même nom. En 1896, elle l'épousait ce qui lui permit de découvrir la Bourgogne sous les auspices de ses deux châteaux les plus prestigieux : Ancy-le-Franc et Tanlay.

Sans aucun plaisir, du moins pour le premier qui était la demeure de ses beaux-parents. « J'avais le sentiment – et je l'exprimais – d'entrer dans un hypogée. » Un hypogée dont, cependant, elle reconnaît la splendeur : « Ancy-le-Franc revêche et magnifique approche de la perfection. » Et l'on ne saurait lui donner tort. Le château, érigé sur les rives de l'Armançon, est un chef-d'œuvre, une merveille dans sa sobriété sévère, un palais italien composé d'un quadrilatère de nobles bâtiments encadrant une admirable cour d'honneur. Antoine III de Clermont-Tonnerre en a commencé la construction en 1546. L'architecte bolonais Serlio en a tracé le plan et veillé à la construction ; mais c'est Le Primatice qui assura la décoration intérieure. Malheureusement, Antoine III n'en verra pas la fin qui se situe vers 1622. Les bâtisseurs successifs ont si bien respecté les directives des deux Italiens que, selon l'avis d'un contemporain « on dirait presque qu'il a été tout fait en un jour tant il rend de contentement à l'œil ». Quoi qu'il en soit, des rois le visiteront : Henri III, Henri IV, Louis XIII et aussi Louis XIV, malheureusement accompagné de Louvois dont la jalousie n'aura de cesse d'arracher le château à son propriétaire. Les Clermont-Tonnerre devront attendre jusqu'en 1845 pour récupérer leur beau château grâce à Gaspard-Louis qui épouse la plus riche héritière de la famille : Cécile de Clermont-Montoison.

Or, après tant de grandeurs et de fastes, il semblerait que la vie au bord de l'Armançon soit devenue un brin austère. Le château est admirable mais il coûte cher à entretenir d'où les plaintes de la jeune mariée : « Comment peut-on s'ennuyer dans un endroit aussi beau qu'Ancy-le-Franc ? (Elle le trouve même plus beau que Fontainebleau !) Eh bien oui je m'y ennuyais, et même terriblement. Et mon mari s'y ennuyait. Et mon beau-père s'y ennuyait... Nous dînions l'été à 7 heures à cause de ma belle-sœur encore enfant et surtout parce que le cuisinier aimait à faire de la bicyclette à la fraîche. Dès 8 heures, attendant la nuit, nous étions assis en famille sur le large balcon de pierre qui dominait la cour d'arrivée plantée d'herbe en losange et bornée de trois murailles d'arbres. Nous regardions passer les gens du pays qui traversaient continuellement cette cour. C'était une petite distraction...

« En sortant de la salle à manger Charles X, nous allions dans la salle des gardes – après déjeuner, je pense ! – où l'on aurait pu faire un bridge dans chaque embrasure de fenêtre. Nous jouions au billard et nous évitions de regarder par les fenêtres les collines blanchies par les fouilles de l'usine à ciment Poliet et Chausson accolée au mur du parc... Tant que le soleil brillait la vie extérieure me semblait insoutenable... Je préférais donc tourner dans le château plutôt que dans le parc si bien que j'arrivais à créer une atmosphère où l'ennui devenait quelque chose en soi... Je marche sur des parquets gras de tous les cosmétiques dont ils sont enduits depuis trois cents ans. Ils embaument les pièces et le soleil s'y attarde avec complaisance... La chambre des Fleurs est tellement jolie que je connais un tas de gens qui seraient enchantés de venir y passer deux jours. Rien n'y manque : il y a du savon et de l'eau de Cologne dans le cabinet de toilette, une provision de plumes dans le plumier. Mais justement si des gens venaient, ils dérangeraient tout cet ordre minutieux. Et c'est cela que ma belle-mère aime : l'ordre ! Du matin jusqu'au soir, elle se promène dans le château, ce qui est excellent pour sa santé. Elle va du nord au sud et de l'est à l'ouest : je n'ai jamais vu un château aussi bien tenu... Le soir, ma belle-mère lit à haute voix un vieux volume édifiant intitulé *La Vie et la Mort de la marquise de Clermont-Tonnerre.* » Ce titre étant alors celui que portait la jeune épouse, celle-ci écoutait « avec placidité » le récit de ses derniers instants.

« En somme, mes beaux-parents étaient héroïques. Ils se vouaient à Ancy-le-Franc comme on se voue à une idée, à une sauce. Ils le faisaient avec une simplicité, une dignité que j'admire maintenant. Ils étaient bons, doux et polis et, certes, je n'étais avec eux ni bonne, ni douce, ni polie. Je le regrette maintenant : c'est le seul remords de ma vie... »

Il semble, en effet, qu'Élisabeth se soit comportée de façon assez peu orthodoxe. Quand elle ne pataugeait pas dans les archives familiales, elle se faisait servir le thé dans l'île du parc ou bien, suivant le temps, demandait qu'on lui prépare un bain dans la salle du Conseil ce qui donnait lieu à un véritable branle-bas de combat : « On apporte des fagots, on allume des feux comme pour un bûcher. La préparation de ce bain dure une heure et des processions de caméristes traversent la cour avec des peignoirs, des mules et des parfums... »

Disons-le tout net, peu de belles-mères auraient supporté des caprices qui n'avaient pour but que de lui compliquer l'existence et de la mettre sur les nerfs. Heureusement, pour la soulager, il y avait Tanlay, le ravissant, le joyeux Tanlay, palais de Dame Tartine, temple de la Bonne Chère où Élisabeth et son époux se précipitaient en moyenne quatre fois par semaine « pour aller faire ripaille chez nos voisins et amis, le marquis de Tanlay, sa sœur Suzanne et sa mère, la plus jeune des trois. Jamais je ne vis trio plus hospitalier... Le marquis avait une table et une cave inouïes, un appétit robuste ». Les arrivages de toutes sortes débarquaient chez lui : poulardes du Mans, poissons du Boulonnais, gibiers de ses terres, pâtés de renom. Il avait aussi des recettes spéciales. « Je me rappelle un certain lièvre à la Royale, des quenelles de faisans et des ortolans cuits dans des truffes. Des vins vieux de cinquante ans circulaient couramment autour de la table et l'eau-de-vie centenaire coulait à pleins bords. Pour la chauffer à point, Mme de X ne craignait pas de placer le petit verre au centre de son opulent décolleté avant de l'offrir au maître de maison... » Tous ces délices n'empêchent pas l'impitoyable censeur en jupons d'ajouter : « L'air glacé de la Bourgogne qui se répandait fort avant dans le château permettait ces excès... »

Devenue duchesse, Élisabeth ne fut pas heureuse auprès d'un homme inconstant et près de ses sous mais elle s'arrangea une existence dans laquelle, hélas, les deux filles qu'elle mit au monde, Beatrix et Diane, ne tinrent guère de place comme il arrive parfois chez les intellectuelles féministes tellement attachées à la libération de la femme qu'elles s'efforcent de les inciter à se libérer de leurs devoirs et même, il faut bien le dire, de leur destination première : donner la vie et veiller à ce que ces vies nouvelles se développent aussi harmonieusement que possible.

Quant à son mari, elle chercha à l'entraîner dans ce qu'elle appelle son « second monde », celui des Lettres et des Arts où elle jouera un rôle important et sur lequel nous reviendrons lorsque nous en aurons fini avec la Belle Époque. Faute d'y avoir réussi, elle finit par le renvoyer dans le sien.

Évidemment, Élisabeth de Gramont n'est pas la seule femme de ce temps à qui le mariage ne réussissait pas ou ne disait rien ainsi que l'on va pouvoir en juger.

La chanoinesse et son château.

Il est un peu difficile, lorsqu'on évoque les « jeunes filles en fleurs » d'en venir à une demoiselle un peu particulière, la comtesse Pauline d'Armaillé, maîtresse du château de Saint-Amadour en Anjou, née, comme Victor Hugo, lorsque « ce siècle avait deux ans » et qui mourut, fort riche d'ailleurs, en 1891. La façon dont elle entendait la vie de château mérite d'être rapportée. Surtout sous la plume de son arrière-petite-nièce, la comtesse de Pange.

« La chanoinesse était une curieuse personne... Orpheline et bien qu'assez séduisante, elle avait renoncé à tout projet de mariage par crainte de devoir abandonner à son mari la direction de ses affaires qu'elle entendait gérer elle-même. Elle se fit recevoir chanoinesse en Bavière afin de porter un titre et de ne pas être traitée de vieille fille. Elle appelait son brevet son "mari de parchemin...". »

Rattachée à la terre par une longue suite d'ancêtres, elle vivait tout à fait à la façon d'un gentilhomme-fermier, prisait comme un grognard, jouait volontiers aux cartes avec ses métayers, se passionnait pour toutes formes d'agriculture et – le revers de la médaille ! – employait parfois un langage peu adapté aux oreilles d'un « chapitre » même bavarois. Comme George Sand, elle aimait porter le pantalon jugé par elle beaucoup plus commode que les jupons pour enjamber les « échaliers » de ses champs et aller visiter ses vaches pour lesquelles cette dame de la terre ne reculait devant aucune sacrifice.

Elle alla même jusqu'en Écosse acheter des taureaux Durham à courtes cornes afin d'améliorer encore sa race mancelle.

Son château c'est Saint-Amadour, un nom ancien et un beau domaine appartenant aux Armaillé depuis des siècles. « Devenue maniaque avec l'âge elle y tyrannisait de pauvres filles qui lui servaient de demoiselles de compagnie et dont les fonctions principales consistaient à réciter tous les jours l'office du canonicat pendant que la chanoinesse, débarrassée ainsi d'une corvée ennuyeuse, compulsait ses livres de comptes et rédigeait son testament. »

Ah ! ce testament ! Il constituait très certainement l'un des principaux sujets de conversation de la famille. Défait, refait, amputé, codicillé, rallongé et surtout changeant continuellement de destinataire selon l'humeur du jour et la couleur du ciel, c'était une sorte d'épée de Damoclès perpétuellement suspendue sur telle ou telle tête. Il finit tout de même par trouver une ultime bénéficiaire : la mère de Mme de Pange qui, au moins, s'intéressait à sa vieille tante et prenait la peine de lui faire visite. Quant à celle-ci « elle avait pris soin de préparer son cercueil, à sa mesure, en bel acajou orné de bronze mais, en attendant le décès, il servait de coffre pour la réserve de pommes de terre... »

Aux mains d'un couple jeune et entreprenant, Saint-Amadour connut une sorte de résurrection. Les Broglie rêvaient d'y vivre en *gentlemen farmers*. Ils restaurèrent le château pour s'y installer et y continuer l'œuvre agricole de la chanoinesse. La conclusion logique suivit : le prince se retrouva député de Château-Gontier sans avoir fait la moindre campagne électorale. On transporta au château tout le train de maison parisien, ce qui n'alla pas sans quelques difficultés avec certains domestiques fermement attachés au pavé de la capitale. Les choses s'arrangèrent finalement, un député devant garder au moins un pied-à-terre pas trop éloigné du palais Bourbon. Ce fut plus qu'un pied-à-terre ! Ce fut même là que le frère aîné de Pauline, Maurice, alors élève à l'École navale mais passionnément attiré par les sciences physiques, installa son premier laboratoire avec l'aide de son valet de chambre et dans des meubles Louis XV. On sait ce qu'il en advint : le sixième duc de Broglie, après avoir quitté la Marine, fut docteur ès sciences, professeur de physique générale et expérimentale au Collège de France puis entra à l'Académie des sciences et finalement à l'Académie française. Quant à son petit frère Louis, il passa de l'Histoire à la physique mathématique, créa en 1924 la mécanique ondulatoire, obtint le prix Nobel de Physique en 1928 et suivit son frère dans les Académies ci-dessus évoquées.

Comment on visitait la France sans sortir de la famille.

Tandis que l'instruction des filles laissait souvent à désirer, celle des garçons était beaucoup plus soignée comme on vient d'en avoir la preuve éclatante. Sorti des nurses et gouvernantes, le jeune noble entrait dans un collège, puis en faculté de Droit et à Sciences-Po à moins qu'il ne choisît Polytechnique, Saint-Cyr ou Navale puisqu'on était encore bien loin de seulement songer à une école de l'Air.

Sortis du collège, les garçons jouissaient aussi d'une plus grande liberté. Pas de voitures, sauf si on le souhaitait, pas de laquais attentifs au moindre geste, pas de surveillance. Ainsi, le jeune Auguste-Antonin Nompar de Caumont qui sera un jour duc de La Force, raconte comment, après avoir suivi les sévères études des Jésuites de la rue de Madrid, il se rendait rue Saint-Guillaume. Il descendait les Champs-Élysées à pied jusqu'au Cours-la-Reine, aujourd'hui Cours Albert-Ier puis grimpait – lorsqu'il faisait beau – sur l'impériale du tramway Gare de Lyon-Pont de l'Alma, alors traîné par des chevaux et qui traversait la Seine au pont de Solferino, empruntait la rue du même nom, débouchait boulevard Saint-Germain pour arrêter l'étudiant presque au coin de la rue Saint-Guillaume. « À l'allure nonchalante des deux percherons, on était promené à la hauteur des premières branches des marronniers couverts de feuilles et l'on ne perdait rien du parfum des fleurs. » Le retour jusqu'à la rue de Presbourg, où se trouvait l'hôtel familial s'agrémentait souvent de la présence d'un ou deux camarades.

En 1902, dûment diplômé, notre futur duc assiste au mariage de sa sœur préférée Élisabeth – le nombre de jeunes filles qui, à cette époque s'appelaient Élisabeth est impressionnant – avec le vicomte Gaston de Luppé. Ce mariage lui plaît parce que l'amour y préside mais d'autre part il se sent un peu triste de se séparer de celle qui fut sa compagne d'enfance. Chez les Caumont-La Force, en effet, ils sont quatre enfants. Lui et Élisabeth sont les « grands ». Cependant, la séparation offre quelques compensations : durant les beaux jours les nouveaux mariés s'installent au château d'Asson, près de Coarraze, l'une des douze baronnies du Béarn où Henri IV passa sa petite enfance. C'est à vingt-quatre kilomètres au sud de Pau et pas tellement loin, au fond de l'antique forteresse de Caumont, en pays d'Ariège, chef de nom et d'armes des ducs de La Force. Le frère bien-aimé est invité à venir contempler la chaîne des Pyrénées. Ce sera pour lui le début d'une espèce de tour de France de château en château en ne s'arrêtant que rarement dans un vulgaire hôtel de voyageurs. C'est cela l'avantage des grandes familles : on a des relais un peu partout. De nos jours la prestigieuse chaîne hôtelière des Relais et Châteaux met à la disposition des voyageurs un mode de vie similaire à cette différence près que cela coûte beaucoup plus cher.

Voilà donc notre jeune homme parti pour Asson qui appartient encore aux arrière-grands-parents de Gaston de Luppé, le comte et la comtesse d'Angosse. Il quitte La

Jumellière – que nous connaissons déjà – par le train qui, de Tours le conduit à Coarraze-Ney par Tours, Bordeaux, Dax et Pau. Le landau et les grands « carrossiers » du comte de Luppé viennent le chercher à la station du chemin de fer pour le conduire au château.

Il y passe quatre jours agrémentés d'une visite à Lourdes et aux grottes de Bétharram qui sont curiosités de la région. Puis, le jeune ménage se rendant à Arles où il vient de faire l'acquisition d'un hôtel particulier auquel la jeune vicomtesse donne tous ses soins, il obtient qu'on fasse une excursion à Toulouse puis, chemin faisant, une visite à la cité de Carcassonne encore dans la fraîche nouveauté de sa restauration. Il semblerait que les voyageurs eussent été accueillis au château de Pennautier. Ensuite ce fut Arles et une agréable halte dans la nouvelle maison d'Élisabeth, au milieu des vestiges antiques et sur la place des Arènes.

Comme dans toute demeure en cours d'installation, l'ouvrage n'y manquait pas et, après être allé visiter Avignon, le jeune voyageur reprit le train, pour Lyon d'abord puis pour Besançon d'où un train omnibus prenait la direction de Lure. Le futur duc descendit à la petite gare de Montbozon où l'attendait son cousin, le comte de Grammont – avec deux m ! – accompagné de son phaéton.

En cet équipage, on prit la route de Villersexel, terre située à quelque deux lieues et qui appartenait au père du cousin, le marquis. Celui-ci avait rebâti sur un autre emplacement le château incendié en 1870, lors d'un combat victorieux remporté en ce lieu par la fameuse armée Bourbaki. Après le feu, il ne resta guère que d'admirables communs édifiés jadis par Nicolas Ledoux mais, peu disposé à se laisser dépouiller d'un château qu'il aimait, le marquis de Grammont décida la reconstruction qu'il confia à Garnier, l'architecte de l'Opéra de Paris. Ce qui, apparemment, n'enchante pas le visiteur : « Au lieu d'un château Louis XIV, il avait rebâti un château Louis XIII.

Je me trouvai en face d'un vaste hôtel de ville de briques et de pierres sur le seuil duquel le marquis de Grammont, fort redouté de ses enfants, recevait ses hôtes avec beaucoup de courtoisie. La douceur et la sérénité de ma tante étaient le sourire de cette grande maison. »

Fût-ce le caractère du marquis, le voyageur ne s'attarde guère. « Je pris, à Ludre, la ligne de Nancy. L'automobile de ma tante de Ludre vint me prendre à la gare de la capitale lorraine. » Petite évocation historique touchant le siège de Nancy en 1633 où les La Force jouèrent un rôle important... et en négligeant totalement l'héroïque défense de la ville contre Le Téméraire, un siècle et demi plus tôt mais il est vrai qu'aucun membre de la famille n'y participa ; puis : « Je débarquai au bout de douze kilomètres devant le perron du château du Ludre construit quelque cinquante années plus tôt par le comte et la comtesse de Ludre au milieu d'un parc anglais (non loin de l'ancien devenu inhabitable)... Crépi de jaune, des briques d'un rouge vif encadrent les façades et les embrasures des fenêtres. L'extérieur du château est avenant, l'intérieur a très grand air : la comtesse de Ludre, née Beauvau, belle-mère de ma tante y a reproduit le rez-de-chaussée du magnifique château d'Haroué qui appartient à sa famille... Mon oncle était député de Nancy. En ce mois d'octobre 1902, il avait quelques amis à demeure. Chaque soir, un élégant dîner était servi avec tout le luxe de mise avant la guerre de 1914... Ce dont je ne me lassais pas, c'étaient les longues causeries que nous avions en tête à tête ma tante et moi ; nous étions à peu près du même âge. »

Notre narrateur ajoute que cette jeune tante était pour lui comme une sœur aînée. Il semble, en tout cas, s'être attardé volontiers sur cette terre lorraine – tout au moins sur ce qu'en conservait la France à cette époque – où il égrène, au fil des pages, les grands souvenirs attachés à Vaudémont, qui donna une reine à la France, et à la colline de Sion, chère à Maurice Barrès.

Nouveau départ, finalement, et nouveau train en direction de Châlons « où je changeai. Par Troyes, je gagnai Sens. Un coupé de louage m'y attendait attelé d'un cheval. Cette voiture gravit les coteaux de la rive droite de l'Yonne, descendit dans la petite vallée de l'Oreuze et, après un parcours de quatorze kilomètres s'arrêta dans un parc devant les hautes tours féodales du château de Fleurigny. C'est là que la sœur de mon père, Marguerite de Caumont-La Force, marquise de Raigecourt, passait l'été, l'automne et les deux premiers mois de l'hiver... ».

Cette tante-là était la marraine du voyageur mais nettement plus âgée puisqu'elle approchait 70 ans. Elle avait été très belle et « dans la fleur de ses dix-huit ans, elle avait reçu ce compliment de Lamartine "Heureux le jeune homme qui lui tiendra l'étrier !" Le jeune homme qui lui avait tenu l'étrier était un petit homme chauve, intelligent et ironique. Elle l'adorait. Leur charité était magnifique. J'ai su, après leur mort, qu'ils distribuaient chaque année aux pauvres le dixième de leur revenu ».

Un mot, pour le plaisir, du ravissant château de Fleurigny, l'un des plus séduisants de Bourgogne dont la sévère façade médiévale cache un charmant logis de briques roses et chaînages de pierre qui élève, sur une élégante galerie encore gothique, des fenêtres regardant déjà vers la Renaissance. Son histoire, qui est celle de la Bourgogne s'étire entre un envahisseur et un libérateur : du Prince Noir au maréchal Leclerc. Ce dernier y séjourna en déplorant les dégâts commis par l'occupant allemand. Des Raigecourt qui n'eurent pas de fils, le château était passé par mariage à la famille de Boisgelin. Il appartient aujourd'hui à la marquise de Castellane-Esparron, née Boisgelin, qui lui a rendu tout son charme et toute sa beauté...

Parenthèse refermée, retrouvons notre jeune homme qui ne resta que peu de jours dans ce Fleurigny, peut-être un peu mélancolique au début de ce siècle. C'était d'ailleurs pour lui la dernière étape : « Je pris le train à Sens, gagnai Les Aubrais où je montai dans l'express de Nantes. Le soir même à 6 heures, je descendais en gare de La Jumellière... » où l'attendait, cette fois, la « wagonnette » de ses parents. Le cercle était fermé.

Il s'ouvrit de nouveau six ans plus tard. Le futur académicien entreprit une tournée de châteaux, mais cette fois, il n'était plus seul. Le 30 juin 1908, il avait épousé en l'église Sainte-Clotilde une jeune fille qu'il aimait depuis quatre ans : Marie-Thérèse de Noailles dont, au moment de leur première rencontre, il a donné une description pleine de charme : « Brune au teint de blonde... ses larges yeux verts changeant, sa taille fine et menue, une sorte de grâce créole répandue sur toute sa personne et qui voilait l'énergie de son âme, une affabilité souriante et spirituelle qui laissait voir ses dents admirables lui donnaient un charme auquel je ne restai pas insensible... »

Ce nouveau voyage du jeune historien commence par l'Angleterre, grâce au rapide de Calais tandis que « notre limousine Peugeot était embarquée sur la Seine et gagnait Londres par la Tamise ». Ce voyage de noces était surtout un voyage de documentation : Auguste-Antonin souhaitait voir, au British Museum les lettres adressées par Lauzun à Louvois durant l'expédition d'Irlande. On ne resta guère et l'on revint à Boulogne pour se lancer, cette fois, et en automobile, dans la tournée des châteaux Noailles dont je ne retiendrai qu'un seul, celui de Buzet, en Gascogne, à cause de la façon de vivre originale de sa propriétaire : la comtesse de Noailles, grand-mère de Marie-Thérèse :

« La grand-mère Noailles, née Beaumont, était veuve d'un homme de sport, le comte Alfred de Noailles dont un prix de la Société d'Encouragement, disputé chaque année à Longchamp, rappelle le souvenir. La grand-mère vivait à Buzet avec deux servantes. Son visage frais et sans rides émergeait d'un costume assez peu différent d'un habit de religieuse. Elle ne sortait jamais de Buzet que pour aller en Terre Sainte, qu'elle gagnait par mer, – sans la moindre servante malgré ses soixante-dix ans, – avec son rhumatisme qui la faisait boiter et la maladie de cœur pour laquelle les médecins l'avaient condamnée dans la fleur de sa jeunesse. Elle passait trois mois au Carmel de Bethléem.

« La comtesse de Noailles revenait tout droit de Bethléem à Buzet. Sa vie s'y écoulait non loin de sa fenêtre. Tout en travaillant à du linge d'église destiné aux missions étrangères, car son troisième fils était missionnaire au Japon, elle pouvait apercevoir le val immense de la Garonne ainsi que le confluent du fleuve et du Lot... Elle nous reçut avec une cordialité autoritaire et cette gaieté qui lui permettait de vivre dans une solitude presque continuelle car ni mon beau-père, ni son frère aîné Alexis, ni leurs sœurs ne faisaient de longs séjours sous le toit maternel. »

Le jeune couple, lui, s'attarda auprès de cette vieille dame dont la plume alerte savait retracer les événements de l'histoire de sa famille, aussi bien Beaumont que Noailles. Ces notes, fort curieuses, furent d'une grande utilité pour *Histoires et Portraits,* l'un des principaux ouvrages du duc de La Force.

Jeune villageois et jeune châtelain.

Né en 1912, Henri Vincenot appartient encore à la Belle Époque. Surtout par ce que fut sa jeunesse paysanne. Au cœur profond de la Bourgogne, en ce pays d'Auxois rude, noble et chaleureux, la Première Guerre mondiale n'effaça rien d'une certaine façon de vivre née des anciennes traditions et de ces liens solides tissés, à l'écart des grandes routes, entre le château et le village. C'est pourquoi, j'ai choisi d'inclure dans ce livre et bien qu'elle se passe tout juste après le traité de Versailles, la première rencontre entre le petit Vincenot, dont le grand-père est le bourrelier de Commarin, et le jeune Charles-Louis de Vogüé, petit-fils du châtelain. Également pour le bonheur de retrouver, pour un instant, le style plein de saveur et de chaleur d'un homme que j'aimais beaucoup, d'un écrivain vrai dont j'espère qu'on ne l'oubliera pas.

Le château d'abord. Commarin, étendu nonchalamment au bord d'une large pièce d'eau qui le reflète, c'est deux antiques tours d'angles coiffées d'ardoises encadrant les ailes et le corps principal d'un château blanc couronné de tuiles roses. Comme la Belle au Bois dormant, il possède la grâce un peu mystérieuse des demeures qu'on ne découvre pas facilement. D'ailleurs: « On n'approche cette grande demeure seigneuriale qu'en cheminant sous les voûtes puissantes des tilleuls, des ormes et des marronniers dont les troncs noirs font comme les énormes piliers d'un narthex de cathédrale, et en franchissant un pont jeté sur les douves où dort l'eau verte... »

Et puis voici l'événement.

« ... j'étais en train de poisser du ligneul dans l'atelier et le grand-père posait les rembourrages d'un collier de trait, lorsqu'on vit arriver la Miss. C'était la gouvernante anglaise du jeune comte Charles-Louis, petit-fils du vieux comte Arthur.

« Cette belle Anglaise, blonde et rose, aux dents un peu trop longues à mon goût, portait une tenue de satin gris perlé, égayée de motifs de soutache, de manchettes et d'un col empesé blancs. Elle enseignait l'anglais, les mathématiques et les sciences au jeune comte. Un professeur particulier venait de Dijon et lui enseignait le français, l'histoire et la géographie, et le curé, je crois, lui apprenait le latin, mais la gouvernante vivait au château et lui apprenait les bonnes manières. Les bonnes manières anglaises qui sont très bizarres comme on sait.

« Cette jeune femme, qu'on ne voyait que très rarement dans le village, était chargée par le comte de prier ma grand-mère de m'envoyer tous les jeudis passer la journée auprès de son petit-fils Charles-Louis... Je ne connaissais ce garçon que pour l'avoir vu chaque dimanche à l'église où il assistait à la messe dominicale dans un des bas-côtés séparé de la nef par une balustrade en bois sculpté. Les bancs y étaient garnis de coussins de velours rouge et on l'appelait pour cette raison "la chapelle du château"...

« Le premier jeudi, dès que nous nous fûmes serré la main, le jeune comte, très distant, me demanda en me vouvoyant à quoi je voulais jouer : au croquet, au tennis, au jacquet, au diabolo ? J'avais, heureusement des curiosités plus relevées : voir les célèbres tapisseries de la salle des Gardes, voir les chevaux, les harnais, les bridons et les selles dont mon grand-père me vantait la grande beauté ; et je répondis : "D'abord voir les chiens."

« Charles-Louis eut alors, pour me dévisager, un long regard mouillé. En réalité, il avait de grands yeux bleus, un peu neutres et souvent humides. Je vis que ma question l'exaltait :

« "Les chiens ? murmura-t-il en s'approchant spontanément de moi.

« – Oui, les chiens de la meute, dans le chenil !"

« Il se contenta de sourire. S'il n'avait été dressé par sa miss, je suis sûr qu'il m'eût donné une bonne bourrade amicale dans le dos... »

Ce fut le début d'une amitié comme en connaissent les enfants, cimentée par les courses à travers la campagne, la pêche, la bicyclette, la cueillette des champignons et des mûres, la chasse enfin. La chasse qui était à l'origine de ce rapprochement désiré par le vieux comte entre son petit-fils et cet enfant dont on ignorait encore qu'il serait plus tard ingénieur des Chemins de Fer, peintre, sculpteur et enfin écrivain : le petit Vincenot, lors de la dernière traque avait su reconnaître que le sanglier abattu était « pigache » ce qui voulait dire que la pince de droite était plus longue que l'autre et recourbée...

De tout temps, la chasse, premier moyen d'existence de l'homme a réuni ses descendants plus sûrement encore que les bancs de l'école.

Veneurs, chasseurs et leurs domaines

Même si l'on n'aime pas la chasse – ce qui est mon cas – on ne peut l'éviter lorsqu'il s'agit de la vie de château, à cette époque, pour la simple raison qu'elle en est peut-être l'élément principal, la distraction majeure. À courre ou à tir ou les deux, suivant les régions – le « vol » est tombé en désuétude – on chasse partout. En outre, on chasse longtemps puisque, en général, on reste à la campagne jusqu'aux fêtes de fin d'année ; après quoi on regagne Paris juste à temps pour les premiers bals d'hiver.

C'est dire que cela fait beaucoup de châteaux à explorer. Aussi nous contenterons-nous de visiter seulement quelques-uns de ces repaires de chasseurs, les plus importants, en laissant toujours de côté ceux du pouvoir établi : Rambouillet et Vizille. Mais, avant tout, nous saluerons une femme hors du commun en qui se sont incarnées les vertus féminines et masculines conjuguées, une femme dont la vie, traversée au galop de son cheval et à la queue frétillante de ses chiens de meute, s'étend sur près d'un siècle. Une femme devenue, tout comme Boni de Castellane, une légende, une image sans laquelle il manquerait quelque chose à ce même siècle si elle n'y était apparue. Mieux encore, la reine Marie de Roumanie en apprenant sa mort dira : « Elle était une si merveilleuse vieille dame que, d'une façon ou d'une autre, le monde se trouve appauvri par sa disparition... »

Mme la duchesse d'Uzès, premier pair de France.

Ante mare undas ! Traduction largement étendue mais portée scrupuleusement dans l'Armorial : avant que la mer fût au monde, (Rochechouart-Mortemart) portait les ondes. Telle est la devise, accordée au blason fascé, ondé, enté d'argent et de gueule d'une famille qui fait remonter son origine au moment même de la Création. Avec un rien d'exagération sans doute ! Pourtant, si elle ne va pas chercher si loin, l'origine est fort ancienne. Il s'agit là d'une des plus grandes familles de France, chargée de tant d'illustrations qu'un chapitre n'y suffirait pas. La plus connue – la moins sympathique aussi peut-être ! – est la marquise de Montespan dont le règne impérieux sur Louis XIV est dans toutes les mémoires, mais dont, peut-être, l'antique devise explique l'arrogance. Vis-à-vis d'une femme dont la famille est née avec la Terre, qu'est-ce qu'un Bourbon ?

Hormis la passion de la chasse, celle qui nous occupe ne ressemble guère à la fière Athénaïs. Bien sûr le vieux sang poitevin coule dans ses veines mais il s'y ajoute un élément tout à fait inhabituel : le champagne !

Lorsque naît à Paris, en 1847, Anne de Rochechouart, des ducs de Mortemart, Louis-Philippe n'en a plus que pour un an à rester sur le trône. Elle est de santé fragile, aussi passera-t-elle une grande partie de son enfance au château de Boursault, près d'Épernay, chez son arrière-grand-mère : Mme Veuve Clicquot-Ponsardin, celle que l'on a surnommée « la grande dame du champagne ».

C'est en 1818 que Nicole Clicquot-Ponsardin achète le grand château de Boursault, à neuf kilomètres d'Épernay.

La petite Anne aimait beaucoup son arrière-grand-mère aux pieds de laquelle Cogniet l'a peinte, à plat ventre sur un coussin alors qu'elle avait une dizaine d'années. Elle aimait aussi Boursault « qui était vivant et gai», qui le sera moins lorsque les Allemands y seront passés. Elle en héritera avec plaisir mais on n'y chassera plus guère.

Dans son enfance, d'ailleurs, l'ouverture se faisait au petit château de Villers-en-Prayères. «Louis XVI, joli mais inachevé. Nous n'y passions guère que dix à quinze jours par an, dit-elle dans ses *Souvenirs,* mais j'avais alors congé complet ce qui me permettait de me livrer à quantité d'études... campagnardes: je passais mon temps à la basse-cour, à la ferme, sans parler de la pêche et des grandes promenades.» Après la «Grande Guerre», elle n'y retrouvera que des ruines.

Quand vint le temps des prétendants, rencontrés au bal comme d'habitude ou dans des réceptions, à moins qu'ils ne soient proposés par leurs mères[1], elle ne s'intéressa qu'à un unique jeune homme: le seul qu'elle ne semblait pas attirer. «Il ne me faisait jamais danser et j'en devenais nerveuse. Un jour, aux courses de Longchamp, l'ayant croisé, mon père me dit: "Celui-là, c'est un beau parti et tu serais duchesse! – Qu'est-ce que cela me fait, répondis-je, celui-là je ne l'épouserai jamais!" Et, en moi-même, j'ajoutai: Puisqu'il me dédaigne...

«Cela se passait au mois de juin. Le 5 décembre suivant, celui "que je n'épouserai jamais" reçut un coup de fusil à la chasse: il tombe, on le croit mort, on le relève respirant encore, ensanglanté, le visage défiguré, un œil perdu. J'appris l'accident, je devins pâle et je pensais: "Pauvre garçon, personne ne voudra de lui..." Quelques mois après, j'étais duchesse de Crussol...»

Le mariage avec Emmanuel de Crussol – il ne sera duc d'Uzès qu'à la mort de son père – eut lieu en mai 1867. Grand mariage s'il en fut et mariage d'amour. La petite duchesse de 20 ans dont on sait qu'elle possède la beauté et l'esprit célèbre des Mortemart est «heureuse

1. Il y eut même des ouvertures en vue d'un mariage avec le jeune roi de Serbie.

d'un bonheur qui ne s'est pas démenti pendant les onze ans passés sous la protection de l'être que j'ai aimé le plus au monde».

Onze ans, ce n'est guère et 31 ans ce n'est pas bien vieux. Pourtant, cette jeune veuve cruellement blessée demeurera fidèle au souvenir de l'époux bien-aimé comme au noir qu'elle ne quittera plus jamais. Néanmoins elle ne s'enterrera pas avec ses souvenirs au fond d'un de ses châteaux si nombreux soient-ils: outre Boursault et Villers, il y a maintenant Uzès, le duché qui avait accueilli les jeunes époux de vingt-cinq coups de canon sous le soleil et les fleurs – Entrains, Sancerre et Bonnelles. Elle entend faire de sa vie quelque chose et elle tiendra parole.

Déjà passionnée, et depuis longtemps, par les chevaux, les chiens et la vénerie, elle se laisse entraîner dans la politique aux côtés du général Boulanger dont elle finance la campagne électorale dans l'espoir que ce général cocardier et beau garçon, qui sait si bien s'attirer l'amour des foules, restaurera la monarchie. Hélas, Boulanger n'est justement qu'un bel homme sans trop de cervelle. Il se comporte comme un sous-lieutenant amoureux avec la belle Mme de Bonnemains, sa maîtresse, sur la tombe de laquelle il finira par se suicider. «Il avait rêvé d'être César, dira Séverine, conspira comme Catilina et mourut comme Roméo.»

Personne n'a jamais suspecté la duchesse d'Uzès d'un autre sentiment envers lui que l'amour de la royauté. Si elle fit une faute en soutenant ce songe-creux, elle la commit avec un entier désintéressement. Mais puisque le «grand homme» a disparu, la duchesse va s'occuper des femmes. Tout en menant une double existence d'écrivain et de sculpteur[1] – ses œuvres sont signées Manuela – elle

1. La basilique Sainte-Clotilde à Reims, qui est le reliquaire de la France, possède une admirable statue de la Vierge due au ciseau de la duchesse.

La Saint-Hubert. Bénédiction de la meute.

combat pour leurs droits politiques et mettra souvent sa grande fortune au service de causes généreuses dont la liste est trop longue pour trouver place ici mais c'est ainsi qu'elle assure l'éducation de la fille de l'anarchiste Vaillant et que de nombreuses misères lui devront leur soulagement. La guerre de 1914 fera d'elle une infirmière et de son château de Bonnelles un hôpital.

Cependant, toutes ces activités ne l'empêcheront jamais de se livrer à sa passion pour la chasse à courre. Maître d'équipage, première femme à porter le titre de lieutenant de louveterie, elle entretient à La Celle-les-Bordes, un équipage de chasse qui est le plus important de France. Deux fois par semaine – seule la guerre l'interrompra – elle découple en forêt de Rambouillet et reçoit à Bonnelles tout ce que l'Europe compte de veneurs illustres. Jusqu'à un âge avancé – elle montait encore à 85 ans – elle mènera hommes, chevaux et chiens à un train d'enfer qui en surprendra plus d'un. Bien campée sur son cheval, rapide comme l'éclair, elle sautait talus et fossés, parvenait avec une étonnante vélocité à l'endroit indiqué, commandant, ordonnant avec une sûreté et une précision de coup d'œil proprement stupéfiantes. Sous l'Ancien Régime, elle fût sans doute devenue Grand Veneur de France comme, au temps de Louis XV, la comtesse de Brionne, princesse de Lorraine, devint Grand Écuyer. Lorsqu'elles avaient du talent, les dames n'étaient pas toujours reléguées par les rois au salon, à la cuisine... ou à la chambre à coucher.

On rapporte une anecdote qui eut pour cadre la forêt de Chaumont où la duchesse chassait chez les Broglie. C'était au commencement d'un printemps et la chasse n'allait pas à son idée. Aussi lança-t-elle, furieuse: «Pas moyen de continuer! Les chiens ont perdu la voie, les oiseaux piaillent et les violettes puent!»

S'intéressant à toute nouveauté, elle fut aussi la première femme à détenir le permis de conduire qu'elle obtint en 1897... et la première à décrocher une contravention pour «excès de vitesse». L'événement eut pour cadre le bois de Boulogne alors que la duchesse roulait... à treize kilomètres à l'heure!

La fortune, l'éclat, le faste ont suivi tout au long de sa vie Mme la duchesse d'Uzès, premier pair de France. C'est pourtant à cette même duchesse que Louise Michel, la Vierge Rouge, écrivait entre autres lettres car il y eut une véritable correspondance: «Ma chère Amie. En partant pour l'Amérique, je vous recommande encore notre pauvre Alexandrine et le petit Clément. Je vous embrasse et vous remercie. L. Michel.»

Ce n'est pas à Bonnelles pourtant ou dans l'une de ses demeures mais chez sa fille, la duchesse de Luynes, au château de Dampierre, que la grande dame de la chasse s'est éteinte, au mois de février 1933, à 86 ans.

Les « tirés » de Bois-Boudran.

Qui dit Bois-Boudran dit Greffuhle ; qui dit Greffuhle évoque une énorme fortune, comparable à celle des Rothschild mais aussi la musique, l'art et surtout une femme dont Proust soupirait qu'elle était « la plus belle d'Europe ». Aussi, avant de présenter la famille et le château, est-ce elle – qui n'aimait pas la chasse ! – qu'il faut évoquer sans plus tarder parce qu'elle fut de ces femmes rares sur qui le monde entier se retourne saisi d'admiration. Ainsi lorsque, le 25 septembre 1878, elle sort de l'église Saint-Germain-des-Prés au bras de son époux, c'est un silence total, celui d'une foule qui retient son souffle, qui salue son apparition. Il faudra l'admiration gouailleuse d'un gavroche – « À la bonne heure ! En voilà un qui ne s'embêtera pas ! » – pour déchaîner une tempête d'acclamations tandis que la petite princesse belge monte en voiture aidée par celui qui vient d'en faire une vicomtesse Greffuhle.

Eh oui, elle est belge et s'appelle Élisabeth de Caraman-Chimay, fille du prince-gouverneur de Mons et de son épouse, Marie de Montesquiou, ce qui fait d'elle, un personnage digne d'Alexandre Dumas puisqu'elle descend à la fois de d'Artagnan et de Mme Tallien.

Comble de romantisme, si elle n'est pas une bergère épousant le prince charmant – ce serait plutôt le contraire ! – elle est loin d'être riche ainsi qu'on peut s'en convaincre à la lecture du contrat de mariage. Celui-ci fut établi sous le régime de la séparation de biens et la jeune fiancée, qui n'entendait rien aux affaires financières, eut tout de même un choc lorsque son apport et celui de son futur époux furent clairement énoncés : elle apprenait que son trousseau était évalué à quinze mille francs, que sa dot se composait d'une rente annuelle de cinq mille francs, au capital de cent mille francs alors que les seuls revenus d'Henry atteignaient chaque année quatre cent mille francs, sans compter une foule de biens mobiliers, de bijoux, de voitures, d'armes, etc. En outre, « le comte et la comtesse Greffuhle constituaient en dot au vicomte Greffuhle une somme de huit millions de francs stipulée payable à leur volonté, à cinq pour cent par an, exigible de trois mois en trois mois du jour du mariage... » Grandiose, non ?

Mais, au fait, qui sont-ils au juste, ces Greffuhle dont on entendra surtout parler à cette époque et qui, d'ailleurs, sont éteints faute de descendance masculine ? Le nom, peu habituel à une oreille française donnerait à penser qu'il vient de l'étranger, pourtant il n'en est rien. Les Greffuhle sont bel et bien languedociens : ce sont – ou plutôt c'étaient – des protestants de Sauve, non loin d'Anduze en plein pays « camisard » où si l'on voulait, après la Révocation de l'Édit de Nantes, éviter d'être sabré par les dragons du maréchal de Villars, il valait mieux prendre le large. C'est ce que fit Simon Greffuhle, peu tenté par un séjour sur les galères du roi. Il gagna Genève.

Son fils, Louis, s'installa à Amsterdam où il réussit à prendre la direction d'une maison de commerce. En 1789, retour à Paris pour y ouvrir une banque et grâce à une habile négociation sur les denrées coloniales atteindre la richesse. En 1793, peu soucieux d'enrichir les Sans-Culottes, nouvelle émigration : en Angleterre, cette fois, mais avec une fortune qui lui permet de venir en aide, au début de l'Empire, aux nobles émigrés les plus allergiques au régime impérial : « le duc de Doudeauville (un La Rochefoucauld), le marquis de l'Aigle, le maréchal de Lévis »... et Louis XVIII alors plutôt nécessiteux. « Cette intelligente sollicitude » valut à son fils aîné Jean-Louis, d'épouser Célestine de Vintimille du Luc, arrière-petite-fille de Louis XV et de la belle Pauline de Mailly-Nesle. Ce mariage marquera l'entrée des Greffuhle dans la haute aristocratie française. Sa veuve épousera le général de Ségur et son fils aîné convolera avec Félicie de La Rochefoucauld d'Estissac, mère du fiancé d'Élisabeth. Ajoutons que Louis XVIII, une fois installé sur le trône et des plus reconnaissant, a anobli, en 1818, son ancien bienfaiteur dont la fortune est devenue plus qu'imposante grâce aux chemins de fer, aux canaux et autres babioles. En résumé, c'est un descendant du Bien-Aimé qu'épouse l'arrière-petite-fille de « Notre-Dame de Thermidor ».

Mariage d'amour s'il en fut. Henri Greffuhle n'est pas le repoussoir qu'on pourrait craindre ; il a 27 ans, il est « beau comme un jeune dieu » avec ses cheveux blonds, sa belle barbe à deux pointes et ses yeux bleus. Cela vaudra à sa jeune épouse d'être abondamment trompée par un homme épris de diversité et que « la plus belle femme d'Europe », trop candide peut-être ou trop froide, est incapable de tenir en laisse. Néanmoins, l'extraordinaire beauté d'Élisabeth fascinera le Kaiser Guillaume II, le vieux Franz Liszt, Edmond de Goncourt, Pasteur, Félix Faure, Marcel Proust et même Léon Blum – entre autres ! – et résistera au temps d'une étonnante façon. Ainsi, le jour où à la Madeleine, elle marie sa fille unique Elaine au jeune duc de Guiche, ce n'est pas la mariée qui a la vedette : c'est sa mère. Vêtue de drap d'or, coiffée de zibeline et de plumes, elle accapare la lumière, stupéfie les spectateurs au point que la scène de Saint-Germain-des-Prés se renouvelle. Quand elle descend les marches de l'église au bras du duc de Gramont, père du marié, c'est une fois encore la *vox populi* qui rompt l'enchantement ! « C'est-y Dieu possible que ça soit la belle-mère ? », s'écrie un titi. Mieux encore : il existe une photographie illustrant, avec d'autres, le livre si attachant qu'Anne de Cossé-Brissac a consacré à son arrière-grand-mère. On y voit la comtesse Greffuhle, alors âgée de 75 ans, auprès de sa fille qui en a vingt de moins. Le rapport des forces est à peu près le suivant : une princesse Grace de Monaco brune à côté de la Mère Denis...

Dès après leur mariage, Élisabeth et Henry se rendent à Bois-Boudran, château de famille depuis que Jean-Louis Greffuhle a acheté, en 1814, cette ancienne seigneurie des comtes de Meaux située à environ cinq cents mètres du bourg de Fontenailles. Le château, que la jeune épousée ne trouve pas beau – il « ressemble à une caserne ou à une maison anglaise » – n'est pas encore aussi grand qu'il l'est aujourd'hui bien qu'on y ait déjà adjoint des communs, une basse-cour et des écuries mais il est posé dans un très beau parc, à l'anglaise lui aussi, et sur un domaine qui atteint trois mille cinq cents hectares voués à la chasse. Les jeunes époux y retrouvent la famille d'Henry et, à cette époque encore assez proche du désastre de 1870, la vie qu'on y mène est plutôt simple : « Après le déjeuner, à 11 heures et demie, on sort sous le genévrier qui est devant la maison puis chacun rentre chez soi tandis que les hommes partent pour la chasse. On chasse tous les jours, à Bois-Boudran, dimanches exceptés. Aux fusils de la famille, Charles Greffuhle, Henry, Robert de L'Aigle et Auguste d'Arenberg (ses beaux-frères), se joignent, le vendredi et le samedi "les fondateurs", tireurs émérites qui viennent chaque semaine : le marquis du Lau, le comte Henri Costa de Beauregard, le baron de Bussière, le duc de la Force... » Ce dernier, en particulier, et jusqu'à la fin de janvier date de la fermeture, quittait régulièrement le jeudi soir son hôtel des Champs-Élysées pour aller prendre, à la gare de l'Est et à 9 h 20, un express qui lui permettait d'être vers 11 heures à Bois-Boudran et dans sa chambre, toujours la même, meublée à l'anglaise comme d'ailleurs toutes les autres, où son serviteur, parti dès 5 heures de l'après-midi, lui avait tout préparé. Il rentrait à Paris le dimanche matin.

Le reste de la journée, au château, se déroulait de la façon suivante. Vers 2 heures et demie, les dames – longues robes, tournures et talons hauts – rejoignaient les chasseurs pour les regarder tirer. À 6 heures, tout le monde était rentré et se réunissait chez la maîtresse de maison. Élisabeth et Henry, qui, depuis leurs fiançailles chantaient ensemble en duo, se faisaient entendre, assistés en fin de semaine par le duc de La Force. Doué d'une belle voix, celui-ci, lorsqu'il était chez lui, aimait à chanter pendant les repas et régalait les siens des grands airs de *Guillaume Tell*, d'*Aïda*, du *Prophète* et, surtout, des *Huguenots* qui était son opéra favori. Le mini-concert terminé, chacun montait s'habiller et Henry pénétrait à chaque instant chez sa femme pour lui recommander de soigner sa toilette. « Arrangez-vous bien Bébeth, prenez votre grand air ! », lui disait-il ainsi que le rapporte son arrière-petite-fille. Par parenthèse, on demeure un peu confondu par ce diminutif incroyable de « Bébeth » qui, depuis la petite enfance, a suivi durant toute sa vie conjugale une créature de rêve qui avait tout de la princesse de légende.

Le dîner est « gai ; on crie beaucoup et la chasse du jour fait le gros de la conversation ». Henry n'est plus le même, il a l'œil fixe et fait à peine attention à sa femme. Les soirées sont un peu dures ; une fois sortis de table, les messieurs vont au fumoir, laissant les dames au salon où la comtesse Greffuhle tricote jusqu'à extinction. Élisabeth se lève, s'assoit sur toutes les chaises, échoue au piano où elle chante un triste adagio.

« Parfois, sous un prétexte quelconque, elle parvient à s'échapper du salon et va se cacher derrière la porte du fumoir... où elle tâche d'entendre la chère voix de son bien-aimé. Avec étonnement, elle découvre qu'à Bois-Boudran la matière tient une grande place ainsi que tout ce qui a rapport à la vie usuelle. Au premier plan, celle du corps a tout l'intérêt et elle sursaute toujours lorsque son beau-père prononce d'un air satisfait, les yeux mi-clos, cette approbation majeure :

« "Cela vaut bien une purgation." »

Ce genre de déclaration eût causé un scandale au château de Chimay où la jeune vicomtesse avait été élevée par une mère tendrement aimée et qui le lui rendait au centuple.

Lorsque le comte Charles Greffuhle eut rendu son âme à Dieu, Henry devint seigneur de Bois-Boudran et, s'il tint à conserver le petit château aux volets verts, aux meubles cossus tirant sur le style bourgeois de Louis-Philippe teinté d'anglais, il n'en jugea pas moins qu'il était devenu notoirement insuffisant. Aussi le flanqua-t-il d'une aile immense, de fort bon goût et d'une extrême somptuosité. « C'était, dira le duc de La Force, le Versailles du Grand Roi communiquant non plus avec le petit château de Louis XIII mais avec une maison bourgeoise du temps du Roi-Citoyen. »

Les battues de Bois-Boudran sont alors célèbres dans l'Europe entière. On pouvait y tuer quinze cents faisans en une seule journée car Henry ne voulait chez lui que des tireurs émérites parmi lesquels l'incontournable trio de rois habitués des grandes chasses françaises : Édouard VII, Alphonse XIII, l'un des tout meilleurs fusils d'Europe et Carlos de Portugal. On put y voir aussi le président de la République, Félix Faure, homme élégant et de bonne compagnie qui ne savait pas encore qu'il finirait bizarrement dans les bras de la belle Meg Stenheil.

La comtesse Greffuhle ne suivait pas la chasse mais elle présidait toujours le dîner où sa grâce, ses grands yeux bruns si lumineux, son merveilleux sourire, ses dents éblouissantes et sa silhouette royale faisaient merveilles. Le duc d'Aumale qui l'invita plusieurs fois à Chantilly disait d'elle : « C'est un lys qui deviendrait une liane... »

Elle fascine les artistes. Falguière a taillé son buste dans le marbre, La Gandara a fait d'elle un superbe portrait. Quant à Helleu, il s'est attaché à ses pas durant trois journées, en train et à Bois-Boudran, un carnet de croquis à la main et multipliant les dessins. Il l'a saisie dans toutes les attitudes : à son balcon, au salon, en train de lire, à sa toilette, devant son chevalet car elle est, en effet, une portraitiste intéressante elle aussi. On a d'elle un superbe portrait de l'abbé Mugnier, un autre de la marquise de L'Aigle, sa belle-sœur. Cette femme étonnante est vraiment douée pour les arts. Ainsi, elle fascinera Rodin, mais il faut bien admettre que ce n'est pas à Bois-Boudran qu'elle vit le plus intensément mais bien à Paris où, depuis son hôtel de la rue d'Astorg, elle dirige les Grandes Auditions Musicales, fait représenter *Tristan et Isolde,* se passionne pour les ballets russes et pour une multitude d'activités où même les sciences trouvent leur place. Bois-Boudran, paradis de la chasse, c'est surtout le domaine d'Henry. Il y règne le jour mais le soir appartient à Élisabeth.

Avant les transformations du château, le théâtre de salon tenait une grande place dans les distractions. « Au retour de la chasse, dit André de Fouquières qui s'y rendit souvent, on se réchauffait devant les grands feux d'automne, devisant ou jouant la comédie Chez la comtesse Greffuhle, nous interprétions des impromptus de la maîtresse de maison... Nos spectateurs, indulgents, s'amusaient autant que nous de nos défaillances de mémoire. On improvisait si par malheur on avait oublié son rôle et il arrivait que le souffleur eut autant de succès que les artistes... » Mais, une fois que Bois-Boudran eut entrepris de faire concurrence à Versailles avec salons immenses et véritable théâtre, les interprètes furent d'autre sorte : des trains spéciaux amenèrent à domicile l'Opéra et ses ballets, la Comédie-Française et ses grands interprètes, sans compter les artistes d'autres théâtres avec, en tout premier plan la grande Sarah Bernhardt. Les serres où poussaient des œillets géants et les inévitables orchidées fournissaient de fabuleuses décorations florales...

Tout cela, hélas, finira un jour. La guerre de 1914 et aussi l'impôt sur le revenu creusèrent d'énormes trous dans la fortune d'Henry qui, cependant, refusait de diminuer le train ruineux du château. Ses maîtresses aussi lui coûtaient cher et, en 1913, la comtesse envisagea même un divorce que les hostilités arrêtèrent. Hélas, en 1920, la grande passion d'Henry pour la comtesse de La Béraudière qui le décidait à installer sa maîtresse rue d'Astorg acheva de briser l'amour qu'Élisabeth avait réussi à garder envers et contre tout... Dès lors le couple vécut séparé jusqu'à ce qu'enfin la mort d'Henry vint mettre un terme définitif au conte de fées. Mme Greffuhle retrouva la rue d'Astorg où elle reçut encore, bien que sur un pied plus modeste, les grands de ce monde comme Eleanor Roosevelt avec qui elle entretint des liens d'amitié.

C'est à Genève et à 92 ans que s'éteignit, en 1952, celle dont la beauté avait illuminé durant près de cinquante ans les salons de la haute société, les ateliers d'artistes et les loges de théâtre.

Où il est question de quelques maladroits.

Bien entendu, la duchesse d'Uzès n'avait pas le monopole de la vénerie ni le comte Greffuhle celui de la chasse à tir. Au début de ce siècle et rien qu'en ce qui concerne la vénerie, il existait en France 285 équipages, 7 850 hommes de vénerie, 12 000 gardes et valets de meutes et 10 700 chevaux de chasse. Après la Seconde Guerre mondiale, il ne resta plus que 60 équipages. Par contre, les fusils s'étaient multipliés bien que les Allemands se fussent livrés à une véritable hécatombe de gibier. Nous verrons en d'autres temps de ce qu'il en est de nos jours.

Revenons donc en arrière pour visiter encore quelques lieux privilégiés d'un sport qui, avec la politique, était la grande affaire de la Belle Époque.

Nous avons déjà évoqué les chasses du comte de Castellane au château du Marais, les curées aux flambeaux de Chaumont-sur-Loire au temps de la princesse de Broglie et vaguement effleuré le Saint-Fargeau du marquis de Boisgelin. Il convient de s'y arrêter encore quelques instants pour contempler, une fois au moins, le magnifique spectacle d'une chasse sur le point de s'élancer. Des cavaliers aux tenues éclatantes, rouges, vertes ou bleues à parements jaunes, des dames en jupes d'amazone bleue ou noire, tunique rouge galonnée – la duchesse d'Uzès néanmoins ne quittera jamais sa tunique noire –, coiffées d'un petit tricorne Louis XV à plumes d'autruche noires qu'on appelait le lampion. Les hommes portent, eux, la botte de vénerie à la française d'où sort un bas de laine blanc sur une culotte de gros velours bleu ou noir ; ou encore la botte à revers sur la culotte blanche « anglicisme mis à la mode par le roi Charles X », le gilet à petit galon et boutons gravés sous une redingote dont les revers s'ornent de gros galons. Ils portent une toque en velours noir, la bombe – encore un apport anglais ! – qui a remplacé le tricorne d'avant la Révolution... Tous montent de beaux chevaux « pur-sang gardant dans leur comportement nerveux, jarrets, oreilles, regards, naseaux, crinières, l'inquiétude lointaine des étalons arabes ; demi-sang normands, charolais ou irlandais plus pesants mais ayant encore du sang sous la masse ». Et puis la meute.

Celle du marquis du Luart dont le lieu de prédilection est Saint-Fargeau compte une centaine de chiens : grandes bêtes pesant chacune entre quarante et quarante-cinq kilos, avec une voix profonde, des membres vigoureux, un pelage bicolore ou tricolore – noir, feu et blanc – et de longues oreilles. Tous ont leur nom qui sonne « comme des sobriquets de gardes-français ». Ils sont pleins de feu et d'ardeur mais ils obéissent instantanément à la voix du premier piqueux !

Planant sur tout cela, la fanfare alerte des trompes aux cuivres desquels le pâle soleil d'automne arrache des éclairs. Chaque équipage possède une sonnerie qui lui est propre et qui porte son nom. Les connaître toutes était impossible mais il fallait au moins savoir discerner celles de la région en plus de celles des grands équipages. Sonner de la trompe était, et est toujours, toute une étude puisqu'il s'agit d'annoncer les différentes phases de la chasse : la vue, le bien-aller, le bat-l'eau, la sortie de l'eau, l'hallali, etc.

Deux dates marquaient la vie de la chasse : la Saint-Hubert, bien entendu et le lundi de Pâques qui indiquait la fin de la saison. À Saint-Fargeau, on fêtait le saint patron le jour du mardi gras, c'est-à-dire plusieurs mois après la date prescrite par le calendrier qui est en novembre. Par contre, au château de Carrouges, en

Normandie, la Saint-Hubert se célèbre au mois d'août ce qui prouve qu'il s'agit d'un saint tout à fait accommodant.

Quoi qu'il en soit, la messe solennelle, dite dans la chapelle du château, réunissait une foule nombreuse. « Au premier rang, les boutons d'équipage[1] et devant le maître-autel, le meilleur limier que tenait le piqueux... » La scène est belle et qu'on ne vienne pas crier au scandale ! Pourquoi donc un chien, créature de Dieu, n'aurait-il pas le droit d'entrer dans une église ? À la sortie, le prêtre bénissait la meute et lui distribuait un peu de pain bénit. Les hommes et les chevaux venaient ensuite.

Tous les châteaux ne possèdent pas une chapelle aux dimensions de celle de Saint-Fargeau ; aussi, le plus souvent, la messe était dite en plein air ; ce qui a lieu le plus souvent encore. Voir, sur la grande pelouse de Carrouges, au pied de ce château de briques gardant des allures de forteresse, les différents équipages qui découplent en forêt d'Écouves disséminés autour de l'autel comme des massifs de fleurs avec les couleurs diverses de leur tenue et les pelages différents des meutes, est un spectacle plein de grandeur. Les trompes, cette fois, sont au seul service du Christ-Roi...

Au château d'Esclimont, entre Chartres et Rambouillet, le duc de Doudeauville et son frère le duc de Bisaccia avaient monté, sous le Second Empire, un équipage de chasse à courre en forêt de Rambouillet. Après la mort du premier, le duc de Bisaccia renonça à la vénerie et se contenta de ses « tirés » qui comptaient parmi les trois plus importants de France, les autres étant Bois-Boudran bien entendu et aussi Vaux-le-Vicomte, chez M. Sommier, le grand raffineur.

Contrairement à Bois-Boudran, Esclimont a une histoire. C'est en 1543 qu'un archevêque de Tours construisit ce qui était alors un puissant quadrilatère

1. La tenue aux couleurs dudit équipage.

cerné de tours rondes et posé au milieu d'un étang, mais le grand homme du château, demeure le chancelier Hurault de Cheverny qui tenta, en les réunissant chez lui, de mettre d'accord catholiques et protestants, sans y parvenir d'ailleurs. Catherine de Médicis séjourna dans cette imposante demeure dont, au XVIIIe siècle, on ouvrit la cour intérieure sur le paysage en abattant deux des côtés. Les façades trop sévères reçurent alors de hautes fenêtres. Trois duchesses s'y succédèrent : la duchesse de Laval, la duchesse de Luynes et la duchesse de Montmorency. Ce fut d'elle qu'hérita Sosthène de La Rochefoucauld, duc de Bisaccia puis de Doudeauville que j'ai évoqué plus haut. Fort riche, celui-ci entreprit de changer l'aspect extérieur d'Esclimont en le faisant rhabiller selon le style « Renaissance-château de la Loire » qui rassemblait alors tous les suffrages. Seule l'ancienne barbacane du XVe siècle échappa à ses bienfaits.

Ainsi équipé, le château se trouva prêt à recevoir fastueusement, et cela pendant plusieurs décennies, une bonne partie du Gotha, quelques rois et un nombre impressionnant d'altesses. Au temps qui nous occupe, la maîtresse de maison en était la duchesse de Bisaccia, née Colbert, qui savait recevoir avec beaucoup de grâce les nombreux invités de son époux. Cette fois il s'agissait de chasse au perdreau et les tableaux de sept ou huit cents pièces n'étaient pas rares. Même quand les « fusils » n'étaient pas toujours de toute première qualité. Ainsi de certain sous-préfet qui, Dieu sait pourquoi, semblait avoir pris pour cible le duc de Fitz-James. Un jour, ce dernier, venant d'être « salé » une fois de plus, sentit la patience l'abandonner. « Que celui qui a tiré lève la main ! » Le sous-préfet fautif eut le courage de se dénoncer et « sentit siffler non loin de ses doigts les plombs de sa victime ».

Le plus maladroit des chasseurs fut peut-être le maréchal de Mac-Mahon qui possédait, dans le Loiret, le château de Montcresson où il mourut le 8 octobre 1893 mais où il ne chassa guère, sa réputation étant définitivement assise. Ainsi, lorsqu'il chassait le lapin chez le duc de La Trémoille – qui louait alors le château de Rambouillet depuis 1870 – il était si redoutable que ses aides de camp étaient obligés d'écarter les jambes sans cesse pour livrer passage aux grains de plomb que le vainqueur de Magenta jugeait tout à fait inoffensifs. Il fallait avoir le cœur solide pour inviter ce robuste vieillard, tout à fait charmant d'ailleurs mais d'une naïveté qui lui valait une certaine réputation de sottise. Ses « mots » étaient grandioses. Ainsi, visitant un jour un hôpital, il s'arrête devant le lit d'une typhique et lui déclare : « La fièvre typhoïde ? Je sais ce que c'est. Je l'ai eue. On en meurt ou on en reste idiot. » Une autre fois, à Toulouse où il s'était rendu au moment des grandes inondations de 1875, il ne trouva, pour réconforter les sinistrés, que ces mots lapidaires : « Que d'eau, que d'eau ! » Avec un fusil, il était aussi maladroit, tirait dans tous les sens et semait la panique autour de lui.

Il semblerait d'ailleurs que les premiers présidents de la IIIe République aient souvent fait partie de cette catégorie de chasseurs peu recommandables. Ainsi de Sadi Carnot. « Vers 1892, raconte le duc de La Force, on assurait que le général Brugère, aide de camp du président Carnot, devait sa faveur à la constance avec laquelle il encaissait la grenaille présidentielle. »

Il arrivait que les dames missent, si j'ose dire, la main à la pâte et s'emparent du fusil. Sans toujours réussir au mieux. Ainsi de la comtesse de Puységur. Invitée à chasser dans la Sarthe, elle « suivit » un oiseau en vol alors que, son coup lâché, elle eût dû cesser de tirer. C'est là une des règles primordiales de la chasse à l'affût où l'on risque toujours de retrouver un voisin dans sa ligne de mire et c'est ce qui arriva : elle arrosa de plomb un malheureux invité. Du petit plomb heureusement mais, épouvantée de ce qu'elle avait fait, la comtesse se laissa tomber sur un talus et se mit à sangloter éperdument tandis que ses compagnons s'efforçaient de la consoler en lui assurant que le dommage n'était pas grand. Elle finit tout de même par avouer la raison de ce grand désespoir : « On ne m'invitera plus, on dira que je suis dangereuse. » Or, elle tenait beaucoup à participer encore aux chasses d'un très séduisant châtelain...

Autre dame qu'intéressait un gibier sans plumes : la baronne d'Estrella, une fort jolie Brésilienne, qui traquait le prince Aymon de Lucinge et suivait assidûment, dans ce but, les chasses du marquis de Broc aux Perrets, dans la Sarthe.

Celui-ci avait fait construire au Mans, chez Léon Bollée, « une espèce de locomotive traînant une vaste diligence qui ne dépassait pas le dix à l'heure, pesait un tel poids qu'il creusait de terribles ornières dans les routes et devait éviter les ponts de bois mais qui lui permettait d'aller chercher ses invités en gare et de les promener commodément. Tout au moins quand il n'y avait pas de pannes ». Le prince de Lucinge, pour sa part, habitait, dans le même coin, le château de Chardonneux et venait volontiers rejoindre les autres aux Perrets. C'était alors, pour la jolie baronne, l'occasion de faire preuve de son endurance et de sa constance puisqu'il lui fallait suivre avec un équipement aussi peu adapté que possible aux circonstances : jupes longues et entravées sur des jupons mousseux mais encombrants, grands chapeaux fleuris ou emplumés ou ennuagés de tulles et de voilettes – très commodes dans les fourrés et sous les branches basses ! – enfin mignons souliers aussi étroits que possible pour faire « joli pied » et hissés sur des talons trop hauts. Cela aurait pu être agaçant pour les chasseurs mais en fait il n'en était rien : les dames n'étaient-elles pas de fragiles et précieux objets sur lesquels l'homme digne de ce nom se devait de se pencher avec sollicitude ? Voilà une attitude sur laquelle les jeunes personnes actuelles, un rien trop garçonnières, devraient bien réfléchir. Être ainsi entourée pouvait être passablement agaçant mais il était des cas où cela ne manquait pas de charme.

C'était celui de Mme d'Estrella à qui on se hâtait d'offrir une chaise d'affût. Elle était si charmante qu'elle devenait automatiquement l'amie des divers propriétaires qui l'invitaient pour faire plaisir au prince de Lucinge. Car, si tous deux se disputaient fréquemment, ils prenaient un plaisir visible à se trouver ensemble.

Au chapitre des originaux, Élisabeth de Gramont ajoute les gens du Grand-Lucé : le marquis Hippolyte d'Argens, son frère Frédéric et l'époux de leur sœur Léonce Levavasseur qui habitaient toute l'année ce beau château construit entre 1760 et 1764 par Pineau de Viennay. L'existence qu'ils y menaient ne manquait pas de couleurs : « Hippolyte arrivait au rendez-vous de chasse, sinon poudré, du moins fardé. Ce marquis campagnard avait l'art du maquillage et peignait, dans les grands jours, sa mère et sa sœur. Il volait d'une chambre à l'autre avec ses poudres et ses onguents : "Maman, maman, surtout attendez-moi !" Réunis, ils ressemblaient à leurs portraits de famille... » Mais, à la chasse, toute cette parfumerie ne devait pas être tellement appréciée de leurs compagnons.

Autre original mais grand chasseur devant l'Éternel, excellent fusil aussi, le comte Bernard de Gontaut-Biron qui fut un des humoristes de son temps. Son château de Lostange, dans le Tarn, étant peu propice aux grandes battues et tout de même assez éloigné de Paris, il chassait habituellement à Sandricourt, chez le marquis de Beauvoir qui réunissait, lui aussi, altesses et grands de ce monde pour de véritables fêtes de la chasse. Un jour, à la surprise générale, on vit paraître le comte Bernard qui, cependant, venait de perdre un frère. À cette époque un deuil ne permettait pas de se montrer dans quelque manifestation mondaine que ce soit. Le duc de Gramont, qui était présent, le fit remarquer discrètement à son ami : « Mais, mon bon Agénor, déclare alors celui-ci, je tire avec de la poudre noire. »

C'est le même qui, un beau jour, en fin d'après-midi, vint visiter la princesse Amédée de Broglie qui était de ses meilleures amies. Comme, tout de même, il était déjà tard, la princesse voulut le garder à dîner :

« Impossible, répond Gontaut, j'ai ma belle-mère en bas...

– Mais comment ne l'avez-vous pas dit, Bernard ? Je vais ordonner qu'on la fasse monter...

– Inutile. Elle est dans son cercueil, je la conduisais dans le Tarn mais comme je suis en avance sur l'horaire du train, je suis venu vous voir en attendant. »

Mme de Broglie savait bien à qui elle avait affaire. Attendu un jour au château de Chaumont, ne lui avait-il pas envoyé ce télégramme : « Impossible venir, mensonge suit par lettre. »

Il peut paraître étrange de ne pas aller visiter la Sologne, ce paradis de la chasse. Cela tient uniquement au fait qu'elle se trouvait alors en cours de restauration si l'on peut employer ce terme. En effet, dans les années qui suivirent la chute de Napoléon III, des amateurs fortunés acquirent à vil prix d'immenses domaines dans le désert solognot et versèrent la corne d'abondance sur ce sol ingrat de sable et d'argile. Abondamment arrosés d'or, les marais desséchés devinrent sapinières et pineraies, les landes défrichées champs de seigle et de blé, les tourbières drainées verdoyantes prairies. À force d'importation fort coûteuse de gibier, les colonies de perdreaux et de faisans se multiplièrent, les rapaces furent pourchassés, les marais nettoyés pour accueillir canards sauvages, sarcelles, bécasses et bécassines et la Sologne devint ce qu'elle est aujourd'hui, mais il est bien évident que tout cela ne se fit pas en un jour.

Avant de clore ce chapitre, arrêtons-nous un instant pour regarder tirer le meilleur fusil d'Europe ; autrement dit le roi d'Espagne, Alphonse XIII. La scène se passe à Vaux-le-Vicomte, sur les terres de M. Sommier.

Le roi tirait avec trois fusils, cependant que deux « chargeurs » se tenaient auprès de lui : l'un derrière et l'autre à genoux devant lui. Il était d'une étonnante rapidité et, même avant qu'il eût épaulé les oiseaux étaient à terre. Ses deux coups partis, il laissait tomber son fusil que l'homme à genoux rattrapait en lui tendant une arme fraîchement chargée. Le roi tirait, c'était alors au tour de l'autre chargeur de faire échange avec lui. Il obtenait des résultats spectaculaires... qui n'allaient pas toujours sans agacer un peu ses compagnons ; surtout lorsque Sa Majesté leur volait leur gibier. René Préjelan, caricaturiste de talent, journaliste et excellent tireur lui aussi, raconte :

« J'ai toujours trouvé insupportable le déplaisir infligé par le voisin qui vous "coupe" une pièce. Cette incorrection m'a inspiré des rancunes inexpiables et le frein du savoir-vivre serré à bloc ne m'a pas toujours empêché d'adresser à son auteur de regrettables protestations. Mais quand le successeur de Charles Quint me descendait un faisan sous le nez en me criant : "Tu as vu celui-là ? Il était au moins à quatre-vingts mètres", je ne pensais pas une seconde à rouspéter. Je le félicitais au contraire avec d'enthousiastes acclamations. Devant les sommets d'une telle courtisanerie, comment ne pas avoir le vertige ! Toujours est-il qu'il ne ratait pour ainsi dire jamais et nous l'avons vu souvent, avec ses trois fusils, réussir le coup de cinq : deux devant, deux derrière et le cinquième n'importe où. »

Autour des fabuleux Rothschild

Depuis bientôt deux siècles, le nom a dépassé la famille, qu'on connaît peu à l'exception de trois ou quatre membres, pour devenir un symbole : celui d'une fortune tellement vaste qu'il est impossible d'en préciser les contours. On disait, autrefois, riche comme Crésus et peut-être, dans les siècles passés, disait-on riche comme Médicis ou encore comme Függer. Avec les Rothschild, on n'a même plus besoin d'employer l'adjectif : le nom suffit. Qui dit Rothschild croit voir un flot d'or jaillissant de châteaux, d'hôtels particuliers, de terres et de maisons de banque dont l'accès est interdit à qui ne fait pas partie des élus. Pourtant ce sont eux qui parlent le moins d'argent, du moins hors du cercle très fermé de la famille, au point qu'on peut se demander s'il les intéresse vraiment. Il y a beau temps que, pour eux, la course à la fortune est terminée.

Quelque part dans *Les Rois maudits,* je ne sais plus exactement où mais le passage m'avait frappée, Maurice Druon a écrit : « Les hommes épris de puissance ne sont pas seulement dominés, comme on le croit souvent, par un appétit de richesses et d'honneurs ; ils sont avant tout poussés par un goût abstrait de faire les événements, d'empêcher qu'ils se produisent sans eux, d'agir sur l'univers et d'avoir raison. La fortune, les distinctions ne sont rien que des signes de leur importance... »

Au commencement était Mayer-Amschel.

Quand il revient dans sa ville natale de Francfort-sur-le-Main, un jour du printemps 1764, Mayer-Amschel (ce qui donnera Anselme) qui, comme autrefois les juifs, n'a pas de nom de famille, n'est rien d'autre qu'un orphelin sans fortune pris par l'envie de revoir le ghetto natal où ses ancêtres ont été longtemps de petits marchands. En l'envoyant au loin – à Nuremberg très exactement – ses parents espéraient en faire un rabbin mais cela ne correspondait pas aux aspirations profondes de son caractère. Il est un homme de chiffres. Aussi l'a-t-on envoyé à Hanovre, chez Oppenheimer, un banquier juif chez qui des parents lui ont procuré une place d'apprenti. À présent, ceux-ci sont morts et de ce fait ne pourront plus payer ses études.

À Hanovre, la vie est assez facile pour les enfants d'Israël. Ce n'est pas le cas dans d'autres principautés allemandes. Pourtant, un beau jour, Mayer-Amschel, tournant le dos à une carrière qui pourrait être agréable car il est un homme brillant, choisit de retourner à Francfort. À Francfort où il n'aura le droit de vivre que dans le ghetto, où il devra porter l'étoile jaune sur ses vêtements, où, lorsqu'il se présentera au passage du Main, il devra payer le « péage des juifs » après quoi, il sera parqué dans la Jugengasse – la rue des juifs – qu'on ferme la nuit avec des chaînes. Une ruelle sombre d'à peine quatre mètres de large « entre la ville et un fossé » comme dira Goethe, qui est presque un bourbier encombré des vieux habits des fripiers et des meubles presque en ruine des brocanteurs. « Ce fouillis était le reflet d'une ordonnance interdisant aux juifs de Francfort de se livrer à l'agriculture, aux métiers manuels et même au commerce des articles les plus nobles tels que les armes, la soie ou les fruits frais. » Et c'est là-dedans que notre jeune homme – il n'a guère que 20 ans – vient s'installer. Alors pourquoi ?

Pour une raison simple : Francfort, c'est alors la grosse place marchande du couloir rhénan et Mayer, que rejoindront par la suite ses deux frères, sent que c'est là, et nulle part ailleurs, qu'il construira sa fortune. C'est là aussi qu'il va trouver son nom.

En effet, lorsqu'il arrive dans la partie de rue où logeaient ses parents, quelqu'un qui l'a reconnu, l'appelle « Hé ! Rothschild ». En effet, pour se différencier, les juifs usaient des enseignes qui ont précédé le numérotage des rues. Les ascendants de Mayer habitaient autrefois une maison signalée par un écu rouge (Roth-schild). Même lorsqu'il achètera, plus tard, une demeure portant un écu vert, le nom lui restera. En attendant il va loger sous le signe de « la Marmite ».

Il va s'y faire changeur de monnaie : un métier intéressant à une époque où l'Allemagne n'est qu'une mosaïque d'États et de principautés ayant chacun sa monnaie. Ensuite, il intéressera le seigneur du lieu, ce duc Charles-Auguste qui sera le protecteur de Goethe, avec des monnaies anciennes puis des idées financières qui, finalement, feront de la maison du changeur un embryon de banque en attendant une vraie banque.

L'idée de génie de cet étonnant personnage sera d'épouser Gutele Schnapper, jeune fille de 17 ans pleine de qualités qui habite ce qu'on pourrait appeler le beau bout de la Judengasse. Gutele lui fera cinq fils. Cinq flèches – l'emblème des Rothschild – qu'il va tirer sur l'Europe et qui s'implanteront solidement dans divers pays : Salomon à Vienne, Nathan à Londres, Charles à Naples, James à Paris tandis que l'aîné, Anselme, restera tout naturellement à Francfort pour y fonder la branche allemande.

Ces cinq hommes seront toujours unis par les liens les plus étroits et il en sera de même pour leurs descendants et les enfants de leurs descendants, car c'est cela avant tout la grande force des Rothschild : quelle que soit la nationalité, ils ne forment qu'une seule et même famille dont les membres se soutiennent, s'entraident lorsqu'un malheur ou simplement une mauvaise affaire se produit chez l'un ou chez l'autre.

Si Napoléon et ses armées ont été sans le savoir les commis-voyageurs de Mme veuve Clicquot, ils sont aussi à la base de la fabuleuse réussite des Rothschild. Pour une raison simple : les cinq frères entretenaient entre eux un service de courriers rapides que le télégraphe renforcera. À Londres, Nathan, informé avant tout le monde de la victoire de Waterloo – tout dépend évidemment du côté où l'on se place et je rappelle que Londres était déjà en Angleterre depuis un moment ! – achète en masse toutes les valeurs en baisse. Quand la nouvelle sera connue, il aura réalisé une belle fortune. Pendant ce temps, à Paris, James, renseigné par son frère Salomon se sera rangé aux côtés de la Sainte-Alliance dont il est devenu le banquier. Le retour des Bourbons sera pour lui la meilleure des affaires mais pas la seule et, si nous allons nous en tenir à lui et à ses descendants, nous ne nous étendrons pas davantage sur le détail des innombrables sources d'une fabuleuse fortune. Même si c'est d'un intérêt fantastique, cela nous éloignerait trop du sujet de ce livre.

Petit détail tout de même, valable pour la totalité des Rothschild. En 1815, l'empereur d'Autriche les fait barons. Rien de plus, rien de moins et si certaines de leurs filles coifferont – contre leur gré en général – des couronnes ducales ou princières – ils n'accepteront jamais de changer leur tortil pour une autre coiffure héraldique. Avec raison et sagesse car ils sauront en faire l'équivalent d'un diadème royal.

En France, le baron James donnera à sa puissance la forme d'un extraordinaire château-palais... ce sera Ferrières.

Inoubliable Ferrières !

En 1829, le baron James achète le domaine de Ferrières, dans la Brie, aux héritiers de Fouché, duc d'Otrante. L'ancien oratorien converti à la forme terroriste de la Révolution et qui deviendra l'indispensable ministre de la Police de Napoléon avant de le trahir – j'ai failli dire : comme tout le monde ! – est mort depuis neuf ans à Trieste sans avoir réussi à obtenir qu'on rapporte son corps au petit cimetière de Ferrières où reposait déjà sa première épouse, Bonne-Jeanne Coiquaud qu'il aimait profondément en dépit de sa laideur.

Ferrières, c'est alors un petit château modeste, au bord d'un étang mais qui, pour la première Mme Fouché représentait le paradis sur la terre. Le baron James ne voit pas les choses de la même façon : il souhaite implanter, au milieu de ces profondes forêts et de cette riche terre de Brie, une demeure à l'image de sa réussite. Alors, il fait raser la maison de Bonne-Jeanne et, sous le ciel d'Île-de-France, il va ériger un immense, un fantastique palais à l'italienne dont il confie la réalisation à un Anglais. Fort célèbre d'ailleurs. Paxton, dont le père était jardinier du duc de Devonshire, a bâti le Crystal Palace pour la reine Victoria et c'est un homme qui mérite sa renommée : il est un génial architecte doublé d'un paysagiste. En cinq ans, de 1855 à 1859, ce qui est un tour de force, il édifie une demeure qui avec ses colonnes, ses pilastres, ses bustes d'empereurs romains, ses clochetons et ses coupoles parvient à être le chef-d'œuvre architectural du second Empire. Autrement dit, son style en mélange quelques-uns mais, contrairement à ce qu'on pourrait penser, le résultat est superbe et superbe aussi l'intérieur confié à Eugène Lami qui ordonne, dans un cadre grandiose, les collections d'objets d'art réunies par le baron James. Un cadre en tout point digne de l'extrême beauté de la baronne Bettina dont le portrait, peint par Ingres, fut longtemps l'un des plus beaux ornements du château : elle offrait cette particularité d'être la nièce de son époux. Chez les Rothschild on n'aime guère sortir de la famille.

De plan carré, toute l'ordonnance intérieure de Ferrières tournait autour du grand hall central. Je laisse au baron Guy qui a consacré à son château, hélas perdu, des pages pleines de nostalgique tendresse le soin de la description :

« Le grand hall était le cœur du château. Il s'élevait sur deux étages, entouré au premier niveau par les pièces de réception, salons divers, salles à manger, salles de jeux tandis que l'étage supérieur était réservé aux chambres. Les chambres donnaient à l'extérieur sur les quatre points cardinaux et, à l'intérieur, sur un couloir qui faisait le tour du hall à mi-hauteur. On pouvait passer de ce couloir par quatre portes qui ouvraient sur une sorte de loggia circulaire à balustrade et qui courait donc, elle aussi, à mi-hauteur... Elle permettait aux invités, sans avoir à descendre, de jeter un coup d'œil discret sur ce qui se passait en bas car le hall était la pièce "à vivre"... C'était vraiment un lieu magique que le grand hall. Ses dimensions, cette espèce de lumière feutrée qui tombait des verrières évoquaient une nef de cathédrale et sa hauteur même permettait un double jeu de décoration. Les murs tendus de velours vert émeraude étaient recouverts, sur tout le niveau supérieur d'une suite de tapisseries anciennes... Le centre était occupé par un canapé circulaire d'où semblait jaillir une colonne de marbre coiffée d'une horloge du XVIIIe siècle représentant Atlas le monde sur les épaules. Armures allemandes, sculptures italiennes, tapisseries des Flandres, meubles Napoléon III, bronzes français, sièges d'époque victorienne, vases et bibelots divers, les styles se mélangeaient dans un désordre savant mais harmonieux... »

Naturellement, un majestueux escalier recouvert de tapis reliait à la galerie supérieure cette pièce immense où, cependant, même en l'absence d'invités, la famille vivait sans avoir le moins du monde l'impression de se sentir perdue. Cela tenait beaucoup au sens du confort et de l'intimité qui avait présidé à l'organisation du hall, cette marche particulière qu'on peut appeler le « style Rothschild » et qu'on retrouve dans toutes leurs demeures.

Au bout de l'étage des réceptions, le baron James avait fait réserver une petite pièce d'angle destinée à la célé-

Ferrières. Le grand hall.

bration du Sabbat et que les enfants appelaient la « synagogue ». Quant aux chambres – il y en a trente – elles présentaient un luxe et un confort tout à fait inhabituel à l'époque. Elles étaient exactement conformes à ce que sont les chambres des palaces actuels : chacune était précédée d'une entrée et flanquée de toilettes et d'une salle de bains dont les baignoires s'encastraient dans des coffres d'acajou. C'étaient de très grandes pièces tendues de tissu dont le décor donnait son nom à cette petite suite. Il y avait la chambre des bouquets, celle des oiseaux, celle des faisans, etc. Il n'était pas rare qu'elles soient toutes occupées. Le personnel du château passait alors à une centaine de personnes.

On pourrait imaginer, devant un tel raffinement, que la famille du baron James y vivait toute l'année. Il n'en était rien ; Ferrières servait seulement pendant trois mois : ceux de la chasse bien entendu et, si le château n'a pris place dans le chapitre précédent, c'est à cause de son caractère tout aussi exceptionnel que celui de ses propriétaires. D'où une inauguration exceptionnelle. Le 27 décembre 1862, Napoléon III flanqué du prince de Metternich, ambassadeur d'Autriche, de lord Cowley, ambassadeur d'Angleterre et du prince de la Moskowa, vient visiter Ferrières. Le baron James est allé l'attendre à la gare. L'empereur est curieusement vêtu « d'un costume de fantaisie de couleur sombre tout à fait original et ressemblant par la forme au costume national breton ». Précisons que cet étrange équipement avait pour destination la grande chasse qui devait suivre le déjeuner. Et quel déjeuner ! Le journaliste qui en fait le récit n'en finit pas de s'extasier : « Splendide comme mets, plus splendide encore comme service. Outre l'argenterie unique au monde, les convives mangeaient dans un service de porcelaine de Sèvres signé Boucher... »

Un mot sur les cuisines, elles en valent la peine ! Afin qu'invités et habitants ne fussent pas incommodés par leurs odeurs pas toujours suaves, on les avait construites à une centaine de mètres du château et sous terre ! Des verrières artistement cachées par des buissons et des arbres les dissimulaient. « Ce véritable poste de commandement souterrain – il comportait plusieurs pièces – (c'est toujours le baron Guy que nous écoutons) était relié aux offices du château par une galerie où circulait, sur des rails, un petit train monté sur roulement à billes qui transportait la nourriture. De petites veilleuses allumées sous des plaques gardaient les plats à bonne température... »

Achevé le déjeuner de l'empereur où n'assistaient que des hommes, Napoléon III alla saluer les dames qui l'attendaient sur le grand escalier puis demanda à tout visiter : château, parc et écuries. Ensuite ce fut la chasse où l'on fit grande consommation de lièvres et de faisans, plus une bécasse qui s'était égarée. Retour au château pour y prendre une collation tandis que les chœurs de l'Opéra exécutaient *L'Hallali du Faisan* sous la direction du maître Rossini en personne.

Avant d'aller reprendre son train, le souverain tint à se conformer à un vieil usage allemand en l'honneur dans les grandes familles, il planta lui-même un cèdre lequel prospéra si bien qu'il dépasse aujourd'hui tous les autres arbres. À 6 heures, il quittait le château et « trouvait sur son passage, depuis le perron jusqu'à la grille du parc, tous les gens du château éclairant les allées avec des torches tandis que, tous les quinze pas, on avait planté des ifs hérissés de lampions allumés... ».

Cette visite impériale marquait la fin d'une espèce de dissentiment qui s'était installé entre Napoléon III et les Rothschild auxquels il reprochait d'avoir été les banquiers de la Sainte Alliance. En outre, l'empereur soutenait les frères Pereire dans la longue lutte qui les opposa à « la famille ». Par contre, l'impératrice Eugénie gardait amitié et reconnaissance au baron James pour l'avoir soutenue dans la période difficile qu'elle vécut avant d'épouser l'Empereur. C'est, en effet, au bras du baron qu'elle entra aux Tuileries pour le bal où elle subit une humiliation du fait d'une certaine Mme Drouyn de

Lhuys, humiliation qui décida aussitôt Napoléon III à demander sa main. Pendant le pénible incident, le baron avait été parfait, à son habitude. L'Impératrice ne devait jamais l'oublier...

Si l'Empereur fut profondément impressionné par Ferrières, il se contenta d'admirer sincèrement et sans songer même un seul instant à se comporter comme Louis XIV envers le surintendant Fouquet après la fête de Vaux. Même le parc l'avait surpris. En effet, sachant que le château était destiné à des séjours d'automne, Paxton s'était ingénié à y planter des essences, telles que des érables, destinées à former des taches pourpres et or au milieu des conifères sombres. Le parc ressemblait un peu à une forêt canadienne et le coup d'œil était admirable.

Trop sans doute ! Huit ans plus tard, après la défaite française, le roi de Prusse et Bismarck établissent leur quartier général à Ferrières. La magnificence et les dimensions du « palais » impressionnent le roi qui donne des ordres stricts : interdiction de causer le moindre dommage ! On ne doit toucher « ni les tableaux des salons, ni le gibier du parc, ni le vin dans les caves ». Même Bismarck, chasseur passionné ne sera pas exempté. Malheureusement, Guillaume part et le chancelier, livré à lui-même n'en fait qu'à sa tête. Il se livre à une hécatombe... qui d'ailleurs ne le satisfait pas. Dans une lettre, la comtesse de Moustier raconte : « Rothschild m'a dit hier que Bismarck n'était pas satisfait de ses faisans de Ferrières et qu'il avait même menacé de battre le régisseur parce que lesdits faisans ne volaient pas remplis de truffes. »

Le château va souffrir mais aura droit tout de même à son heure de gloire puisque c'est dans le salon des Tapisseries que Jules Favre discute avec Bismarck l'énorme indemnité de dix milliards-or exigée par la Prusse. C'est le fils du baron James, le baron Alphonse qui, par ses conseils et son action, réussit non seulement à mener à bien l'emprunt libératoire mais en outre parvint à en faire un véritable succès financier...

En effet, le Ciel aura évité au baron James de voir l'ennemi installé chez lui. Il est mort en 1868. Le baron Alphonse est donc le nouveau maître et tout à fait digne de son prédécesseur. Il a 43 ans lorsqu'il affronte les Prussiens – qui sont d'ailleurs devenus les Allemands depuis la proclamation de l'empire dans la galerie des Glaces au palais de Versailles – et c'est un homme en pleine possession de ses moyens. Il a épousé l'une de ses cousines anglaises, Laurie, fille de lord Rothschild.

Sous son règne, Ferrières va panser ses blessures et retrouver le faste de ses beaux automnes. Une particularité du château : on ne chasse pas le samedi jour de Sabbat, bien que le baron ne soit pas d'une piété extrême. Par contre, on y accueille les invités. À partir de 5 heures, des voitures de toute sorte déposent leurs maîtres accompagnés d'un valet de chambre-chargeur et d'une femme de chambre (si Madame vient aussi). On a juste le temps de s'habiller pour le grand dîner, en robe du soir et en smoking, prolongé par les cartes ou les conversations mais pas trop tard à cause du « lever matinal » du lendemain. Qu'on n'imagine pas cependant un réveil sonné à 5 ou 6 heures ! « La journée commençait par un petit déjeuner classique servi dans les chambres. Les pâtissiers et la *still-room maid*[1] s'étaient mis en quatre pour imaginer toutes sortes de croissants, brioches et gâteaux divers ; mais ce copieux petit déjeuner n'était pourtant qu'un en-cas. À 10 heures et demie les chasseurs se retrouvaient dans les salons pour un déjeuner. Pas un simple casse-croûte mais un véritable repas avec son lot d'entrées, de viandes chaudes et froides et toute la profusion habituelle. » Après quoi on s'équipait et, enfin, enfin on se mettait en route ! « Partait d'abord une espèce de char à banc traîné par des chevaux, sorte de grande remorque couverte où s'entassaient les chargeurs

1. Voir le chapitre des domestiques !

et les gardes personnels affectés aux invités. Une demi-heure plus tard, les chasseurs montaient à leur tour dans ce que l'on appelait "la diligence", grande patache ou peut-être vieil omnibus traîné par trois magnifiques postiers conduits par un cocher en grande tenue... La chasse comportait quatre battues... Après la deuxième, on s'arrêtait pour souffler un peu, ou plutôt pour avaler quelque boisson, un consommé chaud, un verre de vin ou pour prendre un casse-croûte qu'avait apporté un petit attelage. C'était l'heure où arrivaient généralement les dames pour suivre la fin de la chasse, chacune choisissant son "héros" dont elle vanterait naturellement la merveilleuse adresse... De retour au château, on se changeait pour aller goûter – encore un amoncellement de victuailles, de viandes diverses, de fromages, de pâtisseries, de chocolat chaud – avant de recommencer une dernière fois avec un dîner plus léger servi vers 9 heures... Après le dîner, les invités s'en allaient les uns après les autres avec leur lot de gibier dans leurs bourriches. Quelques-uns restaient dormir au château... »

On croit rêver ! Comment, après une si petite journée de plein air, ces gens arrivaient-ils à digérer tout cela ? Il est vrai que les photographies de l'époque montrent plus de personnages dodus que d'élégantes minceurs. Chez les hommes tout au moins...

La « Famille » et ses demeures.

Ferrières n'était pas, loin de là, l'unique château des Rothschild. On peut y ajouter Armainvilliers, Laversine, les Vaulx-de-Cernay, Fontaines, la Ferme Chantilly, Vaux-le-Pénil qui entra dans la famille par mariage ainsi d'ailleurs que la « villa » Ephrussi, l'une des plus fantastiques résidences de la Côte-d'Azur que nous n'allons pas tarder à visiter. Plus quelques autres maisons de moindre importance. Terme qu'on ne saurait appliquer aux différents hôtels particuliers parisiens, situés rue Saint-Florentin, avenue de Marigny – c'est le somptueux hôtel proche de l'Élysée, racheté par le président Giscard d'Estaing pour loger les chefs d'État étrangers – rue de Monceau, faubourg Saint-Honoré, avenue de Friedland, avenue du Bois-de-Boulogne (aujourd'hui avenue Foch), tous d'une opulente splendeur.

L'hôtel qui fait l'angle de la rue Saint-Florentin et de la rue de Rivoli, qui fut celui de Talleyrand et qui est occupé aujourd'hui par certains services de l'ambassade des États-Unis, c'est le baron Alphonse qui l'occupe lorsque commence le siècle. Il vit avec sa femme, Laurie et sa fille Beatrix (son fils, le baron Édouard a quitté depuis longtemps le nid familial). Il a alors 73 ans, des favoris blancs et « des manières affables et charmantes ». Quant à sa femme, elle portait ses cheveux « teints de beaucoup de couleurs allant du rose au gris et deux accroche-cœur au milieu du front ». Ce qui pourrait faire supposer qu'elle est espagnole alors qu'elle est anglaise. « Ses immenses yeux de gazelle fatiguée erraient, toujours surpris car elle avait de la peine à comprendre le jeu des existences qui l'entouraient, si différentes de la sienne. »

C'est elle qui, étant un jour d'automne en visite au château de Lumigny, chez le marquis de Mun, s'extasia sur le tapis de feuilles mortes, si joliment dorées, qui jonchaient la pelouse : « Comme c'est joli ! Je n'ai jamais rien vu de pareil ? » Apparemment, les jardiniers de Ferrières traquaient la moindre feuille morte avant qu'elle fût à terre. Un autre jour, il lui fallut bien constater, alors qu'elle se regardait au miroir, que sa beauté s'en était allée avec sa jeunesse. Alors, elle soupira : « Autrefois j'étais un rêve, maintenant je ne suis plus qu'un cauchemar. » Elle n'était jamais si heureuse que lorsqu'elle pouvait aller en Angleterre retrouver sa famille...

Autre personnage étonnant : sa fille Beatrix.

À 20 ans, elle est ravissante mais présente une singularité qui ne l'enlaidit pas, au contraire : ses cheveux sont d'un blanc de neige ce qui lui donne l'air d'avoir la tête poudrée. Elle ressemble à un portrait de Nattier ou de Watteau et comme, en outre, elle s'habille uniquement de rose, elle a toujours l'air de descendre d'un cadre. Dans ces conditions, personne ne s'étonnera d'apprendre qu'elle éprouvait pour le XVIIIe siècle une véritable passion.

Sa beauté, sa fortune lui valent des prétendants sans nombre. Pourtant, elle décide tout à coup de choisir le plus vieux et peut-être le plus laid : Charles Ephrussi, directeur de *La Gazette des Arts*. Un homme de goût s'il en fut qui, le premier, vantera le génie de Renoir. Il est beaucoup plus âgé que sa future femme mais, en dépit de tout ce que peut objecter sa famille, Beatrix s'en tient à son idée : elle épousera « Frousse » comme elle l'appelle. Le moins qu'on puisse dire est que celui-ci n'aura pas la vie facile. Non contente de posséder le château de Vaux-le-Pénil et adorant la Côte-d'Azur, elle fait de longs séjours à l'hôtel de Paris à Monte-Carlo, attirée par le tapis vert du casino où elle passe des nuits entières. Cela ne l'empêche pas de décider la construction d'une demeure à son goût.

Pour ce faire, elle achète sept hectares de terre à Saint-Jean-Cap-Ferrat et entreprend de bouleverser le paysage. « Capricieuse et autoritaire, elle fait d'abord bâtir et démolir des maisons sur les rochers de Beaulieu, ordonne le déplacement des bosquets, exige que les fleurs poussent sous le mistral » et va même jusqu'à écrêter la colline qui la gêne. Des travaux de nivellement « babyloniens » aplanissent le terrain, mettant à nu le rocher sur lequel on apporte ensuite des tonnes de terre végétale afin de planter les jardins à la française que désire Mme Ephrussi avec parterre, bassin, allée d'eau et temple de l'amour. De part et d'autre de tout cela, on aménage un jardin anglais, un jardin espagnol, un jardin méditerranéen et un jardin japonais.

Tous ces travaux sont en cours depuis 1905 mais c'est seulement en 1911 que la maison désirée sort de terre – les plans ayant été changés vingt ou trente fois. Elle portera tour à tour le nom de villa Ephrussi et de villa

Île-de-France mais il faut, dans ce cas précis, donner au mot villa son sens médicéen : en fait il s'agit d'une manière de palais vénitien. Avant de le construire en dur, la propriétaire aura exigé de son architecte Messiah qu'il exécute une maquette grandeur nature et *in situ*, faite de charpente et de toile peinte. Coût : neuf cent mille francs-or ! Mme Ephrussi entendait ne pas se tromper et trouver le cadre digne des innombrables objets d'art, boiseries, tableaux, plafonds peints qu'elle collectionnait depuis son jeune âge, tout à fait dans la tradition Rothschild. Même éclectisme pour la décoration intérieure où, autour d'un « cortile » dans le goût de la Renaissance italienne, on trouvait des pièces différentes et cependant harmonieuses. Ainsi, les voûtes gothiques de la salle à manger étaient laquées de corail et poudrées d'or. Les arcatures de fenêtres étaient mauresques cependant que de somptueux laques de Coromandel, noirs, rouges et or ressortaient sur d'immenses tapis chinois jouant sur les tons turquoise et vieux Chine.

Les salons, dans un style XVIIIe siècle « plus proche du Ritz que de Versailles » n'en renfermaient pas moins d'admirables meubles Louis XV et Louis XVI, des tapis de la Savonnerie, des fauteuils tendus de tapisseries de Beauvais, des tableaux de maîtres de l'époque, des bronzes de Thomire et les plus rares porcelaines de Sèvres. Quant aux soieries des rideaux et des murs, elles avaient été tissées spécialement à Lyon d'après des dessins ayant servi pour Versailles ou les Trianons. Enfin, dans la chambre de la maîtresse de maison, XVIIIe elle aussi, on pouvait admirer une grande fresque de Tiepolo...

Cet extraordinaire décor n'étant pas destiné à elle seule, Beatrix y reçut tout ce que la Côte comptait de grands-ducs russes, de milliardaires américains, de ducs anglais, de comtes italiens sans oublier la famille de Monaco. Ce qui ne l'empêchait nullement, lorsqu'elle en sentait l'envie, de planter là tout ce monde et d'aller se réinstaller à son cher hôtel de Paris afin de retrouver les joies violentes des salles de jeu. Qu'attendre d'autre d'une femme qui poussait le caprice jusqu'à choisir elle-même l'heure de son train sans se soucier le moins du monde des horaires portés dans l'indicateur ?

Lorsqu'elle mourut en 1933, elle institua son frère Édouard légataire universel à charge pour lui de remettre la demeure à l'Académie des Beaux-Arts afin que le public pût admirer les trésors qu'elle contenait. Ce qui fut ponctuellement exécuté. Quelques années avant de s'éteindre, Mme Ephrussi décida de divorcer. Au grand chagrin du pauvre « Frousse » qui, du coup, en mourut avec un tact digne d'éloges.

Fils du baron Alphonse, le baron Édouard, épousa Germaine Halphen, une cousine, et hérita du château de Ferrières et de la rue Saint-Florentin où il continua les grandes traditions de son père et de son grand-père. Aussi bien sur le plan de l'hospitalité que du mécénat. Sans oublier celui du travail...

C'est là un point sur lequel il convient d'insister. Depuis l'ancêtre Mayer jusqu'à nos jours, les Rothschild – les hommes tout au moins – ont toujours beaucoup travaillé, partant de ce principe qu'il n'est guère de fortune, si imposante soit-elle, qui ne finisse par fondre si l'on ne s'emploie à la conserver et à l'augmenter.

Pour en revenir au baron Édouard, habile financier lui aussi, grâce à qui, pendant la crise de 1926, Poincaré pourra redresser le franc, il se rendait chaque jour, rue Laffitte, au vénérable siège de la banque familiale, pour y accomplir sa tâche en compagnie de son cousin Robert. Le château, les collections, l'écurie de course et la vie mondaine ne font qu'agrémenter une existence laborieuse. Il aimait, paraît-il, à « s'entourer de ses contemporaines lorsqu'elles étaient jolies ». Aussi ne se décida-t-il à convoler qu'à l'âge de 40 ans et parce que la future baronne était, exceptionnellement charmante. Jusque-là, son seul véritable amour fut sa sœur Bettina auprès de laquelle il cherchait refuge, étant enfant, contre la quasi-indifférence de sa mère, la baronne Laurie, et l'excès d'autorité du baron Alphonse.

Celui-ci avait deux frères : Gustave et Edmond, avec lesquels il dirigeait la rue Laffitte. Gustave, lui aussi grand travailleur, épousa une femme qui ne l'était pas moins. D'abord, pour une fois, ce n'était pas une cousine mais une demoiselle d'Anspach et le moins qu'on puisse dire est que ses pieds reposaient sur terre beaucoup plus solidement que ceux de sa belle-sœur Laurie ou sa nièce Beatrix. Elle régnait sur le magnifique hôtel de Marigny et sur le château de Laversine, dans l'Aisne, non loin de Soissons et s'y montrait une maîtresse de maison accomplie : « Pratique et entendue, elle s'intéressait à chaque détail de ses grands intérieurs. Levée à 7 heures du matin, elle vaquait et dirigeait. Ses amis l'appelaient Gustava et l'aimaient car elle était généreuse et enjouée mais parfois un peu brusque. » Elle eut un fils, Robert, qui reprit le fauteuil de son père à la banque, et trois filles, Lucie, Aline et Juliette dont l'une se tua dans un accident de cheval et les deux autres devinrent « les premières femmes à qui l'on donna le nom d'intellectuelles. Elles avaient le goût de l'étude et des fortes lectures ».

Élisabeth de Gramont, rapporte encore un incident qui donne une idée pittoresque mais exacte du caractère de la baronne Gustava : « L'enterrement du président Carnot défilait devant son jardin, vis-à-vis celui de l'Élysée. Elle lança des invitations pour voir passer le cortège. Le matin était beau. Une dame, croyant aller à une garden-party, vint en bleu ciel. Elle fut littéralement "engueulée" par la baronne qui la mit à la porte... »

Autre style de vie, très différent des deux premiers, celui du troisième frère : le baron Edmond et sa femme. Selon Élisabeth de Gramont, « ils ont toujours vécu d'une façon familiale et retirée ». Pourtant si l'on ouvre le *Journal* des Goncourt à la date du 4 juin 1889, on y lit ceci : « Dîner chez Edmond de Rothschild qui reçoit ce soir la princesse Mathilde. L'hôtel le plus princier que j'aie encore vu à Paris. Un escalier du Louvre où sont étagés sur les paliers des légions de domestiques à la livrée cardinalesque et à l'aspect de respectables et pittoresques larbins du passé. Vu la duchesse de Richelieu, le duc de Gramont, le prince de Wagram. Une salle à manger ovale, aux boiseries blanches où montent aux grands candélabres d'argent et s'enguirlandent autour des surtouts les plus belles orchidées de la terre. Une innovation charmante pour donner de la fraîcheur à une pièce et qui vient, m'a-t-on dit, de Russie : deux obélisques de glace sur des consoles, jouant des morceaux de cristal de roche d'un format inconnu... » Il est vrai que tout étant relatif quand il s'agit des Rothschild, un dîner de cette dimension entrait peut-être dans le programme d'une « vie retirée ». Une chose est certaine : chez les Edmond, on cultivait le goût des voyages peu ordinaires. Foin des trains de luxe, des séjours à Trouville, sur la Côte-d'Azur ou même à New York ! Ils s'en vont remonter l'Amazone avec leur fille Myriam et sa gouvernante. Cela dura, paraît-il des semaines et l'on imagine facilement les dames en robes longues, manches longues, cols baleinés et chapeaux à voilette passant des heures interminables assises dignement dans des pirogues. Quelque chose dans le genre de Katharine Hepburn dans *African Queen*...

Cela dit, le baron Edmond, possesseur d'une vaste collection de dessins du XVIIIe siècle, membre de l'Institut, se montra toujours – comme les autres Rothschild – d'une grande générosité envers son pays. Au moment de la déclaration de guerre, en 1914, le baron Edmond mit quatre-vingts millions à la disposition du Gouvernement. Sur les trois enfants qu'il eut de la baronne, deux cultivaient l'humour noir et la misanthropie : c'étaient Myriam et Armand. Le troisième Maurice, « le plus tapageur » des Rothschild, fut atypique dans la famille en raison de ses excentricités qui eurent surtout pour cadre les années folles. Nous ferons sa connaissance en d'autres temps...

D'autres Rothschild qui ne descendaient pas du baron James, habitaient, eux aussi, Paris, aussi français que leurs cousins bien que l'un descendît de la « flèche » partie se planter à Naples. L'un d'eux Adolphe possédait, sur le lac Léman, le château de Prégny qui entra dans l'Histoire de façon tragique.

La dernière visite de « Sissi ».

Le 30 août 1898, l'impératrice Élisabeth d'Autriche arrivait en Suisse où, sous le nom de comtesse Hohenembs, elle s'installait au Grand Hôtel de Caux, au-dessus de Montreux, en compagnie de la comtesse Sztaray, du général Beszevicky, de trois autres dames, de son lecteur grec Barker et de quelques domestiques. Elle vient là pour prendre un peu de repos, tenter d'échapper à ses fantômes et faire une halte paisible dans l'éternelle errance qu'elle poursuit depuis les deux drames qui l'ont brisée : la mort de son fils Rodolphe, à Mayerling, le 20 janvier 1889 et celle de sa sœur Sophie, duchesse d'Alençon, brûlée vive dans l'incendie du Bazar de la Charité, le 4 mai 1897... En effet, elle reprend les interminables promenades à pied qu'elle affectionne et qui mettent au supplice ses dames d'honneur exténuées.

Au même moment, se trouve à Genève, un homme inquiétant, un certain Luigi Luccheni, âgé de 26 ans, un Italien né à Paris, instable et illuminé qui souhaite s'illustrer en abattant quelque « grosse tête » comme il dit sans trop savoir laquelle d'ailleurs. Anarchiste plus qu'anarchisant, il veut seulement que ce soit quelqu'un de très connu. Dans ce but, il s'est procuré une arme, un tiers-point de cordonnier.

Il pensait d'abord s'en prendre au prince Henri d'Orléans qui séjourne souvent à Genève. Un instant, il a caressé l'idée d'aller à Paris afin d'intervenir dans l'affaire Dreyfus mais le voyage coûte cher et c'est à cet instant qu'un journal lui apprend l'arrivée de l'impératrice. Dès lors, il sait qui frapper. L'autre côté du lac n'est pas si éloigné.

À Caux, Élisabeth a repris des forces. Elle se sent mieux au point de souhaiter se rendre à l'invitation de la baronne Adolphe de Rothschild dont tout le monde vante les serres extraordinaires. Son entourage aussitôt s'affole. Pour gagner le château de Prégny, il faut aller à Genève et la ville, tout le monde sait cela, est pleine d'anarchistes de tout poil. Elle ne fait que rire de leurs craintes.

De même, elle refuse le yacht que la baronne offre de lui envoyer pour l'amener chez elle. Il s'agit d'une visite privée ; le bateau lui donnerait un caractère officiel dont Élisabeth ne veut pas. En outre, elle aime à être généreuse avec les serviteurs qu'elle rencontre dans ses voyages et, chez les Rothschild, il est formellement interdit aux domestiques d'accepter le moindre pourboire. Elle ira là-bas comme une simple touriste, avec le bateau de tout le monde et, le 9 septembre au matin, elle s'embarque pour Genève avec la comtesse Sztaray à bord d'une des unités de la Compagnie Générale de Navigation. Elle passera la nuit à l'hôtel Beau-Rivage où le général, le docteur Kromar et deux ou trois serviteurs l'ont précédée. Tout le monde reviendra le lendemain.

Le voyage lacustre dure quatre heures. L'impératrice les emploie à bourrer de fruits et de gâteaux un petit garçon dans l'espoir de le faire tenir tranquille. À 1 heure, on arrive à l'embarcadère où attend l'équipage des Rothschild pour conduire les dames à Prégny.

La réception de la baronne est parfaite en tout point en dépit, peut-être, d'un trop grand déploiement de valets galonnés. Elle connaît la souveraine qu'elle a déjà rencontrée en Autriche. Leurs âges sont assez proches. Élisabeth a 51 ans, la baronne 58 et le déjeuner auquel, seule, prend part la comtesse Sztaray est délicieux. Les trois dames boivent du champagne en dégustant, entre autres, de petites timbales à la mousse de volaille et une crème glacée à la Hongroise. La table est fleurie, bien entendu, d'orchidées et les mets sont servis dans une rare et ancienne porcelaine de Vienne tandis qu'une musique discrète se fait entendre.

Après le repas, on visite les collections qui font de Prégny un musée comme de toute maison Rothschild qui se respecte : œuvres d'art, tapisseries, oiseaux exotiques, tout enchante l'impératrice et plus encore les serres véritablement royales. Quand elle se retire, enchantée de sa journée, elle accepte volontiers de signer le livre d'or de son hôtesse que celle-ci enlèvera d'ailleurs avec habileté sans lui laisser le temps de le feuilleter. Dans les pages précédentes, en effet, s'étale la signature de l'archiduc Rodolphe.

Derniers remerciements, dernière et profonde révérence. Élisabeth et sa dame d'honneur remontent en voiture pour se rendre, cette fois à l'hôtel Beau-Rivage où, d'ailleurs, l'impératrice passe une mauvaise nuit. Sans trop savoir pourquoi. Le lendemain matin, elle se rend dans une rue voisine pour acheter un orchestrion et des rouleaux de musique. Elle déclare espérer que « l'orchestration fera plaisir à l'empereur et aux enfants ». Puis elle regagne l'hôtel, s'habille pour le départ et demande du lait dont elle oblige d'ailleurs la comtesse Sztaray à prendre sa part : « Buvez de ce lait, comtesse, il est délicieux... »

À 1 h 35, les deux dames quittent l'hôtel à pied pour rejoindre l'embarcadère. Elles ne remarquent pas un inconnu qui vient à leur rencontre bien qu'il agisse d'étrange façon : il avance, se cache derrière un arbre, repart, se cache encore. Soudain, il se dresse devant l'impératrice, la frappe de ce qu'elle croit être un coup de poing après avoir bousculé la comtesse et s'enfuit tandis que celle-ci pousse un cri perçant et qu'Élisabeth s'affaisse.

Elle se relève pourtant et bien qu'elle soit très pâle, tient tout de même à s'embarquer. C'est sur le bateau qu'elle perdra connaissance. Une infirmière qui se trouve là conseille de délacer la malade et de lui frictionner la poitrine mais, sur la batiste mauve de la chemise, une tache de sang s'élargit.

Affolée, la comtesse Sztaray déclare l'identité de la blessée et supplie le capitaine d'accoster à Bellevue afin qu'elle puisse être transportée chez la baronne de Rothschild mais celui-ci pense qu'il est préférable de rentrer à Genève où, au moins, il y a tout ce qu'il faut en matière d'hospitalisation.

De toute façon, il est trop tard et l'impératrice ne reprend pas connaissance. Elle s'éteindra peu de temps après son retour à l'hôtel Beau-Rivage.

L'assassin a été rattrapé sans peine. Condamné selon la loi helvétique à la prison perpétuelle, il se pendra au bout de deux ans incapable de supporter d'être traité en prisonnier de droit commun lui qui se voulait un héros romain.

La baronne de Rothschild chez qui Élisabeth vécut ses dernières heures agréables et faillit mourir mit toute sa maison en deuil. Elle célébrera chaque année le souvenir de l'impératrice assassinée.

Châteaux du vin... ou le vin en majesté !

Cultivé, élevé, goûté, chanté, célébré, glorifié depuis la plus haute antiquité – s'il fut le premier « intempérant » connu, Noé ne fut certes pas un précurseur ! – le Vin, venu d'Orient comme les premiers rayons du soleil dont il est le fils a été porté aux sublimes parvis de la sanctification par les mains divines du Christ au moment de la dernière cène.

Il a dit « Ceci est mon sang... » et, jusqu'à la fin des temps, ces paroles continueront d'être prononcées audessus des quelques gouttes de vin déposées au fond d'une coupe d'or ou de terre cuite pour que le miracle recommence et se perpétue...

Depuis, sous l'impulsion des Romains puis des multiples abbayes la vigne porteuse de ce qui est aussi le sang de la terre a pris possession de la France aux terroirs si riches et si variés au point d'en faire ce qui est peut-être sa plus grande richesse et de lui donner, dans le monde une position inégalable... et inégalée. Qu'une république obtuse et un rien hypocrite, nourrie à la bière de Karl Marx, tente de le diaboliser n'empêchera jamais que le vin n'ait été chanté par les plus grands poètes, qu'il n'ait depuis la nuit des temps, lavé les blessures, bien avant la teinture d'iode et le mercurochrome, réconforté les malades, les soldats au moment de monter à l'assaut, les condamnés à mort – encore que la

République, toujours elle, ait remplacé par un petit verre de rhum le gobelet de vin que les Filles-Dieu de la rue Saint-Denis offraient au misérable conduit à Montfaucon – réchauffé en hiver, relevé les courages chancelants et paru sur toutes les tables, des plus nobles aux plus modestes avec, évidemment, des différences de qualité que l'affinement des goûts actuels atténue de plus en plus...

Et, naturellement, il a eu ses domaines.

Ceux des moines d'abord puis ceux des paysans au milieu desquels au fil des ans il préleva une sorte d'élite. Les quelques pieds de vigne devinrent arpents, la maison manoir en attendant d'être château mais, à de rares exceptions près l'appellation seigneuriale ne vint qu'après la Révolution et surtout dans le Bordelais où tout au long du XIXe siècle les « châteaux » fleurirent sur le plus vaste territoire vinicole français. Certains ont acquit d'ailleurs une réputation mondiale sous l'œil un brin nostalgique des Anglais incapable d'oublier que jusqu'à la bataille de Castillon, en 1452, ils pouvaient tirer de cette terre bénie et à leur seul profit d'incroyables quantités de vin... C'en était fini à tout jamais des « vins anglais »...

Cependant, le Bordelais n'a pas le monopole des châteaux. Il en est d'autres, à travers la France, voués depuis longtemps à la gloire du divin breuvage ou créés par lui. C'est le moment ou jamais d'en présenter quelques-uns en commençant, bien sûr, par le champagne, vin de toutes les fêtes familiales et officielles, de toutes les célébrations et de tous les instants heureux de la vie et cela dans le monde entier. Le champagne qui est l'image même de la France, une image à laquelle il est bien agréable de lier celle d'une femme exceptionnelle qui lui a consacré sa vie, ses forces, son intelligence et sa volonté d'en faire l'emblème de la joie à travers l'Europe d'abord, l'Amérique et le reste du monde ensuite. On l'appelait...

La Grande Dame du champagne.

À propos de sa petite-fille, la duchesse d'Uzès, nous avons effleuré cette Rémoise qui fut d'abord Nicole Ponsardin, de bonne famille bourgeoise ayant même droit à des armes parlantes : une sardine nageant sous un pont. On pourrait en sourire si l'on n'y décelait en ce qui la concerne une espèce de prédiction : la sardine symbole des mers où vogueraient les navires porteurs du joyeux vin, venue s'ébattre sous un pont de la modeste Vesle...

Nicole n'a jamais eu frère ni sœur. Son père, le banquier Ponsardin, habite à Reims une belle maison dans la rue Cerès et c'est là que Nicole-Barbe vient au monde. Elle a 12 ans quand éclate la Révolution qui l'oblige à quitter l'abbaye Saint-Pierre-les-Dames où elle est élevée dans les bonnes manières et le respect des traditions. La ville du sacre est alors aux mains des sans-culottes qui s'en prennent à la Cathédrale, pillent son trésor et décapitent ses statues.

Afin de mettre son héritière, orpheline de mère, à l'abri, Ponsardin la confie à une brave femme toute dévouée à sa famille et qui exerce le modeste métier de couturière. C'est chez elle, dans le faubourg qui mène à Cormontreuil, que Nicole, habillée comme une fillette pauvre vit tant que dure le cauchemar dont son père se sortira sans grands dégâts. À 22 ans, alors qu'elle a depuis longtemps regagné la belle maison de la rue Cerès, elle épouse avec la bénédiction de sa famille, François Clicquot qu'elle aime et qui le lui rend bien. C'est aussi l'un des plus beaux partis de la ville, dernier rejeton d'une dynastie de facteurs d'orgues de grand renom, apparentée aux Colbert mais qui n'a plus grand-chose à faire depuis qu'églises et couvents ont virtuellement cessé d'exister. C'est donc un vrai mariage d'amour célébré dans les bizarres circonstances de l'époque où seule l'union civile est acceptée. Nicole, à la Mairie, se conforme aussi à la coutume stipulant qu'une femme ajoute son nom de jeune fille à celui de son époux... Quant au mariage religieux célébré par un prêtre « non jureur » auquel tiennent les deux fiancés, il vaudra mieux le tenir caché.

C'est ainsi que l'union de François et de Nicole est célébrée... dans une cave. Et là se produit une espèce de miracle : le vieux prêtre qui officie remet à François un rouleau de papier jauni que lui et sa jeune femme vont dérouler avec émotion. Il a pour titre : « Mémoires sur la manière de choisir des plants de vigne, sur la façon de les provigner, de les tailler, de mélanger les raisins, d'en faire la cueillette et de gouverner les vins. » En fait, ce n'est rien d'autre que l'un des très rares exemplaires de la manière de fabriquer le champagne selon la méthode de Dom Pérignon, le moine génial de l'abbaye d'Hautvillers. Or, si François n'a plus de travail, les terres qu'il a pu garder comportent des vignes. Les jeunes époux vont se mettre tout de suite à la tâche.

Ils s'installent à Bouzy pour surveiller vignes, récoltes et fabrication, travaillant tous deux de tout leur cœur. Puis François se met à voyager pour trouver des clients ce qui le fatigue beaucoup. Mais à Bâle il rencontre un « petit homme tout rond, jovial et affable ». M. Bohne est sans doute le meilleur voyageur de commerce de toute l'Europe et il va mettre son talent au service de la maison Clicquot-Ponsardin. Il vend à tout le monde : Allemands, Russes ou Anglais mais, en 1805 c'est, pour Nicole la double catastrophe : François, son cher François, meurt en peu de temps d'une fièvre maligne, la laissant veuve avec une petite fille. En outre, la guerre reprend entre Napoléon et l'Angleterre fermant ainsi l'un des grands débouchés du vin de Champagne.

Le père Clicquot, son beau-père, se laisse aller au désespoir. Puisqu'il n'a plus d'héritier, il veut vendre les vignes et les caves mais c'est alors que Nicole va montrer ce qu'elle vaut. Elle s'oppose formellement à la vente, déclare qu'elle entend honorer la mémoire de son époux en poursuivant sa tâche et, quatre mois après la mort de

François, celle que l'on appelle désormais « la Veuve », crée sa propre maison en compagnie d'un associé : ce sera la « Maison Vve Clicquot-Ponsardin, Fourneaux et Cie ». Et rien ne l'abattra. Napoléon porte la guerre à travers l'Europe ? Parfait ! L'Empereur sera, sans le savoir et par le truchement de son armée, le premier commis voyageur de la maison sous les ordres de M. Bohne. Le Blocus continental empêche les navires français d'exporter en Angleterre et outre-Atlantique le fameux champagne ? Sans importance ! Nicole passe contrat avec des corsaires américains et son vin va courir les mers sous la protection de la bannière étoilée. Évidemment les problèmes ne manquent pas. Les commandes sont nombreuses mais pressées au point de risquer de nuire à la qualité. En effet, durant l'élevage du vin il se forme à la surface des bouteilles un dépôt que l'on ne peut expulser avant un certain temps. Comment faire pour l'enlever rapidement ?

Dans sa belle maison d'Oger, au cœur de ce qui va devenir la prestigieuse Côte des Blancs, la « Veuve » passe des nuits sans sommeil à conférer avec Jacob, son maître de chai. Sans sommeil mais pas sans résultats : il n'est pas loin d'une heure du matin, quand enfin elle trouve la solution, va réveiller Jacob, descend avec lui à la cave et là explique son idée : ce qu'il faut c'est percer des trous dans de longues et larges planches bien épaisses et y installer les bouteilles la tête en bas. Ainsi on pourra faire sauter le dépôt sans trop perdre du précieux liquide.

Et le temps passe, l'Empire passe mais pas la fortune de Nicole Clicquot-Ponsardin qui ne fait que croître. Elle a fait élever sa petite Clémentine au couvent des Filles Anglaises de Notre-Dame-de-Sion, situé dans l'actuelle rue Monge, qui, devenue prison à la Révolution avait pu rouvrir ses portes la tourmente passée. Maison huppée où séjournera la jeune Aurore Dupin, future George Sand. Clémentine s'y plaît alors qu'elle s'ennuie à mourir à la campagne. Quand on l'en tire, c'est un vrai désespoir que sa mère s'efforce de consoler :

– Pleure pas, Mantine, lui dit-elle. Je t'achèterai de l'esprit quand je te marierai...

Elle tient parole lorsque apparaît, parmi les soupirants de la jeune fille, un beau garçon, fort noble, fort pauvre mais plein d'esprit dont le père a été tué dans les guerres vendéennes aux côtés de M. de Charette. Louis de Chevigné, bien sûr, a séduit la jeune fille mais comme il a d'abord séduit sa future belle-mère le mariage est bientôt célébré dans la joie et les fêtes.

D'autant plus que pour glorifier à la fois sa fortune qui atteint de vastes proportions et l'entrée des Clicquot-Ponsardin dans la haute noblesse, celle que l'on appelle « la Grande Dame du champagne » est en train d'acquérir un château. Et pas n'importe lequel : il s'agit de Boursault proche d'Épernay, l'un des plus grands et des plus nobles de la région puisque, jusqu'à la Révolution, il a appartenu à la famille d'Anglure, puissante et vaste maison dont les ancêtres remontent aux Croisades. Elle a pour auteur Ogier d'Anglure qui suivit Philippe Auguste en Terre Sainte, fut fait prisonnier et obtint du sultan Saladin la permission de rentrer en Champagne pour réunir lui-même sa rançon. Mais, en dépit de ses efforts, il ne réussit pas à rassembler la somme et, quand vint pour lui le temps où la rançon aurait dû être payée, il retourna, fidèle à sa parole, se constituer prisonnier sans espoir, cette fois, de revoir jamais les siens. Le grand Saladin se connaissait en chevalerie. Il admira la loyauté de ce chevalier franc et lui rendit une liberté définitive en demandant seulement que son nom soit accolé à celui d'Ogier. À la suite de cette belle histoire, tous les descendants du Croisé se sont appelés Saladin d'Anglure et leurs armes portent « d'or semé de grelots d'argent soutenus chacun par croissant de gueule ». Quant à leur cri de guerre, il devint « Saladin et Damas ! »

Voilà donc dans quel nid la Grande Dame du champagne installe sa couvée. À la grande joie générale d'autant que le château arrive à point nommé pour la naissance de la première héritière. Son père, lui, est aux anges...

Louis de Chevigné se montre le plus affectueux des gendres. Il aime beaucoup celle qu'il appelle « Mère Chérie » et dont il admire la puissance de travail. Il aimerait bien se mêler des « grandes affaires ». Malheureusement, il est un peu brouillon et pourrait bien entraîner la maison dans des affaires désastreuses si sa belle-mère n'avait auprès d'elle un assistant de grande valeur qui veille au grain. M. Édouard Werlé évitera de justesse quelques catastrophes dues au génie inventif de Louis et, surtout, avec l'aide de Dame Nicole, l'aiguillera doucement sur un chemin sans danger : la politique. Susceptible d'ailleurs d'apporter une certaine aide au champagne familial. La « Veuve » ne pourra moins faire qu'offrir à Werlé de devenir son associé...

En 1848, nouveau mariage à Boursault : celui de sa petite-fille Marie-Clémentine de Chevigné avec le marquis de Mortemart. Cette fois, c'est l'entrée dans la plus haute noblesse de France. Elle est plus ancienne encore que celle des d'Anglure et l'Histoire de France est semée de ses ducs, soldats ou marins, sans compter la plus éclatante des favorites de Louis XIV : le royale Montespan. Est-ce la griserie de ce mariage où se presseront les plus grands noms de France mais la vieille dame fait des folies sans d'ailleurs écorner le moins du monde sa fortune. À côté de son Boursault elle a fait construire un énorme, un superbe château Renaissance où elle vit la plupart du temps et où elle mourra presque centenaire sans avoir jamais cessé de s'intéresser à ses affaires.

La vie y est et y restera fastueuse. On y donne des fêtes, des chasses et seul le champagne-maison y aura jamais droit de cité. « Par un despotisme compréhensible, écrit Charles Monselet qui vint souvent à Boursault, Madame Clicquot n'admettait que ses champagnes à sa table. Paraphrasant Louis XIV, elle aimait à répéter : Le Vin c'est moi... et, en effet, il n'y avait jamais une goutte de vin rouge sur les grandes nappes brodées... »

Quand vint la Belle Époque, la Grande Dame du champagne n'était plus là. Pourtant on vivait toujours chez elle comme si elle existait encore et d'ailleurs sa présence se faisait sentir comme il arrive dans une cour royale après un grand règne. Dans cette demeure persistait un ton empreint d'une grandeur un peu triste en dehors des brillantes manifestations mondaines, une atmosphère à laquelle les enfants se montraient sensibles. Ainsi de Judith d'Anglemont de Tassigny, une jeune cousine des Mortemart qui en a laissé une impression imagée : « Vers douze ans, à l'âge où il est encore permis de regarder sans rien dire, je me retrouve en robe de mousseline rose dans le coin de l'immense salon. Tout y était froid comme dans les appartements de Versailles. On avait l'impression d'y être perdue : dans la salle à manger de proportions gigantesques également. La cheminée, aussi haute que celle du salon, servait de piédestal à une statue de Diane grandeur nature. Ma cousine et moi-même accompagnées de notre bonne Victoire, nous nous échappions dans le parc dès le matin pour ne rentrer que le plus tard possible... »

En se mêlant au sang bleu, les joyeuses bulles du champagne semblaient y perdre un peu de leur gaieté. Peut-être parce que la prodigieuse vitalité de celle qui les faisait naître avait fini par s'y dissoudre..

Un seigneur de pierre : Clos-Vougeot.

Assis au pied de la somptueuse Côte-d'Or à quelques kilomètres de Dijon, de Beaune et de Nuits-Saint-Georges, il incarne la Bourgogne, il la résume et il l'exalte. Il est le meilleur ambassadeur qu'elle eut jamais, même au temps des splendeurs inégalées de ses ducs que l'Europe admirative surnommait les Grands Ducs d'Occident. Ici point de châtelaines, point d'enfants qui jouent, point de domestiques en livrées. Clos-Vougeot n'en a pas besoin pour se perpétuer ni pour l'embellir : il est tout à la fois le seigneur doué d'immortalité et la terre qui l'a fait naître... C'est, dans l'histoire des vins de

Le Clos-Vougeot.

France, un cas tout particulier mais, pour le décrire, mieux vaut recourir à la plume d'un chantre bourguignon :

« Le vieux manoir repose là, écrit Gaston Roupnel, entouré de la tranquillité de son noble vignoble, au centre de la culture ordonnée. Sévère et monumental, sans garniture de jardins inutiles ni d'oisives verdures, sans artifices et sans parure, il émerge directement de la foule des ceps, dressant brutalement, à même le sol, ses graves murailles aux grandes pierres que surmontent et couvrent les vieux toits gris, longuement inclinés comme les pentes incolores de la montagne, pensivement penchés comme s'ils portaient un ciel accablant... »

Accablant, le ciel de Bourgogne le lui a été, à la manière de ce soleil des terres continentales qui fait mûrir les grappes gonflées mais peut aussi dessécher et détruire. Il peut aussi être infiniment doux.

Assez semblable, en somme, à l'histoire qui s'est déroulée là, alternant les heures de fabuleuse richesse et les moments de noire misère.

Huit « journaux » de friche constituent le noyau primitif du domaine. Ils ont été cédés aux moines de l'abbaye voisine de Cîteaux contre 20 sols et deux tuniques de laine par leurs obscurs propriétaires soucieux du bon état de leur âme. Nous sommes au XIIe siècle et, à peu près en même temps, l'abbé du lointain Saint-Germain-des-Prés, Raynald, offre quatre autres « journaux » dépendant de son prieuré de Gilly qui est tout proche... D'autres donateurs vont s'inscrire par la suite. Ainsi des sires de Vergy et enfin des ducs de Bourgogne qui confirmeront le domaine et renonceront à leurs droits féodaux sur ces friches que les moines ont plantés de vigne.

Voilà le Clos de Vougeot constitué et, très vite, les vins qu'il produit rassemblent les suffrages des connaisseurs. À commencer par les papes, installés en Avignon, leurs cardinaux et les innombrables évêques, abbés, prieurs et curés de campagne qui émaillent et sanctifient de leur mieux la terre de France. Sans oublier les ducs, premiers clients... ni l'envahisseur anglais qui, non content de régner sur les vignobles bordelais, ajouterait volontiers à son menu ceux de Bourgogne. Mais les ducs de Bourgogne, s'ils s'allient avec lui, font bonne garde et les léopards d'Angleterre ne se faufileront jamais dans les vignes bourguignonnes.

Malheureusement, ce que l'Anglais ne réussit pas, un autre ennemi va s'en charger en plein XVe siècle, un ennemi beaucoup plus dangereux puisqu'il ne souhaite pas consommer mais détruire.

L'an 1458, en effet, – et alors que les Anglais n'ont même plus leur cher Bordelais – les « urebères, escrivains et autres vermynes » s'abattent sur la Côte-d'Or qui ne porte pas encore ce nom et la rongent jusqu'à l'os. On pourrait croire, à première lecture distraite de l'énumération des ennemis, qu'une famine s'étant abattue sur la France, tous les gratte-papiers du royaume poussé par la faim et surtout par la soif se jetaient sur le riche Bourgogne mais, en réalité, les « escrivains » en question ne relevaient pas des professions de la plume, souvent faméliques à l'époque. Ce n'étaient que des insectes nuisibles – Littré dixit ! – appelés aussi coupe-bourgeons.

Quoi qu'il en soit, la catastrophe est telle que, pour y remédier on décide, en 1460, « qu'on ferait une procession générale le 25 mars, que chacun se confesserait et que défense serait faite, sur rigoureuses peines, de jurer ».

Car c'est l'Église, plus encore que les vignerons, qui part en guerre contre ce qui était sans doute une épidémie de phylloxera et c'est bien normal : les vignes, terres de Dieu, ne sont-elles pas sacrées ? Elle va même encore plus loin, l'Église. Comme, en 1553, les envahisseurs sont toujours là – ils ont, eux, réussi leur Guerre de Cent Ans ! – Mgr Philippe de Berbis fait tenir à tous les ecclésiastiques de la province un mandement aux termes duquel : « Au nom du Seigneur, il maudit et lance la sentence de malédiction et d'anathème sur les mouches, escrivains et urebères et leurs postérités ! »

Voilà le Phylloxera et ses descendants – escrivains ou pas ! – maudits jusqu'à la treizième génération de leur race comme les Rois Capétiens par le Grand Maître du Temple. Furent-ils sensibles à l'honneur ou terrifiés par les foudres ecclésiastiques, toujours est-il que le fléau disparut enfin. Peut-être aussi parce qu'il n'avait plus rien à manger...

En effet, tout est ravagé. Non seulement au Clos de Vougeot mais dans toute la région. Sauf... sauf tout de même, un petit bouquet de vigne sur les hauts de Pommard comme l'arche de Noé sur le mont Ararat après le Déluge. Oh, un tout petit bouquet mais qui va tout de même réussir à repeupler le pays. Pas tout seul, bien sûr : on fera venir des plans de divers lieux et même de Crimée.

Mais, en attendant, peut-être pour se remonter le moral ou parce que le transport des pierres ne risquait plus de faire grand mal aux ceps, voilà qu'en 1540, Dom Loisier, quarante-huitième abbé de Cîteaux, décide de se bâtir un château au milieu du clos exterminé. Et quel château ! Superbe, solide et même fastueux ! Tellement même que les moines renâclent devant cette dépense somptuaire. Est-ce que le Révérend Père Abbé n'oublie pas un peu qu'il est le continuateur de ce grand saint Bernard qui prêchait si haut la sainte pauvreté ? Ne peut-il se contenter du petit manoir de Gilly qui jouxte le Clos ?

Eh bien non ! Il ne peut pas. Il lui faut une demeure digne de sa grandeur. De celle de l'abbaye aussi, bien sûr, mais surtout des vins qui vont renaître parce que le cellier du XIIe siècle, l'énorme, le magnifique cellier est toujours là comme un géant assoupi mais qui va se relever. C'est autour de lui que se construit bientôt – pierres blondes et ardoises bleues – le château dont la Bourgogne est toujours si fière.

Il est vraiment réussi et l'orgueil de notre abbé ne connaît plus de bornes. D'autant qu'au jour où l'on hisse le bouquet sur le toit le fléau a tout à fait disparu. Et, saisi par la vanité comme « Monsieur Le Trouhadec par la débauche », Dom Loisier va jusqu'à faire ôter les armes royales de France des portes de Clos. Nouvelle protestation des moines justement inquiets, mais de cela non plus il n'a cure : son beau château vivra plus que tous les rois. Cette belle égalité d'âme lui permet de mourir tranquille et même heureux : le vin du Clos est redevenu tout à fait digne des tables célestes ! Et le temps passe...

Pas toujours idyllique. Ainsi, en 1636, les troupes croates de l'empereur d'Autriche envahissent la Bourgogne, menacent Dijon mais se font repousser à Saint-Jean-de-Losne et viennent se consoler au Clos dont les caves sortiront à peu près exsangues de l'aventure mais sans autres dommages. Hélas, au siècle suivant, une autre sorte d'ouragan va s'abattre sur l'abbaye de Cîteaux comme sur toutes les abbayes françaises : la Révolution.

Le 13 février 1790, l'Assemblée constituante les déclare partie intégrante des biens nationaux. Grâce au Ciel, qui n'abandonne pas toujours ses brebis gourmandes, le pillage du Clos est évité. Grâce aussi au courageux cellerier, Dom Goblet, au nom prédestiné, qui accepte de gérer le domaine au nom de la Nation après une vente aux enchères qui n'aboutit pas. Durant la tourmente, la gestion est si juste que, le Directoire venu, on lui offrira deux couverts d'argent en récompense.

Malheureusement, il doit quitter le château en qui il voit son véritable maître après Dieu pour prendre sa retraite à Dijon comme n'importe quel fonctionnaire. Ce qu'il fera les larmes aux yeux... mais sans oublier d'emporter assez de bon vin pour charmer ses heures mélancoliques... Le Clos, désormais, sera gouverné civilement.

Ses vins sont tellement illustres que, revenant de la campagne d'Italie, le général Bisson fait aligner ses troupes devant le Clos de Vougeot et, à son commandement, leur fait présenter les armes aux alignements de ceps et à leur vieux maître : le château.

Un château qui connaît, dès lors, diverses fortunes aux mains de divers propriétaires jusqu'à la Belle Époque. Après la guerre de 70, le domaine appartient à un riche dijonnais, M. Léonce Bocquet, qui en est tombé amoureux au point d'y dépenser une fortune pour le faire restaurer par le célèbre architecte Félix Vionnois. Il y donnera des fêtes superbes où s'épanouira la fastueuse hospitalité bourguignonne pour des hôtes venus de tous les horizons d'Europe. C'est le seul moment de son histoire où il deviendra château familial à l'instar de ses voisins moins anciens, Gevrey-Chambertin, Chambolle-Musigny, Pommard, Meursault qui composent au vieux seigneur de pierre, une couronne prestigieuse.

M. Bocquet fera si bien les choses qu'il mourra ruiné par la nouvelle attaque du phylloxera qui, au début du siècle, manquera de peu l'anéantissement du vignoble. Mais un autre amoureux viendra en réparer les dégâts.

Il se nommait Étienne Camuzet. C'est lui qui, après la Seconde Guerre mondiale cédera le château à la jeune Confrérie des Chevaliers du Tastevin qui rendront à ce roi éclat et renommée. Devenu « chef de nom et d'armes » comme tout chef de noble famille, Clos-Vougeot voit désormais accourir plusieurs fois par an, pour des Chapitres d'une tenue et d'une convivialité exceptionnelles, tout ce que le monde compte de célébrités, d'ambassadeurs et même de chefs d'État.

« Jamais en vain, toujours en vin... » Clos-Vougeot est plus que jamais fidèle à l'antique devise...

Beychevelle et le mal de mer.

Infiniment plus vaste que la Bourgogne, le Bordelais est couvert de châteaux dont l'image et le nom se retrouvent sur les étiquettes de leurs vins. Un choix s'impose, dicté par l'excellence sans doute mais aussi par l'Histoire. L'un de ceux qui répondent le mieux à cette double exigence est sans doute Beychevelle qui ajoute à ces qualités sa noblesse architecturale, sa beauté et son faste...

S'il est l'un des seigneurs parmi les vins de Bordeaux, ce grand cru classé du Médoc est aussi l'un des plus chargés d'histoire car ce n'est pas d'hier qu'il a su se faire apprécier. Quant au château, dont le visage actuel n'est plus celui de l'origine, il fut d'abord l'un de ces donjons sourcilleux exigeant péage des bateaux remontant la Gironde pour atteindre Bordeaux : « Baisse voile ! » ordonnait un guetteur avant d'aborder le navire pour encaisser le montant de ses « droits ». C'était au Moyen Âge, sans doute et sous domination anglaise, mais la réputation de Beychevelle n'était pas des meilleures. D'autant que ses murs hargneux dominaient, au midi, le « Prat Laourat » bien connu dans la région pour les sabbats qu'y tenaient les sorcières

Le premier seigneur connu en fut, au XIVe siècle, l'un des bons amis et des plus féroces guerriers du Prince

Noir, Archambaud de Grailly qui en hérita de sa belle-mère Assahilde de Bordeaux. L'enchaînement des mariages et des successions le fit passer ensuite aux Foix-Candale jusqu'à ce qu'en 1587 Marguerite de Foix-Candale l'apporte en mariage à Jean-Louis de La Valette, le célèbre duc d'Épernon, favori d'Henri III, et dont il est à peu près certain qu'il trempa dans l'assassinat d'Henri IV. Son hôtel fut le premier endroit où se rendit Ravaillac lorsqu'il arriva à Paris venant de ce gouvernement de Guyenne qui était celui d'Épernon.

À la mort de son dernier descendant, en 1661, Beychevelle revint à la Couronne qui le vendit au Président d'Abbadie afin de régler les dettes criantes laissées par le défunt. Un siècle plus tard, nouveau changement de propriétaire et combien important : le marquis de Brassier fait disparaître ce qui reste du vieux château pour élever celui, ravissant, que l'on peut toujours admirer posé sur des terrasses et des parterres à la française admirablement fleuris...

Quand vient la Révolution, il faut se résoudre à l'abandonner pour sauver sa tête. Les Brassier émigrent et Beychevelle que ses caves préserveront de tout dommage, est non pas vendu mais « confisqué » au profit de la Nation qui en profitera jusqu'à ce que Mme de Saint-Hérem, née Brassier, revenue d'Angleterre, réussisse à le racheter mais pour le revendre, en 1800 à M. Jacques Conte, un riche armateur, lequel le cède par la suite à son neveu. Et celui-là porte un nom cher à tout cœur bordelais car il compte parmi les plus grands éleveurs de vins : Pierre-François Guestier. Sous son règne, Louis-Philippe et sa famille seront, à plusieurs reprises, les hôtes privilégiés de Beychevelle. Pourtant c'est, finalement, une des familles qui ont le plus contribué à l'établissement et à la prospérité du second Empire français qui en prendra possession de façon définitive et cela grâce à une dame américaine qui n'avait pas le pied marin...

Revenons un peu en arrière dans les pages de ce livre et retrouvons la princesse Alice de Monaco qui avait épousé en premières noces le duc de Richelieu. On se souvient qu'elle s'appelait Alice Heine, fille d'un banquier de La Nouvelle-Orléans et qu'elle vint en France, après la guerre de 70 pour y connaître les parents français qu'elle possède dans la haute société. Mais Alice Heine n'est pas venue seule. Sa mère, certes, l'accompagnait mais aussi sa tante et sa cousine Marie-Louise Heine, fille elle aussi de banquier puisque les deux frères étaient associés.

Or, la mère de Marie-Louise, femme délicate, a subi la traversée de l'Atlantique comme un calvaire de tous les instants. Elle a été si malade qu'une fois déposée sur la terre ferme, elle a juré de ne plus jamais la quitter. Résultat : la banque Heine va s'installer en France. Armand, le père de Marie-Louise, sera même Régent de la Banque de France, et tombé amoureux de Beychevelle il l'achète en 1875 au moment où sa nièce Alice épouse le duc de Richelieu. Marie-Louise est, bien entendu, demoiselle d'honneur dans la chapelle de la Sorbonne. Puis la jeune fille, à son tour, se marie et, dans la corbeille de noces, son père dépose le ravissant Beychevelle qu'elle s'est mise à aimer au point de ne plus vouloir le quitter. Mais qui donc épouse-t-elle ? Un jeune homme qui est, à la fois l'un des plus riches de l'hexagone, un banquier, bien entendu mais destiné comme tous ceux de sa famille à la députation. Il s'appelle Achille Fould II, il est séduisant, il nourrit comme son père et son grand-père une double passion pour le cheval et la politique. Passion à laquelle il ajoutera bientôt l'amour du grand cru qu'on lui apporte en dot.

Deuxième question : qui sont les Fould ?

Une sorte de miracle dont la réussite est encore plus singulière que celle des Rothschild parce qu'elle tient carrément du conte de fées. Il était une fois, au XVIIIe siècle et dans la ville de Nancy, un riche financier qui se nommait Cerfbeer de Medelsheim. À la porte de son hôtel s'était établi un petit cireur de bottes, un gamin orphelin qui gagnait sa vie en enlevant la poussière des souliers appelés à fréquenter les précieux tapis du financier. Or, celui-ci, qui regardait souvent par la fenêtre, s'aperçut que l'enfant ramassait le contenu de ses corbeilles à papier que l'on jetait aux ordures et, avec ces modèles, s'exerçait à l'écriture et aux chiffres. Ses propres fils étant peu doués pour l'étude Cerfbeer fut frappé de ce comportement et décida que l'enfant serait élevé et instruit chez lui, tout en accomplissant un travail en rapport avec ses forces. C'est ainsi qu'Abraham Fould devint valet de chambre, puis factotum, puis employé de la banque et enfin caissier. Sur ces entrefaites il épousait l'une des femmes de chambre de sa patronne et décidait de partir avec elle pour Paris afin d'y monter une maison de banque pour laquelle Cerfbeer donna trente mille francs. Un premier puis un second échec ne découragèrent pas le financier qui savait la valeur de Fould. Une troisième somme lança la machine et l'ascension du petit cireur le hissa enfin dans les hautes sphères de la capitale. L'un de ses fils, Benoît, épousera une demoiselle Oppenheim, d'où la raison sociale de la banque Fould-Oppenheim. Benoît sera en outre député de l'Aisne, s'occupera beaucoup des chemins de fer encore embryonnaires et fondera la compagnie d'assurances l'Union. Mais le grand homme de la famille sera surtout son frère Achille-Marcus, doué d'une très forte personnalité. Né en 1800, il sera, lui, député des Hautes-Pyrénées, possédera un temps les forges du Creusot de compte à demi avec les Pereire. C'est lui qui les vendra aux Schneider commandités par la banque Seillière. Mais il délaissera petit à petit la banque pour la politique et soutiendra vigoureusement l'ascension au trône du prince Louis-Napoléon Bonaparte... Il est alors ministre des Finances, c'est lui qui crée les caisses de retraite et de secours pour la vieillesse.

S'il est député des Hautes-Pyrénées c'est parce qu'il possède près de Tarbes un immense domaine où il élève des chevaux. Il est entré aussi à l'Académie des Beaux-Arts et son influence sur l'Empereur est très grande. C'est un ami sûr. C'est même lui qui s'en va, un beau jour, demander à la comtesse de Montijo la main de sa fille Eugénie, qui n'est pas n'importe qui, comme certains se plaisent à le colporter, parce qu'elle est deux fois Grande d'Espagne et détient un nombre impressionnant de titres de comtesse et de marquise. Bien mieux, c'est le Ministre d'État, Achille Fould, qui va marier son empereur.

Le 29 janvier 1853, dans le salon des Maréchaux aux Tuileries M. Fould opère devant le beau registre d'état civil tout neuf que l'Empereur a fait établir pour la maison impériale. Ayant lu les droits et les devoirs des époux et l'instant solennel étant venu, il toussote pour s'éclaircir la voix :

– Sire, Votre Majesté déclare-t-elle prendre en mariage Mlle Eugénie de Montijo, comtesse de Teba (etc.) ici présente.

Le « oui » de Napoléon III est inaudible tellement il est ému mais M. Fould veut bien s'en contenter et se tourne vers la fiancée :

– Mlle Eugénie de Montijo, comtesse de Teba... (etc.), Votre Excellence déclare-t-elle prendre en mariage Sa Majesté l'Empereur Napoléon III ici présent ?

Et la belle Eugénie d'articuler d'une voix forte en roulant même quelque peu les r :

– Je déclare prendre en mariage Sa Majesté l'Empereur !

Alors, parmi ceux qui composent désormais la famille impériale, le prince Napoléon chuchote à sa sœur, la princesse Mathilde, un peu mélancolique parce qu'elle aurait bien aimé épouser son cousin :

– À présent, on sait qui des deux mènera l'autre.

L'amitié entre Achille Fould et le couple impérial ne se démentira jamais. L'Empereur, comme l'Impératrice, apprécie cet homme à la fois solide et fin, ce passionné de cheval – il est membre du Jockey-Club depuis la fondation – qui, dans son domaine tarbais, travaille à l'amélioration d'une race déjà fort belle. Son écurie de courses est magnifique et ses descendants maintiendront fermement la tradition. La casaque mauve et blanche des Fould triomphera souvent sur tous les champs de courses européens.

Naturellement, Achille Fould avait femme et enfants. Son épouse, Henriette Goldschmidt, lui en donnera cinq dont un épousera une actrice de la Comédie-Française, Mlle Valérie qui, sous le nom de Gustave Haller publia quelques romans se prenant ainsi pour George Sand.

C'est le second fils de l'aîné – le premier, Étienne, meurt à trente ans – qu'épouse Marie-Louise Heine. Il est député comme son père, son grand-père et son aïeul – le Palais-Bourbon est aussi une tradition de famille chez les Fould ! – mais avec l'entrée de Beychevelle dans les biens familiaux, il va y découvrir l'orgueil d'être le maître d'un grand cru comme le baron Edmond de Rothschild, qui en 1868 a acquit le quasi légendaire Lafite, voisin presque immédiat. Cela développera des relations étroites entre les deux couples.

À Beychevelle, Marie-Louise Fould déploie, en même temps qu'un faste aussi impressionnant que celui des Rothschild, une charité exceptionnelle qui lui vaudra l'affection reconnaissante d'une région qui la pleurera quand elle s'éteindra, en 1940, protégée ainsi des horreurs d'une guerre qui l'eût brisée...

Elle vivait au château la plus grande partie de l'année, y recevant, outre son cousin le poète Henri Heine qui fréquentait aussi Lafite, tout ce que la Belle Époque comptait de princes voyageurs et de célébrités de toutes sortes. Elle donnera deux fils à son époux dont l'aîné terminera ses études à Oxford où, en 1911, il remportera le concours hippique avec, naturellement, l'un des chevaux du haras familial...

Lorsque le Château-Beychevelle devient domaine Fould, Château-Lafite possède un peu d'avance sur lui, non parce qu'il a été acheté sept ans avant mais sa réputation de « vin royal » lui est acquise depuis le XVIIIe siècle. Cela à la suite d'une anecdote que raconte Mme Denise Bourdet :

« Lorsqu'en 1755, le maréchal de Richelieu devint gouverneur de Guyenne il consulta à Bordeaux un médecin qui lui prescrivit le vin de Château-Lafite comme le meilleur et le plus agréable des toniques. » Alors qu'il rentre à Paris, le roi Louis XV s'étonne de sa fraîcheur : « Maréchal, lui dit-il, je suis tenté de croire que vous avez vingt-cinq ans de moins qu'à votre départ pour la Guyenne ! – Votre Majesté ignore-t-elle donc que j'ai trouvé la fameuse fontaine de jouvence ? J'ai découvert que le château-lafite est un cordial généreux, délicieux et comparable à l'ambroisie des dieux de l'Olympe. » Le Roi adopte lui-même le château-lafite. La Cour en raffola ainsi que Mme de Pompadour puis Mme Du Barry. Le « vin du Roi » fut à la mode comme l'avait été le vin de Beaune sous Louis XIV...

La Bourgogne reprendra le flambeau sous Louis XVI, non avec le Roi qui buvait surtout de l'eau de Vichy mais avec son frère, le comte de Provence, futur Louis XVIII qui en consommait une dizaine de bouteilles chaque jour : on ne devient pas goutteux et podagre sans raisons. Le fait que Napoléon Ier, lui, ne buvait que du chambertin, ne signifie rien : l'Empereur était toujours trop pressé et ses repas trop délirants pour qu'il pût faire figure de connaisseur si peu que ce soit...

Quoi qu'il en soit, Beychevelle réussit à combler son handicap et les deux châteaux appartenant toujours aux mêmes familles – unies parfois par mariage – poursuivent encore leur brillante carrière internationale...

Les grands sauternes : belles dames et dolman rouge...

Au commencement était Suduiraut. Ou plutôt la dame de Suduiraut. C'est elle qui, au tout début du XVIIIe siècle, aurait découvert le sauternes ou plutôt le secret de sa fabrication qui tient dans la « surmaturation » du raisin qui atteint alors la « pourriture noble » et présente une forte teneur en sucre. Mais d'abord un mot de ce château moins connu des amateurs que son prestigieux voisin

Yquem mais qui n'en aligne pas moins deux cents hectares de terre sur la commune de Preignac dont les vins furent classés 1er Grand Cru en 1855, date de référence pour les vignobles. C'est un joli château d'une élégance sobre encore que d'une architecture XVIIIe recherchée, mis en valeur par de beaux jardins de buis taillés, de grandes allées ombreuses et de romantiques pièces d'eau. Mais revenons à sa châtelaine et à sa découverte.

Il faisait très chaud cette année-là et Mme de Suduiraut, devant se rendre à Bordeaux pour y séjourner quelque temps, ordonna que l'on reporte les vendanges à son retour, une quinzaine de jours plus tard. La température étant demeurée stationnaire, les grappes avaient alors atteint ce bienheureux état frippé qui ne laissa pas de l'inquiéter. Le produit se révéla miraculeux et se vendit cinq écus de plus que tous les autres qui ne tardèrent pas, bien entendu, à suivre un si prodigieux exemple...

Les autres, c'est avant tout la très noble et puissante famille de Lur-Saluces qui a vite symbolisé et symbolise toujours les vins de Sauternes...

Les marquis de Lur-Saluces appartiennent à une fort ancienne famille de noblesse d'épée dont la double racine se situe en Limousin au Xe siècle pour les Lur et en Montferrat, dans le Piémont à l'époque des Croisades, pour les marquis de Saluces. La réunion des deux noms se fit en 1586 à l'occasion du mariage de Jean de Lur, comte d'Uza avec Catherine-Charlotte de Saluces. Depuis la famille n'a cessé de croître et d'embellir en dépit des sévères coupes claires apportées par les guerres. Le nom des comtes ou marquis de Lur-Saluces tombés au champ d'honneur est aussi impressionnant que celui des Fould entrés à la Chambre des députés...

Mais Yquem, me direz vous ? Que devient Yquem au milieu de ces coups d'épée et de ces canonnades ? D'abord, d'où vient ce nom bizarre ? En vérité, on n'en sait rien, ceux qui ont tenté l'interprétation n'ayant jamais réussi à se mettre d'accord. Une chose est certaine : rien à voir avec Montaigne dont le nom complet était Michel

Eyquem de Montaigne... Quant au château alors tour féodale et aux terres près de Barsac, ils relevèrent de la Couronne – d'Angleterre d'abord puis de France –, jusqu'au 8 décembre 1593 où Jacques de Sauvage, « Conseiller du Roy et son Trésorier Général en la généralité establye en Guyenne » acquit les droits de tenure d'Yquem, moyennant une rente annuelle versée à la couronne. Il faudra attendre jusqu'en 1711 pour que les Sauvage deviennent entièrement propriétaires d'une terre déjà fameuse. C'est en 1766 que Françoise-Joséphine de Sauvage d'Yquem, en épousant le comte Louis-Amédée de Lur-Saluces ajoute le domaine à ceux déjà détenus par son époux... Celui-ci était colonel du régiment de « Penthièvre-dragons », filleul de Louis XV. Elle était fort belle ce qui ne l'empêchait pas de porter une tête solide sur de ravissantes épaules.

Car il s'agit là d'une femme exceptionnelle. Son époux ayant quitté ce monde en 1788 à la suite d'une chute de cheval, son beau-père ayant été guillotiné en 1793 et son beau-frère ayant choisi d'émigrer en Espagne, elle reste seule à Yquem avec un fils en bas âge pour défendre à la fois le vieux château et le domaine. Elle acceptera ce qu'elle ne peut empêcher : la livraison à la municipalité des « titres, papiers féodaux ou seigneuriaux » que l'on brûlera sur la place du village, la perquisition de ses demeures qui préludent en général à la confiscation. Elle subira même la prison à Bordeaux mais, heureusement sans que cette épreuve débouche sur celle, définitive, de l'échafaud. Mais peut-être ce traitement « de faveur » est-il dû pour une petite partie aux excellentes relations que les Lur-Saluces entretiennent avec les États-Unis – ces promoteurs de la Liberté ! – depuis que, juste avant la tourmente, Thomas Jefferson en était l'ambassadeur auprès de la Cour de Versailles... Celui-ci s'était pris d'une véritable passion pour le vin de Sauternes et écrivait à son compatriote John Bondfield, consul à Bordeaux : « J'ai donc adressé la lettre ci-jointe à M. Diquem *(sic)* qui fait le meilleur vin de ce nom et de lui demander 250 bouteilles de sauternes du millésine 1784. » En fait, et sans s'en douter, c'est avec Françoise-Joséphine qu'il correspond car c'est elle, surtout, la maîtresse du vin, son époux étant avant tout un soldat. Mais elle respecte son rang de chef de famille et quand elle écrit, c'est au nom de son mari. Rentré aux États-Unis, l'ambassadeur continue sa correspondance avec « M. Diquem » et, le 6 septembre 1790, il écrit : « Le vin blanc de Sauternes, de votre cru, que vous avez eu la bonté de m'envoyer à Paris au commencement de l'année 1788 a été si bien approuvé des Américains qui y en ont goûté que je ne doute pas que mes compatriotes généralement ne le trouvent aussi conforme à leur goût... J'ai persuadé à notre président, le général Washington, d'en essayer un échantillon et il vous en demande trente douzaines et moi, Monsieur, je vous en demande dix douzaines pour moi-même. »

Cette fois, c'est Françoise-Joséphine qui répond elle-même et qui signe puisque son époux est mort depuis deux ans. Ce sera le début, à la fois, d'une correspondance mais aussi de la vogue du sauternes aux États-Unis puisqu'un futur Président se chargeait lui-même de la publicité...

La marquise, cependant, continuait son combat contre les révolutionnaires qui prétendaient lui arracher sa terre. Ayant souscrit aux premières exigences qui lui enjoignaient de remettre tous ses papiers et titres à la Municipalité, elle restait désarmée mais ne s'avouait pas vaincue... Elle réussit à retrouver, au début du XIXe siècle, la preuve de l'achat de la propriété par son arrière-grand-père et elle récupéra Yquem qu'elle continua de gérer jusqu'à ce que son fils, le marquis Antoine Marie de Lur-Saluces pût prendre les commandes. Il réussit d'ailleurs un mariage important pour ses productions puisqu'en épousant Marie-Geneviève de Filhot, il récupérait un sauternes (Château Filhot) et deux barsac :

Château Coutet et Château Piada... Quant à sa courageuse mère, elle vécut de longues années heureuses jusqu'à l'an 1851 où elle mourut, à Yquem, à l'âge de 83 ans...

Mais, au cours des siècles, un autre Sauternes, un autre château avait rejoint la corne d'abondance des Lur-Saluces : le petit château – mais le grand terroir ! – de Malle situé tout près d'Yquem sur la commune de Preignac.

Une tradition familiale veut que ce joli bâtiment ait été construit au début du XVIIe avec le reste des pierres que s'était procurées le duc d'Épernon pour son immense demeure de La Motte-Cadillac située sur l'autre rive de la Gironde. Le propriétaire du domaine est alors Jacques de Malle, président au Parlement de Bordeaux. Mais, en 1702, son petit-fils Pierre, garde des Sceaux de Guyenne et Conseiller du Roi, en faisait la dot de sa fille Jeanne qui épousait alors Alexandre-Eutrope de Lur-Saluces. Celui-ci ne savait pas, bien sûr, qu'il deviendrait l'aïeul de Louis-Amédée.

Son fils, Alexandre-Eutrope, remania le château et Jeanne, sa femme, se chargea des jardins qu'elle fit tracer mais le domaine – pas plus qu'Yquem d'ailleurs – n'eut à souffrir de la Révolution. Il s'y passa même un épisode assez amusant : tandis que la marquise Françoise-Joséphine bataillait durement pour Yquem, trois demoiselles de la famille s'en allèrent chercher refuge à Malle où, lorsque les sectionnaires envahirent le jardin, elles se retranchèrent derrière le billard, avec des armes, et entreprirent de parlementer avec les envahisseurs. On ne sait trop ce qu'elles leur dirent mais la bande se retira et le château fut sauvé. Les vignes aussi !

Est-ce parce que le sauternes est un vin sucré que les femmes ont joué un si grand rôle dans son histoire ? Pourtant elle est bien masculine, la silhouette de légende, celle d'un cavalier au dolman rouge dont on croit parfois entendre sonner les éperons sur la précieuse marqueterie de marbre du grand vestibule de Malle. Il s'appelait

Henry de Lespinasse de Bournazel... mais c'est aussi un Lur-Saluces...

De son mariage avec sa cousine germaine Léontine-Gabrielle de Lur-Saluces, Henry, l'un des petits-fils de Françoise-Joséphine, a eu quatre filles. L'une d'elles épouse Paul de Bournazel, brillant représentant d'une famille de tradition militaire dont le château, situé à égale distance de Rodez, de Villefranche-de-Rouergue et de Figeac a durement souffert de la Révolution. Il aurait même totalement disparu sans l'intervention de la milice bourgeoise de Rodez qui se dévoua, à plusieurs reprises, pour éteindre les incendies successifs...

C'est là que se passent toutes les vacances d'une famille d'officiers qui ne connaît guère, en dehors de ces moments bénis, que l'instabilité permanente des villes de garnison. Ainsi, Henry naît à Limoges le 21 février 1898 mais connaîtra ensuite Saumur, Alençon, Bordeaux, Sedan, Paris où il fréquente l'école Saint-Louis-de-Gonzague, et Dijon où il est interne à l'école Saint-François-de-Salles mais, fils d'officier de cavalerie, il sait déjà que seule l'Armée lui conviendra. Cependant, s'il aime toujours autant son vieux castel rouergat, il ne déteste pas les séjours – plus fréquents lorsque l'on habite Bordeaux – que l'on fait souvent à Malle, dans la famille et dans une atmosphère à la fois gourmande, luxueuse et élégante à laquelle le jeune garçon se montre sensible mais sans y attacher trop d'importance. En ont davantage peut-être les amours adolescentes avec les jolies cousines. D'ailleurs, la guerre approche, celle que l'on appellera la Grande Guerre parce qu'on n'imagine pas qu'il pût encore y en avoir d'autres après tant de sang versé. Et Bournazel ne rêve que de se battre. Engagé volontaire en 1916, à dix-huit ans, il apprend son métier par le bout le plus horrible : celui de la boue des tranchées et manque mourir de la grippe espagnole. C'est sans doute cette horreur et sa passion du cheval jointes à son ardent désir de servir qui va l'attacher si fort au Maroc dont il va aimer le pays, les gens si fiers, les sables du désert, les étendues immenses et la civilisation. Attaché à Lyautey, il participe à la lutte contre Abd-el-Krim puis prend sa belle part de la pacification du pays. Au poste délicat d'officier des Affaires indigènes et à la tête d'un goum il bâtit bientôt une extraordinaire réputation. Sa conduite au feu marquée d'un total mépris du danger rend bientôt légendaire sa tunique rouge de spahi et le grand burnous rouge et blanc qui flotte au vent des chevauchées. Ses hommes l'aiment et en sont fiers, ses ennemis l'admirent. On dit qu'il a la baraka... Un de ses chefs dira de lui :

« Je l'ai eu deux ans près de moi. Il était de la grande race. Une lame d'acier, sans paille. Il avait son franc-parler avec tout le monde. Il l'aurait eu avec le Pape, avec l'Empereur. Il l'avait avec Lyautey, ce qui n'était pas commode. Son air de grand seigneur le mettait de plain-pied avec les hommes et avec les événements. Un exemple vous montrera comment il comprenait le commandement. Une nuit, aux manœuvres, à deux heures du matin, il vient me réveiller :

– Mon général, il pleut à torrents.

– Eh bien quoi ? Il pleut.

– Alors il faut vous lever.

– Pour quoi faire, mon Dieu ?

– Pour aller voir les troupes qui sont très mal campées.

Il m'emmène aux lieux les moins favorisés. Nous cherchons ensemble et nous trouvons finalement un abri pour des hommes dont la tente avait été enlevée par l'orage. Nous rentrons tout ruisselants mais, au retour, il me met une couverture sur le dos et va faire du café... Voilà comment il était. Et il osait critiquer, exiger qu'on tînt les promesses même celles faites un peu en l'air. Il était né pour commander... »

Au physique, il était taillé comme on imagine les héros : plus d'un mètre quatre-vingt, des yeux bleus, une allure, une « gueule ». Il plaisait aux femmes, bien entendu, mais ne les courait pas. Un matin d'octobre 1927, dans l'église Saint-Philippe du Roule, à Paris, il épousait Mlle Germaine Lahens au milieu d'une très aristocratique assistance et, le 28 janvier 1929, son fils Pierre venait au monde pour sa plus grande joie, une joie renforcée en juillet 1930 par un second fils, Jean. Mais le Maroc n'est pas encore pacifié et Bournazel rejoint son arme. Gouverneur du Tafilalet, en 1932, – un gouverneur sans palais ni gardes du corps ! – il est surtout capitaine quand les combats recommencent dans le Djebel Sogho, une région montagneuse particulièrement difficile commandée par une énorme forteresse Bou-Gafer où sont retranchés les Dissidents... C'est là que Bournazel sera tué par une balle, le 28 février 1933... Pour obéir au général Giraud qui trouvait son dolman rouge trop dangereux, il l'avait retiré à contrecœur pour la première... et la dernière fois...

Son fils, le comte Pierre de Bournazel héritera du château de Malle à la mort de son oncle, Pierre de Lur-Saluces. Il s'éteindra lui-même en 1985 mais le sang du héros coule toujours chez ceux qui assurent la pérennité du grand cru...

D'autres châteaux pourraient être cités ici avec des vins qui sont la gloire et le plaisir de la France, comme Arlay, somptueuse demeure du Jura où, depuis les Croisades, les comtes de Chalon-Nassau, puis la maison d'Orange, puis les princes d'Arenberg élèvent le fameux « Vin Jaune » issu des cépages hongrois du Tokay, ou Flaugergues, près de Montpellier où les « vignerons » descendent de Colbert, ou Haute-Goulaine, en pays nantais où prospère l'un des plus grands muscadet, ou Châteauneuf-du-Pape en vallée du Rhône et plusieurs dizaines d'autres mais, en fait, pour ces « châteaux du vin », la Belle Époque, en dépit des fastes et des fêtes brillantes qu'elle a pu générer, s'inscrit dans une continuité de travail qui singularise ces domaines et les ramène aux soins quotidiens, aux soucis constants de la terre dont ils sont issus et qui leur donne toute leur signification...

Châteaux « lettrés »

À cette époque, nombreux étaient les membres de la noblesse qui prenaient la plume pour écrire leurs mémoires ou se lancer dans des essais sur l'Histoire qui ne furent pas publiés et s'endormirent dans les châteaux, quelquefois pour la plus grande joie des chercheurs actuels. C'était plus un passe-temps, qu'autre chose, prenant place au milieu d'une vie mondaine.

Il n'en allait pas de même pour ceux qui consacraient leur existence à l'écriture. Avec eux, on aborde les châteaux studieux, feutrés, silencieux en général afin que les bruits de fête ne vinssent pas troubler l'œuvre en gestation. Si le train de maison demeurait de grand style, cela ne ressemblait en rien au luxe parfois délirant que nous venons de survoler. Un ouvrage, surtout important, ne saurait s'élaborer au milieu du tumulte. Il lui faut le calme ouaté d'un appartement quasi insonorisé ou mieux encore celui de la campagne.

Ce qui ne veut pas dire que ces écrivains vivaient en ermites. Il leur arrivait de se mêler aux fêtes du gratin parisien, aux grandes chasses, ou même à l'un de ces bals qui, avant la guerre de 1914 ont ébloui le monde : bal des Mille et Une Nuits de la comtesse de Chabrillan, bal Persan de la comtesse de Clermont-Tonnerre, bal des Crinolines de la duchesse de Gramont, bal des Pierreries de la princesse Jacques de Broglie où Mme Ephrussi arbora les plus belles perles roses qu'on eut jamais vues.

C'était pour ces penseurs un moment de détente et de distraction nécessaire surtout quand, pour assumer pleinement des responsabilités seigneuriales, on acceptait un poste de maire, de député ou de sénateur...

Le prototype de ces châteaux «sérieux» en dépit du nom accolé au bal des Pierreries – il arrivait que les dames choisissent parfois de se montrer fastueusement accueillantes sur le plan parisien – est celui des ducs de Broglie...

Académiciens de pères en fils.

Le mariage qu'en 1816 le duc Victor de Broglie contracta à Pise avec Albertine de Staël, fille de l'inimitable Germaine, donne définitivement le ton de la maison. Le salon de la jeune femme, qui fut l'un des plus célèbres de la Restauration et de la monarchie de Juillet, était consacré à la politique et aux lettres. Élevée d'ailleurs dans la religion protestante, la duchesse s'attachait aux idées les plus élevées ce qui lui valut l'admiration de Lamartine: «La piété sanctifiait à l'œil la mélancolique beauté de ses traits...»

Le duc Victor, son époux, libéral s'il en fut, prit la défense du maréchal Ney lors de son procès et s'éleva vigoureusement contre la traite des Noirs puis, déçu par les Bourbons de la branche aînée, se tourna vers les Orléans, ce qui lui valut plusieurs postes ministériels et même la présidence du Conseil. Le château vit alors nombre de réunions où se retrouvaient d'autres châtelains normands «doctrinaires» : Tocqueville, Guizot – dont le souvenir est pieusement gardé au château du Val-Richer en Pays d'Auge – et un Champenois nommé Royer-Collard. Peu avant son entrée à l'Académie française en 1856, le duc Victor se retira à Broglie pour y rédiger ses souvenirs.

Son fils, le duc Albert, entrera dans l'auguste assemblée six ans seulement après son père grâce à l'ouvrage qu'il consacre à *L'Église et l'Empire romain au IVe siècle.* Carrière bien remplie, également, pour cet érudit qui sera ambassadeur de France à Londres, chef de l'opposition monarchique en 1872 et qui tentera de ramener le comte de Chambord sur le trône. Il nous intéresse au premier chef puisqu'il appartient à notre époque.

En dépit d'un organe peu agréable, il était un extraordinaire orateur. « Il y a plaisir à le combattre, dira Gambetta, car il a un rude estomac. » Marié à Pauline de Galard-Béarn, il en aura quatre fils dont le prince Amédée qui épousa Marie Say.

Après la mort de sa femme, il ne quitta plus guère le château où il vivait modestement mais avec une extraordinaire élégance. Ainsi, le soir, il ne manquait jamais de se mettre en habit pour dîner seul dans la grande salle à manger, servi par son vieux maître d'hôtel. C'était son unique luxe car il consacrait la majeure partie de sa fortune à l'amélioration du sort de ceux qui l'entouraient, ne gardant pour lui-même que le nécessaire et ne se souciant guère de l'entretien de l'immense château où sa pièce à vivre était la grande bibliothèque, l'une des plus belles et des plus importantes de France. Il en sortait le moins possible et lorsqu'il se rendait à Paris, dans la partie de l'hôtel familial qu'il gardait pour lui – la plus importante étant occupée par le prince Amédée et sa femme – il prenait le train en troisième classe.

Lorsqu'il meurt, le 21 janvier 1901 – anniversaire de la mort de Louis XVI et veille de celle de la reine Victoria – c'est naturellement son fils aîné, le prince Alphonse, qui devient duc et maître du château avec mille sept cents hectares de terre et de nombreuses fermes. Sa petite-fille, Pauline, plus tard comtesse de Pange, écrivain et l'une des dames du prix Femina, a donné son impression lorsque, pour la première fois depuis longtemps, elle visite le vieux château où elle va habiter. « Les domestiques étaient tous affairés dans cette grande maison fermée depuis de longs mois – le vieux duc a vécu sa dernière maladie et s'est éteint rue de Solferino –, mal nettoyée et qu'ils ne connaissaient pas. L'immense salle à manger était sombre, les portraits d'ancêtres à peine éclairés par les grosses lampes à pétrole suspendues au plafond et qui se balançaient au bruit des chaînes de cuivre. J'éprouvai tout de suite de la sympathie pour la douce Albertine de Staël, souriante sous un turban. » On se trouvait bien loin, en effet, des magnifiques réceptions données par le maréchal de Broglie – le dernier des trois ; cette grande charge aussi était une habitude de famille ! – lorsqu'il recevait, en 1777, l'empereur d'Autriche Joseph II, frère de Marie-Antoinette et, sous le pseudonyme de comte du Nord, le tsarévitch Pierre, fils de la Grande Catherine, en 1782.

Mais la bibliothèque, avec ses quarante mille volumes a séduit la jeune Pauline. « Les rayons de livres qui, sur les quatre murs, vont du plancher au plafond sont entièrement en pitchpin. Quand la pièce est bien éclairée par le soleil, elle présente, entre les livres, les meubles et les boiseries, une variété de nuances mordorées que je n'ai jamais vues ailleurs. Trois hautes fenêtres font face à la cheminée. Un petit escalier à vis monte jusqu'à une galerie légère qui fait le tour des rayons sans qu'on puisse comprendre sur quoi elle prend son appui. Elle résiste cependant depuis un siècle et demi aux galopades des enfants et aux lourds pas bedonnants des doctrinaires. Le plafond est très remarquable. Entièrement en bois, il est formé de caissons ornés de rosaces en pâte plastique ton sur ton. La description pourrait faire croire que ce décor est lourd et laid. Bien au contraire, il donne à l'ensemble un aspect parfaitement harmonieux. Sur les rayons de cette bibliothèque, surtout sur les travées du haut, se trouvent tous les livres qui ont appartenu à Mme de Staël et sont venus de Coppet après la mort de son fils Auguste en 1827... »

À cette époque, la pièce est toujours meublée de la même façon. Il y a les mêmes in-folio rangés à plat dans les meubles du centre, les mêmes fauteuils couverts d'andrinople rouge, « un superbe bureau Empire qui venait, disait-on, de la Malmaison ». Il y a aussi une sorte de monument : une lourde statue de Moïse en bronze posée devant la fenêtre principale installée elle aussi sur du pitchpin – pendant que nous y sommes, précisons que ledit pitchpin est en fait un pin d'Amérique du Nord de couleur rougeâtre – et accaparant l'attention. En fait Moïse est le maître à penser d'une digne bibliothèque de « doctrinaire ». Autrement dit un monarchiste plus ou moins orléaniste et qui, déçu par les princes de droit divin, jugeait bon de s'en référer au législateur inspiré faute de trouver mieux parmi les esprits contemporains. Une démarche peut-être un peu difficile à saisir.

Le nouveau duc Alphonse, déjà député de Château-Gontier, souhaitait continuer la tradition académicienne et, dans ce but, commença par publier un petit volume conservé à Broglie et traitant de la campagne américaine du duc Victor qui avait pris part à la guerre d'Indépendance. Malheureusement, il était de faible santé et atteint de diabète, cette grave maladie qu'on ne savait alors comment soigner. Sa famille eut la douleur de le voir dépérir et, cinq ans après son père, il mourait dans la nuit du 20 août 1906, à peine âgé de 56 ans, dans un appartement du rez-de-chaussée du château, après avoir reçu, des mains de l'évêque d'Évreux, les derniers sacrements. On ne put inscrire sur sa tombe aucun des titres qui flambaient sur les dalles voisines. La duchesse fit seulement graver ces quelques mots : « J'ai combattu le bon combat, j'ai achevé ma course, j'ai gardé la foi. »

Ce seront ses fils, Maurice et Louis, qui renoueront la chaîne un instant rompue avec le quai de Conti, accumulant Académie des sciences sur Académie française...

La famille se continue, toujours aussi brillante et toujours plus intéressée à la vie de son temps. Qu'on sache seulement ceci : elle n'a pas fini de coloniser l'Académie française...

Il est des traditions qu'il faut savoir garder.

Arnaga, le palais basque d'Edmond Rostand.

Le 15 mars 1900, c'est, au théâtre Sarah-Bernhardt la première de *L'Aiglon,* d'Edmond Rostand. Succès foudroyant, succès total comparable à celui remporté, un peu plus de trois ans plus tôt par *Cyrano de Bergerac,* au théâtre de la Porte-Saint-Martin. Théâtre neuf – il y a deux ans que la grande Sarah a racheté le Théâtre des Nations pour son usage personnel –, pièce neuve. Seule l'interprète principale n'est pas de toute première jeunesse : elle a 56 ans alors que le duc de Reichstadt qu'elle interprète n'en a guère que 20, mais telle est la magie de cette femme, tel est le talent du poète qu'une bonne trentaine de rappels saluent le tomber du dernier rideau. La salle debout, frémissante, enthousiasmée ne cesse de scander les noms de Sarah Bernhardt et d'Edmond Rostand. C'est le triomphe que l'auteur ne peut partager pleinement : depuis la veille, il est au fond de son lit avec une pneumonie. Et qui laissera des traces chez un homme de 32 ans – il est né à Marseille le 1er avril 1868 – déjà atteint par la tuberculose.

Les médecins, tout de suite, sont formels : il faut changer d'air.

Dans ce but, la Faculté conseille un séjour prolongé à Cambo-les-Bains dans ce qu'on appelait alors les Basses-Pyrénées. Le climat doux en toute saison était particulièrement recommandé dans son cas. Voilà donc Rostand parti en compagnie de sa femme, la poétesse Rosemonde Gérard – petite-fille du maréchal Gérard – et de ses deux fils Maurice et Jean. On est alors en novembre 1900. Tout de suite Cambo séduit la famille et, de fait, c'est toujours un coin charmant. D'ailleurs nombre de curistes ont fini par s'y établir. Il ne saurait encore en être question pour le poète fort occupé par sa candidature à l'Académie française. On rentre donc à Paris après un séjour qui s'est révélé bénéfique. Tellement que, l'élection acquise, on y revient... pour y rencontrer un accueil extraordinaire. « Il fut accueilli par un essaim de cavaliers et son landau roula sur des jonchées de fleurs au milieu des salves de coups de fusil. On n'imagine pas, conclut Georges Poisson, la célébrité qui accompagnait partout l'auteur de *Cyrano*... »

Or, en se promenant un jour dans les environs, notre poète, décidé à se construire une demeure à Cambo, découvre l'endroit qui fait bondir son cœur : c'est, au-dessus de la ville, un plateau d'environ quinze hectares d'où l'on découvre une vue admirable sur la chaîne des Pyrénées, la jolie vallée de la Nive et toute une plantation de villages pittoresques, aux grands toits inclinés sur des murs blancs à colombages bruns... En juillet 1902, l'achat du terrain est réalisé et l'on commence par dessiner un grand jardin à la française avec bassins et jeux d'eaux. Pour ce faire, le poète recommence l'exploit de Beatrix Ephrussi à Saint-Jean-Cap-Ferrat : on nivelle le terrain, on apporte tombereau sur tombereau de terre végétale. On apporte aussi des arbres, des grands, des vrais « car Rostand ne veut pas de baliveaux ». Il a décrit d'ailleurs la scène : « Ce fut, pendant des mois, une procession d'arbres, une allée marchante, un spectacle qui clouait d'étonnement les bons Basques peu habitués à voir des arbres en pleine croissance déterrés et trimbalés comme des asperges... » Quant à l'eau qui alimentera les bassins, on ira la chercher à une vingtaine de kilomètres. C'est pourquoi le domaine portera désormais le nom d'Arnaga qui est celui d'un torrent.

Pendant ce temps, l'architecte Tournaire mettait au point les plans de la vaste demeure dont Rostand concevait déjà les moindres détails. La première pierre sera posée en juin 1903, après la réception sous la Coupole. « Des tonnes de matériaux apportés par des chars à bœufs se déversent sur la colline et la vaste demeure fut entreprise. Il faudra trois ans, de 1903 à 1906, pour la construire... » Mais aussi quel résultat ! Une immense maison basque, avec colombages, balcons de bois, le tout abrité sous un toit gigantesque. Cela ne correspond pas à l'idée qu'on se fait d'un château parce qu'il lui manque l'empreinte des siècles, ou seulement un peu d'ancienneté ! Ce n'est pas non plus une villa, ou alors dans le sens médicéen : c'est une sorte de palais. Si l'on considère l'immense pergola qui barre, au loin, les jardins, sertie entre deux pavillons et où l'on devine que, s'il n'a pas osé reconstruire la Gloriette de Schönbrunn, Rostand y a pensé, on ne peut s'empêcher d'imaginer le poète face à son rêve. Il a construit selon l'architecture du pays qu'il a choisie parce qu'il ne pouvait pas faire autrement : un Schönbrunn aux dimensions réduites eût été ridicule, et une reproduction encore plus risible mais il ne faut pas s'y tromper : c'est vraiment un palais qu'Edmond Rostand a construit pour lui et les siens. Il suffit de regarder l'intérieur...

Délirant, incroyable, à la limite du mauvais goût, plus proche des châteaux de Louis II de Bavière que de la maison d'un Ramuntcho qui porterait le feutre de Cyrano. « Arnaga, écrira Maurice Rostand, n'est pas une maison. C'est un grand poème lyrique composé par un extraordinaire poète de théâtre... » Et, pour visiter, nous ne saurions trouver meilleur guide que Georges Poisson, inspecteur général des Musées de France et peut-être le meilleur historien des vieilles pierres et des ombres qu'elles retiennent : « On entre par l'angle droit de la maison sous un porche où vous accueille ce quatrain du poète :

Toi qui viens partager notre lumière blonde
Et t'asseoir au festin des horizons changeants
N'entre qu'avec ton cœur, n'apporte rien du monde
Et ne raconte pas ce que disent les gens.

« Au-delà de la porte, un petit salon, salle de jeux des enfants qui devint, par la suite, lieu de réunion de la famille. Tapissé de lambris de frêne canadien incrusté de nacre, il est décoré de peintures murales représentant les vieilles chansons françaises : *M. Dumollet, Il pleut bergère...* Plus loin, le vestibule est le point de départ de l'escalier principal à rampe de style Louis XV. À la suite, un immense hall occupant toute la largeur de la maison, donne dans le grandiloquent ; arcades monumentales de pierre reposant sur des colonnes de marbre, parquet aux dessins géométriques, tribune et grand décor mural inspiré de *La fête chez Thérèse* – de Victor Hugo – par Gaston Latouche, peintre dont l'époque aima le rubénisme de bon ton... Des portraits de famille, des souvenirs accompagnent ici le piano offert à Rosemonde par Massenet. Sur ce hall s'ouvrent, au fond, deux pièces. D'abord un salon rond traité en style Louis XV avec une cheminée ornée de bronzes et une tapageuse corniche dorée. Du temps de Rostand, il était tapissé de laques de Cormomandel rapportées de Pékin par son beau-frère, l'ambassadeur Pierre de Margerie. L'autre pièce est une bibliothèque où une cheminée de pierre abondamment sculptée tranche sur des lambris, des rayonnages et un plafond, tout de chêne clair. Ici deux peintures d'Hélène Dufau représentant les saisons dans leur triomphante nudité. Rostand trouva un jour le curé de Cambo, en visite, en arrêt devant ces peintures :

« "Monsieur le curé, c'est pas un peu trop mythologique pour vous ?"

« "Pas du tout ! Je croyais connaître les saisons. Je savais combien Dieu les a faites belles, mais j'ignorais qu'elles étaient si jolies..."

« En face, de l'autre côté du hall s'ouvre la salle à manger qui, elle, est de style Louis XVI. Grandiose avec son énorme niche ornée d'une fontaine en rocailles, elle a perdu la grande table de marbre reposant sur des dauphins et autour de laquelle Rostand rassembla tant de personnalités du temps mais elle a gardé ses dessus de portes en trompe-l'œil de Gaston Latouche représentant les Quatre Éléments. Elle commande un petit bureau traité en style

Empire s'ouvrant largement par une baie sur la verdure et garni de lambris et de bibliothèques en citronnier... »

Chambres et salles de bains sont au premier, mais, bien entendu, il fallait du monde pour entretenir et animer cette grande demeure. Les serviteurs y sont aussi nombreux que dans un grand château : une trentaine sans compter les nombreux jardiniers et « une arche de Noé d'animaux que Rostand avait voulu tout blancs : pigeons blancs innombrables, paons blancs, chiens-loups blancs, chevaux blancs... ».

C'est dans ce cadre où il réside de plus en plus que le poète va écrire *Chantecler* dont l'idée lui est venue, avant même qu'il ne découvre l'emplacement de la maison, tandis qu'il visitait la ferme Miremont qu'il a décrite : « Une humble cour, une lucarne vers laquelle des poules montent par une petite échelle, la niche d'un chien, un oiseau dans une cage, des oies, des canards, une brouette oubliée les bras en l'air, et, tout d'un coup, surgissant cambré, fier, dominateur, un coq... ».

Dès lors, Rostand sera obsédé par la pièce qu'il rêve d'écrire et qu'il veut plus réussie encore que *Cyrano* ou *L'Aiglon*. Il travaille le plus souvent dans son lit couvert de papiers éparpillés. Avec peine d'ailleurs car sa santé continue de s'effriter sans qu'il veuille l'admettre. Au directeur du *Gil Blas* qui lui a sollicité une interview et qui s'étonne de son silence, allant même jusqu'à écrire pour demander ce qu'il fait, le poète répond :

Ce que je fais, monsieur ? Des courses dans les bois
À travers des ronciers qui me griffent les manches,
Le tour de mon jardin sous des arceaux de branches,
Le tour de ma maison sur un balcon de bois.

Lorsque les piments verts m'ont donné soif, je bois
De l'eau fraîche en prenant la cruche par les hanches.
J'écoute, lorsque l'heure éteint les routes blanches
Le soir plein d'angélus, de grelots et d'abois.

Ce que je fais ? Je fais quelques fois une lieue
Pour aller voir au loin si la Nive est plus bleue.
Je reviens par la berge... et c'est tout s'il fait beau.
S'il pleut, je tambourine à mes vitres des charges,
Je lis en crayonnant des choses dans les marges,
Je rêve, ou je travaille...

C'est ainsi que le manuscrit de *Chantecler* commencé en même temps que la maison, est plein de petits croquis traitant d'Arnaga...

Trop généreux et trop ami du faste pour ne pas faire profiter ses amis de sa belle maison, Rostand ouvre largement ses portes, secondé par Rosemonde qui est une hôtesse exquise tandis que le petit Jean s'intéresse surtout aux animaux de la ferme et aux insectes du jardin « piochant la terre avec un couteau d'argent emprunté à la salle à manger ». Une grande vocation est née à Arnaga.

Les amis, eux, sont nombreux. Le théâtre d'abord avec Coquelin, Mounet-Sully, la grande Sarah et la jeune Cécile Sorel. Et puis les écrivains : Courteline, l'évanescente et fantasque Anna de Noailles, D'Annunzio et même Henri Barbusse, sans compter les deux voisins : Loti, venu d'Hendaye et Francis Jammes, d'Hasparren. Un grand musicien, Alfred Cortot. Et puis, l'inévitable Alphonse XIII dont on peut penser qu'il a passé la moitié de sa vie dans les châteaux français. Aussi des politiques : Poincaré, Léon Blum, Édouard Herriot...

Un enchanteur enfin, le jeune Jean Cocteau que Rostand, inquiet des mœurs affichées par son fils aîné Maurice, ne voyait pas sans appréhension. Les deux gens s'entendaient trop bien ! Ils débauchèrent un jour de jeunes garçons et organisèrent des « ballets bleus » à l'indignation de la petite ville. Rostand dut étouffer l'affaire...

À cela près, Arnaga aurait pu être la maison du bonheur si... – car il y a toujours des si – si le poète, travaillé par la tuberculose, n'avait tant aimé les jolies femmes et ne s'était mis, après maintes passades, à entretenir des relations plus sérieuses et plus passionnées avec des rivales aussi dangereuses pour Rosemonde qu'Anna de Noailles ou l'exquise comédienne qu'était Mme Simone. Le trop beau jardin vit des scènes trop tendres. Rosemonde renonça au combat et devint la maîtresse d'un autre poète, Tiarko Richepin, qu'elle finira par épouser. Car le couple se sépara à peu près au moment où éclatait la guerre. Rosemonde rentrait à Paris avec Maurice tandis que Jean, qui annonçait déjà un grand savant, demeurait avec son père mais dut le quitter, mobilisé dans un laboratoire.

Resté seul et malade, Rostand finit par rentrer, lui aussi, à Paris où l'amour, une fois de plus allait frapper à sa porte sous les apparences de la jeune Marie Marquet. Ceux qui ont connu, sur le tard, cette grande comédienne avec sa carrure de corsaire et sa voix d'adjudant de quartier auront peut-être quelque peine à imaginer qu'elle était en sa jeunesse, gracieuse et fine, « une véritable Diane ! » ? C'est pourtant pure vérité et sa voix fut l'une des plus émouvantes de la Comédie-Française... Telle qu'elle était, Rostand en tomba follement amoureux. Il voulut divorcer pour pouvoir l'épouser et passa, avec elle, sous les beaux arbres de son parc et au bord de ses eaux fraîches, un été 1918 qui eût été tout à fait délicieux si le poète n'avait été torturé par le sort de la France. Pourtant, il le savait bien, la fin du conflit n'était plus très loin. La sienne non plus et je veux emprunter encore à Georges Poisson ces deux dernières phrases : « À l'approche de la victoire, Rostand voulut "monter" à Paris. La veille de son départ, un de ses pigeons blancs vint mourir à ses pieds... »

Peu de jours après l'Armistice, il succombait victime de l'épidémie de grippe espagnole qui sévissait alors.

Arnaga cessa de vivre avec le poète. Vendue, démeublée, elle fut enfin achetée, en 1962, par la ville de Cambo qui, pieusement, en fit le musée Edmond Rostand.

Le maître de Combourg.

Que Chateaubriand soit mort en 1848 et à Paris ne change rien à la chose : Combourg c'est chez lui, bien que le château ne lui ait jamais appartenu. Il y a vécu après son décès, plus peut-être qu'à la Vallée aux Loups et il y vit toujours. Les châtelaines qui s'y sont succédé n'ont été rien d'autre que les vestales d'un culte qui n'a cessé de grandir et de s'épanouir. L'une des plus passionnées fut, dans les débuts de ce siècle, la comtesse de Durfort, née Sybille de Chateaubriand. Mais, avant de la suivre, il faut retourner en arrière et rappeler ce que représentait Combourg dans la vie de René, c'est-à-dire le départ de toutes choses et le premier jaillissement de l'inspiration.

Il est tout jeune lorsqu'il aperçoit pour la première fois cette vieille demeure achetée par son père, sept ans avant sa naissance, et qui va le marquer pour toujours : « Enfin, nous découvrîmes une vallée au fond de laquelle s'élevait, non loin d'un étang, la flèche de l'église d'une bourgade. À l'extrémité occidentale de cette bourgade, les tours d'un château féodal montaient dans les arbres d'une futaie éclairée par le soleil couchant. »

Il va vivre là, le plus stable d'une enfance partagée entre la maison natale de Saint-Malo, les divers collèges de Rennes, de Dol et de Dinan. Cette forteresse des anciens jours parlera à son imagination et stimulera son goût du mystère. Ne va-t-il pas rencontrer, dans la tour où il a sa chambre, un fantôme muni d'une jambe de bois ? Il s'agit d'un des anciens maîtres, Malo de Coëtquen, jadis lieutenant-général, qui se distingua à la défense de Lille, eut une jambe emportée à Malplaquet et fut condamné, Dieu seul sait pourquoi, à hanter les escaliers et les couloirs de Combourg, de préférence durant la nuit de Noël après que l'horloge du château eut sonné les douze coups de minuit. La légende affirmait aussi qu'il arrivait à la jambe de bois de se promener sans son maître mais, dans ce cas, toujours accompagnée d'un

Combourg.

chat noir. Rude voisinage pour un petit garçon particulièrement sensible !

Relire les *Mémoires d'Outre-Tombe,* c'est se plonger dans l'atmosphère brumeuse et pesante, mais non sans charme, de cette enfance hors du temps. Qui aurait pu être joyeuse et insouciante car les Chateaubriand ont eu dix enfants mais, à Combourg, la seule compagnie de René, c'est sa sœur Lucile. Elle est pour lui – cette étrange fille « solitaire, avantagée de beauté, de génie et de malheur » – bien plus qu'une compagne, bien plus qu'une sœur. C'est elle qui, au cours d'une promenade au bord de l'étang, lui révélera son propre génie. Comme il évoquait, pensant tout haut peut-être, toutes ces impressions si vives qui s'imprimaient en lui, Lucile dit : « Tu devrais peindre tout cela » et Chateaubriand de traduire : « Ce mot me révéla la muse. Un souffle divin passa sur moi... »

Après la mort du père, le château passa au fils aîné qui avait épousé la petite-fille de Malesherbes, le courageux défenseur du roi Louis XVI devant la Convention, et mourut avec elle sur l'échafaud en 1794. Puis ce fut la Révolution qui passa comme une tempête sur la vieille forteresse : elle fut pillée de fond en comble. Plus tard, le petit-fils des victimes de la Terreur entreprit de restaurer l'intérieur dans ce style troubadour que le second Empire et Viollet-le-Duc avaient mis à la mode.

Au cours de son existence, Chateaubriand ne devait revenir que quatre fois au château : pour le mariage de son frère, pendant la Révolution, avant de quitter le Pays pour l'Amérique et enfin, en 1801, lorsqu'il rentra en France ; mais il ne put supporter la vue du château dans l'état où il se trouvait et s'évanouit. Il écrira plus tard à Mme de Staël : « C'est dans les bois de Combourg que je suis devenu ce que je suis, que j'ai commencé à sentir la première atteinte de cet ennui que j'ai traîné toute ma vie, de cette tristesse qui a fait mon tourment et ma félicité... »

Maurice Barrès fut l'hôte de la comtesse de Durfort et traduira plus tard à sa façon en voyant le château « l'épreuve de pierre d'un chef-d'œuvre verbal... »

L'excessif restaurateur de Combourg ne laissa qu'une fille, à qui on avait donné le nom poétique de Sybille. Notre ami Pringué la connut avant son mariage avec le comte de Durfort. Il l'a décrite comme « une éblouissante jeune fille vêtue de rose. Son visage parfaitement beau, au teint clair, s'abritait sous une ombrelle de même couleur ». En fait, ce n'était pas la première fois qu'il la voyait. Quelques semaines plus tôt, voyageant avec sa mère dans le train de nuit pour Dinard, il avait eu la surprise, à l'aube, de constater que le train s'arrêtait dans une gare de campagne. Étonné, il interrogea un employé qui, fanal en main, venait d'ouvrir une portière pour laisser descendre plusieurs dames. L'homme lui répondit, avec un rien de sévérité, que le train s'arrêtait toujours à Combourg quand Mme la comtesse de Chateaubriand y prenait passage... Heureux temps où la grandeur d'un écrivain disparu pouvait décider des horaires d'un train de la République !

Pour en revenir à la comtesse Sybille, elle ressemblait, paraît-il, de façon étonnante à son illustre grand-oncle lorsqu'il était adolescent et garda même cette ressemblance jusqu'à son âge mûr. Naturellement, elle présidait la Société des Amis de Chateaubriand dont elle recevait souvent les membres en même temps que des savants et des intellectuels de Paris ou de province.

Elle vivait une partie de l'année à Combourg où, plus qu'à Paris encore, elle se faisait la prêtresse passionnée de Chateaubriand avec l'aide de l'abbé Mugnier déjà rencontré à Josselin et qui, chaque été, se retrouvait à demeure au château. En effet, l'Enchanteur était la seule passion terrestre du saint homme si l'on excepte un « faible » touchant et inavoué pour la princesse Bibesco avec laquelle, jusqu'à son heure dernière, il entretint une grande correspondance.

Inconditionnel de Chateaubriand, le chanoine – après tout puisqu'il y avait droit pourquoi ne pas lui donner ce titre ? – lisait chaque jour quelques pages des *Mémoires d'Outre-Tombe*. À Combourg, il les lisait même à haute voix dans l'ancienne chambre de René ou autour de l'étang. C'étaient pour lui des heures miraculeuses que son hôtesse prenait plaisir à favoriser. Tous deux, ils fouillaient de vieilles archives, cherchant à en savoir encore un peu plus sur ce génie qui était le véritable maître de la vieille demeure.

À un dîner, auquel il assistait, se trouvait Jules Lemaitre dont chacun savait qu'il détestait en bloc le Romantisme et le XIXe siècle. Peu délicat devant ceux qui se trouvaient là – le repas avait lieu chez Mme Alphonse Daudet, et Mme de Durfort y était conviée – l'écrivain se laissa aller à critiquer Chateaubriand. Dédaigneuse, la comtesse choisit de garder le silence mais se pencha vers l'abbé pour lui demander tout bas ce qu'il en pensait. Celui-ci sourit et, désignant l'orateur dont le visage pointu l'apparentait un peu à une musaraigne, il murmura : « Que peut ce rat contre cette porte de bronze ? »

Lorsqu'il mourut, en 1944, âgé de 90 ans et presque aveugle, sa vieille servante murmura au milieu de ses larmes :

« Ah ! Monsieur le Chanoine va être bien heureux. Il va pouvoir enfin faire la connaissance de Monsieur le Vicomte... »

La philosophie de ce saint homme qu'on avait surnommé « L'Aumônier des Lettres françaises » se situait entre une foi ardente, un profond amour de Dieu et une confiance presque aussi grande dans le destin de l'homme. Pauvre, de petite santé et toujours à la recherche d'une âme à sauver, il put côtoyer les plus grandes fortunes, la plus haute aristocratie sans le moindre sentiment d'envie et sans rien perdre de sa dignité souriante. En outre, il aimait la vie et lui faisait confiance. Il disait : « Demandez à la vie, elle vous donnera ; ne la critiquez pas, elle vous récompensera... » Son *Journal* est une mine d'enseignement et d'humour parfois acidulé.

Dans les débuts de la Grande Guerre, à la date du 13 février 1915, il écrit : « Été revoir la comtesse de Durfort qui m'a longuement entretenu de ce qu'elle vient de faire à Combourg. Le château transformé en ambulance, le drapeau blanc flottant sur la plus haute tour. Le grand salon, la salle à manger où le père de Chateaubriand allait et venait, terrible, occupé par des lits de blessés à poux ; la chapelle devenue une petite salle à manger pour les châtelains. La comtesse ne fait pas de pansements pour qu'il n'y ait pas de jalousie mais elle se réserve les massages. La comtesse de Durfort m'a dit combien les demoiselles de Combourg sont flirt (fille de pharmacien, etc.). Elle a eu trente-quatre blessés dans le château.

« L'ambulance est suspendue en ce moment, car le préfet a décidé d'envoyer cent cinquante prisonniers allemands pour nettoyer l'étang de Combourg qui ne l'a pas été depuis trois cents ans. D'où nid à fièvre, typhoïde, etc. Ah ! du coup, ô mon cher grand Chateaubriand, c'en est fait des derniers vestiges de la sylphide ! Adieu ! Adieu ! Sous ces nénuphars, derrière ces roseaux, se cachaient encore les microbes de la romantique adolescence de René. Les blessés français, les prisonniers allemands abolirent de concert tout ce qui pouvait subsister de cette époque lointaine. Déjà la restauration du château était une première atteinte à tant de souvenirs... Maintenant Lucile et son frère prennent la fuite, avec les poules d'eau, les sarcelles et les bécassines... Voilà pour un rêveur et un adorateur comme moi une ruine d'un nouveau genre... »

Crise de neurasthénie, peut-être, ou manque de confiance en l'avenir... Les guerres passent, le génie demeure. Chateaubriand est toujours le maître de Combourg sur lequel veille une nouvelle sollicitude : celle de la comtesse de La Tour du Pin.

Chez Mme Alphonse Daudet.

Bien souvent aussi le couvert de l'abbé Mugnier fut mis à la table d'Alphonse Daudet et de sa femme, d'abord au 31 de la rue de Bellechasse, dans cette ancienne dépendance de l'abbaye de Panthémont où Monge mourut de chagrin en 1818, puis au 41 de la rue de l'Université où le père de *Tartarin* et du *Petit Chose* s'installait quelques semaines seulement avant de s'éteindre, le 16 décembre 1897, à 57 ans. Beaucoup plus rarement – en fait je n'en ai guère trouvé trace – au petit château de La Roche-Chargé, à moins de cinq kilomètres en amont d'Amboise, qui était la propriété personnelle de Mme Daudet. En fait de château, Combourg suffisait amplement à l'abbé et, en outre, il était l'homme des amours littéraires exclusives. Je ne suis pas certaine d'ailleurs qu'il appréciait tellement Alphonse Daudet dont son ami le sulfureux Huysmans disait des horreurs avant que le

chanoine n'eût enfin réussi à le ramener à Dieu. Mais à cette époque, Daudet était mort depuis longtemps...

Lorsque celui-ci épouse Julie Allard, dont le grand-père est maire de Vouvray, il est encore secrétaire du duc de Morny mais il est déjà célèbre. Un recueil de vers, *Les Amoureuses*, et trois pièces de théâtre l'ont rangé dans les grandes plumes de l'époque. Le couple qui aura deux fils, Léon et Lucien et une fille, Edmée, sera des plus unis en dépit des nombreuses frasques d'Alphonse. Le charme du jeune Nîmois et son beau visage « un peu arabe » attirent les femmes comme le miel attire les mouches. Pire encore lorsqu'il accède à la célébrité. Julie, elle, se contentera de demeurer son assistante, sa secrétaire en quelque sorte tant qu'il vivra. Sans cesse, on pourra la voir prendre des notes afin de ne rien laisser échapper de ses pensées. Elle tiendra aussi, pour lui d'abord et ensuite pour sa mémoire et la réussite de ses fils, l'un des trois principaux salons littéraires de Paris, les autres étant ceux de Mme de Caillavet, l'égérie d'Anatole France, et de Madeleine Lemaire qui avant de le mettre au service de Marcel Proust, recevait dans son petit hôtel de la rue de Monceau le Tout-Paris élégant sans qu'on comprît bien, d'ailleurs, ce qu'il venait y faire. « Son salon, dit Ghislain de Diesbach, tient à la fois de l'ouvroir et de l'orphelinat car elle y accueille avidement, comme si son salut éternel en dépendait, ces perpétuels orphelins que sont les gens du monde qui, jusqu'à la tombe, ont besoin d'être amusés ou du moins occupés. » Quant à Pringué, pour une fois sans enthousiasme, il soupire : « Ces fêtes étaient mélancoliques et sans entrain... » Un quatrième salon, fort sérieux, était celui d'Edmond de Goncourt, parrain de la petite Edmée Daudet et très lié avec ses parents. Les mauvaises langues prétendent même que Julie en était tombée follement amoureuse. Une chose est certaine : grâce à lui – et pour cause – Alphonse Daudet fut académicien Goncourt à défaut d'académicien tout court.

Je ne résiste pas au plaisir d'emprunter au superbe *Proust* de Ghislain de Diesbach, cette silhouette d'Alphonse vers la fin de ses jours :

« À l'apogée de sa carrière, Alphonse Daudet touche, sans qu'il le sache, au terme de sa vie. Une syphilis contractée dans sa jeunesse a fait en lui des ravages auxquels les praticiens les plus renommés s'efforcent de remédier sans obtenir autre chose que de brefs répits dans le progrès du mal. Malgré des crises telles qu'il a failli plusieurs fois se suicider, malgré l'humiliation de se voir diminué physiquement, marchant avec peine ou soutenu par ses fils, obligé quelquefois de s'interrompre et de quitter la pièce tant il souffre, il a gardé son charme et la grâce juvénile qui lui ont valu tant de succès auprès des femmes. Nombreuses sont encore celles qui viennent l'assiéger sous différents prétextes, mais Mme Daudet veille et déjoue les manœuvres des intrigantes. »

Des peintres, des écrivains, des journalistes et même quelques hommes politiques, mêlés à la haute société, se retrouvent rue de Bellechasse. Ainsi, c'est Reynaldo Hahn qui amènera Proust... L'accueil est charmant, le ton des plus élégants. C'est une maison où l'on aime à revenir. Où l'on aimera toujours à revenir, même quand elle aura émigré rue de l'Université. Même quand, après la mort de son époux, Julie effectuera de longs séjours d'été au bord de la Loire dans son petit château du XVe siècle autour duquel son fils Lucien a dessiné un ravissant jardin à l'ancienne.

Elle y accueillait moins de monde qu'à Paris mais elle gagnait en qualité ce qu'elle perdait en quantité... On y rencontrait Anna de Noailles, Reynaldo Hahn, déjà nommé, ainsi que Proust qui devint vite un familier,

Charles Maurras, le poète Francis Jammes et, avec d'autres personnalités françaises, certains membres de la petite colonie roumaine, comme la princesse Brancovan, mère de Mme de Noailles, le compositeur Enesco et « surtout » la poétesse Hélène Vacaresco. Je dis « surtout » parce que sa personne présentait des dimensions assez impressionnantes pour écraser son entourage. L'abbé Mugnier qui la connaissait bien pour l'avoir fréquemment rencontrée à La Roche ou à Combourg qu'elle fréquentait volontiers, se contentait de mentionner qu'elle était « toujours épanouie ». Un euphémisme bien chrétien ! Pour Diesbach c'est « une ogresse dont la faim de gloire ne le cède en rien à celle d'Anna de Noailles ». Pour d'autres qui se plaisaient à faire allusion à sa voix roucoulante et mélodieuse, c'était « un rossignol avalé par une baleine ».

Cela dit, cette Vacaresco n'était pas n'importe qui. Elle appartenait à une noble famille roumaine, valaque même pour être plus exacte. En son jeune temps, elle avait été choisie par la reine Élisabeth de Roumanie pour tenir l'emploi de lectrice. Elle s'éprit alors du prince héritier, Ferdinand, et se mit en tête de l'épouser. À son sens, elle était d'assez bonne famille pour s'asseoir sur un trône. Que se passa-t-il alors ? Ghislain de Diesbach, cette fois dans *La Princesse Bibesco* a essayé de cerner le problème :

« Le prince Ferdinand a-t-il vraiment répondu à cet amour au point de songer à épouser la demoiselle qui n'avait pas atteint le volume qu'on lui a connu plus tard ? La reine Élisabeth, nature essentiellement romanesque, a-t-elle encouragé ce projet, ne serait-ce que pour agacer le roi, gardien rigoureux des principes ? On l'ignore. Carol Ier a tranché en éloignant la Vacaresco qui, se prétendant sacrifiée à la raison d'État, a rempli l'Europe de ses lamentations. Reçue en audience par le pape Léon XIII, elle n'avait pas craint de se présenter comme la “malheureuse fiancée” du prince héritier de Roumanie, à quoi le pape s'était écrié en lui faisant signe de sortir : “La folle ! la folle !”... Plus tard, l'interrogeant sur ses amours, la duchesse de Rohan lui avait demandé ce qu'elle avait le plus regretté : le trône ou l'homme ? "L'escorte !", répondit l'ogresse. "Parbleu cela fait vingt-cinq hommes !", observa alors Marie Murat, la fille de la duchesse... »

L'auréole des amours princières et malheureuses étant un sûr garant d'intérêt passionné chez les peuples républicains, Hélène Vacaresco réussit à se tailler une place importante dans les milieux littéraires, au point de s'ériger parfois en cerbère lorsqu'une autre Roumaine prétendait s'y tailler une place au soleil. C'est ainsi qu'elle tenta de s'opposer au succès que remportait la jeune princesse Marthe Bibesco avec *Les Huit Paradis*, récit d'un voyage en Perse. Elle n'y réussit pas. La nouvelle venue possédait un vrai talent et, en outre, cette toute jeune femme était d'une radieuse beauté. Le ravissant David vint une fois de plus à bout de l'imposant Goliath mais une solide inimitié unit désormais les deux femmes.

Guère plus d'atomes crochus avec la comtesse de Noailles, sylphide enveloppée de tulles ou emmitouflée de zibelines d'où émergeaient d'immenses yeux de gazelle nostalgique dont le talent, nettement plus universel, lui permettait de chanter avec un égal bonheur les roses trémières et les salsifis, les potagers ou la course éperdue des grands trains tandis que sa rivale se contentait de clamer des vers d'un lyrisme ardent qui s'accordaient assez mal avec sa vaste personne. Lorsque l'une arrivait à Chargé, l'autre se hâtait de partir pour Combourg ou bien de rentrer au château de Chaumont selon qu'il s'agissait de Mlle Vacaresco ou de la comtesse de Noailles. D'ailleurs, sur le plan mondain comme sur le plan des Lettres, la lutte n'était pas égale. La postérité a départagé les deux femmes : Anna s'y est installée dans une position inattaquable tandis qu'Hélène a dû se contenter d'un siège à la Société des Nations.

Par contre, personne ne songeait à quitter le joli château lorsque arrivait Jean Cocteau qui en fut l'un des habitués.

M. France en Bordelais.

Capian, c'est un petit village, de cinq ou six cents âmes, qui s'étale au milieu des vignes, tout près de Langoiran et son petit port, sur la Garonne, dominé par les ruines d'une vieille forteresse féodale. Pas bien loin non plus de Cadillac et de l'imposant château des ducs d'Épernon. La région est belle et le vin excellent. Ce sont des premières côtes de Bordeaux et aussi des cadillac blancs qui, à la fin du siècle dernier n'ont pas encore droit à cette appellation. Elle leur viendra en 1973.

Capian est au milieu de tout cela et, si le village n'a rien d'extraordinaire, sinon le charme de ses maisons, on y coule des jours paisibles et heureux. C'est là, que chaque été ramène un curieux ménage à trois : celui que forme Anatole France avec le couple Arman « de » Caillavet. Ils y habitent une grosse maison ancienne, aux allures de manoir, où la vie s'écoule de façon assez pittoresque. D'autant plus, qu'au début du siècle, l'aventure de France avec la belle Léontine dure déjà depuis plus de quinze ans. Ils ont d'ailleurs à peu près le même âge.

Fille du banquier Auguste Lippmann qui appartient à la riche bourgeoisie juive d'origine autrichienne, Léontine, à la mort de son père, héritera de dix millions. Elle se convertit, en 1867, au catholicisme afin de pouvoir épouser Albert Arman, fils d'une notabilité du second Empire, Jean-Lucien Arman, député de Libourne et riche armateur. Le mariage aura même lieu dans la chapelle des Tuileries.

Léger, dépensier et plutôt paresseux, le mari est snob comme il n'est pas possible. Son nom ne lui convient pas. Aussi a-t-il décidé d'y adjoindre celui de sa mère, Laure Caillavet, en l'enjolivant d'une particule à laquelle il n'a aucun droit. Il introduit même, devant le Conseil d'État, et en 1885, une instance pour obtenir cette rajouture à son nom. Celui-ci accordera Caillavet mais refusera la particule. Qu'à cela ne tienne, Albert fait comme si de rien n'était : Arman de Caillavet il a décidé d'être, Arman de Caillavet il sera désormais ! Son fils Gaston, le célèbre co-auteur avec Robert de Flers de tant d'amusantes comédies, sera lui de Caillavet tout court. Comme sa mère qui, à peine mariée, entreprend de se créer un salon après avoir fait ses premières armes chez la fameuse Mme Aubernon.

Le sien sera 5, avenue Hoche – alors avenue de la reine Hortense – dans l'un des hôtels particuliers d'Arsène Houssaye. C'est là, qu'un beau jour de 1883, Jules Lemaitre amène « un mandarin extrêmement lettré et subtil » qui s'appelle Anatole France et qui a publié son premier livre, *Jocaste*, quatre ans plus tôt. Le docteur Hovelacque a donné une bonne description du grand homme. « Une longue et lourde figure chevaline tordue par un léger torticolis, la mâchoire de travers sous l'impériale rude, les cheveux en brosse dure, un gros nez, une peau grenue et grise. Seuls les yeux noirs très brillants semblent mettre une lumière dans cette physionomie un peu inquiétante qui tient du séminariste, du bonapartiste et du faune. »

Cette première rencontre ne déclenche aucun coup de foudre : « Tout bien réfléchi, dit Mme de Caillavet à Lemaitre, votre ami ne me plaît pas. » Elle changera d'avis, bien entendu. Anatole France, lui, est très séduit mais il lui faudra attendre jusqu'à l'été 1888 pour parvenir à ses fins. Encore devra-t-il prendre quelques précautions car il est marié à une femme qui a de plus en plus de mal à supporter son infidélité permanente. Après plusieurs scènes particulièrement violentes, le divorce interviendra en 1893 mais, depuis deux ans déjà, France, installé villa Saïd, tout au moins officiellement, vit en réalité la plupart du temps chez les Caillavet. Le mari est très fier de cette amitié-là et ne voit aucun inconvénient à ce que ce cher Anatole les suive à Capian quand ils s'y rendent aux beaux jours.

La vie quotidienne dans cette charmante maison est alors le théâtre de déjeuners qui donnent lieu à une amusante comédie que Gilbert Guilleminault a rapportée : « Au premier coup de cloche, M. Arman (de Caillavet), fin gourmet et qui consacre une partie de son activité à la confection des menus, pénètre dans la salle à manger. Il énonce, sentencieux : “L’exactitude est indispensable à la perfection des plats.” Mais il suffit qu’Anatole France entende tinter le même carillon pour, qu’invariablement, il s’écrie : “Je reviens dans un instant. Mettez-vous à table...” et, un livre à la main, à pas menus, se dirige vers la charmille, gagne le vignoble et disparaisse. Au second coup de cloche, Mme de Caillavet paraît sur le seuil de la salle à manger. Elle jette un coup d’œil, n’entre pas. Qu’importe que son mari, son fils et plusieurs invités attendent : M. France n’est pas là. Et de dire à son tour : “Je vais le chercher, mettez-vous à table !” Elle part et ne revient pas. Par la baie vitrée, M. Arman aperçoit l’ombrelle claire de sa femme qui ondule au-dessus des vignes. Quelques minutes passent. Les coups de cloche furieux succèdent aux appels violents. “Servez-moi”, ordonne M. Arman. Les invités ne savent quelle contenance adopter. Les uns suivent l’exemple de M. Arman, les autres s’en vont à la recherche de Mme de Caillavet et de M. France qui rentrent enfin sans hâte, discutant paisiblement.

« Lorsqu’ils commencent à déjeuner, une demi-heure au moins s’est écoulée depuis le premier coup de cloche ; M. de Caillavet a terminé son repas mais il reste là, œil et oreilles aux aguets et, à chaque plainte de sa femme qui décrète que les œufs sont trop cuits, le poisson détestable, la viande brûlée, il éclate de jubilation : “C’est votre faute”...

« Après le déjeuner Anatole France travaille dans le salon. Il y a “son” fauteuil, “sa” table, “son” encrier, “ses” plumes d’oie... »

Qu’il ne s’imagine pas cependant qu’il va pouvoir somnoler doucement car il y a aussi Mme de Caillavet qui s’est donné pour tâche de faire travailler le grand homme jugé par elle légèrement paresseux. Se déroule alors une autre scène qui se reproduira jour après jour, pendant des années et des années, aussi bien à Capian qu’au n° 5 de l’avenue Hoche. Léontine déclare qu’il est temps pour M. France – elle ne l'appelle jamais autrement, de même qu'il l'appellera toujours Madame ! – de se mettre au travail.

Avec une évidente mauvaise volonté, l'écrivain essaie de tirer au flanc : « Madame, je n'ai pas d'encre. » Qu'à cela ne tienne. Un coup de sonnette et un valet reçoit l'ordre d'aller en chercher. Ce qui ne fait pas l'affaire de M. France. Il grogne. « Je n'ai pas ma plume habituelle. Où donc l'ai-je égarée ? » On la lui cherche et, bien sûr, on finit toujours par la retrouver. D'autres fois, le papier ne convient pas. Ou bien l'écrivain est victime de la crampe bien connue. Il y a aussi la calotte. M. France ne peut pas travailler sans sa calotte sur sa tête. Plus tard, cette calotte fera piquer des crises de nerfs à Léontine. Elle déclare que cette manie lui vient de son libraire de père, que c'est un nid à poussière, un réceptacle à rhumes mais Anatole s'entête jusqu'à ce qu'enfin Mme de Caillavet le traite d'écolier paresseux. Finalement, c'est elle qui gagne et la maison Calmann-Lévy aura en temps voulu le manuscrit promis.

À Paris, il y aura même deux bureaux dans la même pièce : un pour Mme de Caillavet, tout simple celui-là et l'autre pour le maître. C'est « un meuble énorme, du plus effroyable style gothique et couvert de bibelots hétéroclites : une poupée bretonne, un affreux encrier en cristal, un essuie-plume brodé de fleurettes et de perles, un coupe-papier en cristal, un plumier scolaire en cuir bouilli surmonté d'une tour Eiffel, deux ou trois paires de ciseaux, un gigantesque pot de colle ». De ce fatras et de cette paresse jailliront quelques-unes des plus belles pages de la littérature française.

L'acharnement de Léontine a bien sa part dans l'importance de cette œuvre et, en 1902, France rendra hommage à sa tyrannique maîtresse dans sa dédicace de *Crainquebille* : « À Mme Arman de Caillavet, ce petit livre que sans elle je n'aurais pas fait car sans elle je ne ferais pas de livres. » Il aurait d'ailleurs ronchonné en aparté : « Nous en arriverons bientôt à la dictée... »

Le dernier séjour à Capian aura lieu en 1909 après le voyage de l'Immortel en Amérique du Sud où il a trompé Madame avec une comédienne. Elle l'a su, en a souffert et d'autant plus qu'elle se sent vieille et, surtout, très malade. Une pleurésie se déclare, en Bordelais, qu'il faudra soigner à Paris mais la fin est proche ; le 14 janvier 1910, les obsèques de Mme de Caillavet ont lieu à Saint-Philippe du Roule après que l'abbé Mugnier – toujours lui ! – se fut efforcé d'apaiser le désespoir de la mourante déchirée par un amour dont elle sait bien qu'on ne veut plus. M. France affiche un grand chagrin : « En la perdant, j'ai tout perdu, ma joie, ma force et mon courage... » C'est, sans doute, ce qu'il va essayer de retrouver en invitant, une semaine plus tard, la seconde femme de chambre de Madame à dîner chez Lapérouse. Je précise bien : la seconde car la première, elle, est partie pour Quiberon avec M. Arman.

Cette Emma Laprévotte, Anatole France finira par l'épouser, le 11 octobre 1920, dans la petite mairie de Saint-Cyr-sur-Loire. En effet, au printemps de 1914, sentant venir la guerre, Anatole France fait l'acquisition, dans ce coin de Touraine, d'une petite maison sur un coteau dominant la vallée de la Choisille. On l'appelait La Béchellerie – on l'appelle toujours d'ailleurs ! – c'était « une sorte de vide-bouteille bâti par un nommé Beschel vers la fin du XVIIe siècle mais remanié au XVIIIe et d'ailleurs pas très pur de style ». Ce sera désormais sa maison et celle d'Emma qui ne l'a pas quitté depuis la mort de Mme de Caillavet. C'est là qu'il mourra le 12 octobre 1924.

Un château polonais en Bretagne.

Le site de Trégastel, au plus avancé du Trégor est sans doute l'un des plus frappants de Bretagne. Depuis la plage de Coz-Pors, il déroule jusqu'à la passe de Ploumanac'h un indescriptible chaos de granit rose émietté sur la mer en d'innombrables récifs qui, au temps jadis, faisaient la joie des naufrageurs. De petites plages, des bancs de sable aussi, festonnent les antiques landes rocheuses et, à une extrémité de l'anse de Sainte-Anne on aperçoit, sur un îlot, un petit château médiéval dont on se demande un peu ce qu'il fait là avec son logis et ses tours minces. Il n'a rien de la puissance hargneuse du Taureau, son presque voisin, tapi à l'entrée de la rivière de Morlaix qu'il défendait mais qui fut prison et en a bien l'air.

L'îlot s'appelle Costaerés, ce qui veut dire la « vieille sècherie », car autrefois les pêcheurs y mettaient à sécher les congres et les raies. Le château a pris le nom qui en vaut un autre. En dépit de son air de forteresse, il n'a jamais affronté les canons anglais ni soutenu de siège ; pas davantage rencontré le Prince Noir ou Bertrand du Guesclin. Il a tout juste un siècle car il est né en 1890.

Je ne sais rien de la vie qu'on y menait sinon ceci : celui qui l'ancra sur son îlot a été l'un des plus grands écrivains polonais : Henryk Sienkiewicz et c'est là qu'il écrivit *Quo Vadis*, son plus célèbre roman, celui qui décida, en 1905, le jury suédois à lui décerner le prix Nobel pour l'ensemble de son œuvre.

Comment Sienkiewicz partageait-il ses jours ? Avec qui ? Et pourquoi bâtir une demeure moyenâgeuse pour y évoquer la Rome des Césars ? Est-ce parce qu'il venait d'écrire *Les Chevaliers Teutoniques* et souhaitait pour lui-même un petit Maalbork ? Je n'ai pas trouvé de réponse à ces questions, ni auprès des librairies polonaises ni auprès de la Municipalité de Trégastel et si je sais ce que fut sa vie depuis sa naissance, le 5 mai 1846, à Wola Okrzejska, en Pologne russe, jusqu'à sa mort, à Vevey, le 15 novembre 1916, si je connais son œuvre, ses voyages à travers l'Europe et surtout l'Amérique où il reçut un choc comparable à celui de Chateaubriand devant le Meschacebé, ainsi que son amour passionné pour sa patrie sans cesse déchirée, le quotidien de cette existence et les amours qui l'ont traversée sont, pour moi, un livre fermé à clef comme les évangéliaires d'antan, sans possibilité de trouver la clef à moins... À moins que l'un de ceux qui me feront l'honneur de parcourir ce petit livre puisse m'éclairer.

Sienkiewicz ne profita pas longtemps de son château qui aurait pu être un phare et qui, peut-être, après tout, lui a été inspiré par l'une de ses nouvelles intitulée précisément *Le Gardien du Phare*. En 1892, il le vendit à l'un de ses compatriotes, un ingénieur nommé Abakanovitch, après avoir effectué un voyage en Afrique.

Une notice, découverte dans l'un des ouvrages que j'ai pu consulter déclare que le grand poète polonais Adam Mickiewicz fut reçu au château marin en 1897. Remarquable performance pour un homme mort à Constantinople le 26 novembre 1855 ! Cependant, il est toujours permis de rêver et il arrive que des fantômes élisent domicile dans un lieu où, de leur vivant, ils n'ont jamais mis les pieds.

Fin connaisseur de l'âme humaine, Henryk Sienkiewicz disait : « Je suis originaire d'un pays où l'on dépense beaucoup de forces vitales sans arriver au résultat voulu et c'est sans doute pour cela que j'éprouve une jouissance particulière chaque fois que je me trouve devant une œuvre projetée et accomplie. »

D'un prix Nobel à l'autre, il semble que, depuis quelques années, la chère Pologne ait enfin obtenu un grand résultat en échange des forces vitales dépensées.

Chez les artistes

Peu d'artistes réussissaient encore, à cette époque, à accéder au rôle de châtelains. Il fallait vraiment avoir atteint la grande célébrité, la gloire absolue et si, bien souvent, les gens de la Comédie-Française, du théâtre en général et ceux de l'Opéra étaient invités à se produire dans les plus fastueuses demeures, s'il arrivait qu'ils y fussent conviés, il était assez rare de les voir s'installer eux-mêmes dans des manoirs pour y vivre le reste de leurs jours après s'y être reposés entre deux voyages à travers le monde. Cependant, il y eut quelques châtelains sous le manteau d'Arlequin.

Il se trouve que les plus grandes notoriétés d'alors étaient les plus pittoresques. Aussi allons-nous visiter la plus illustre cantatrice française, Emma Calvé, ainsi que la plus fantastique comédienne, Sarah Bernhardt et deux peintres renommés dont l'une, portée aux nues en ce temps, a subi le déclin tandis que l'autre, Claude Monet, n'a cessé de jouir des rayons de la gloire.

Cabrières et l'étrange curé de Rennes-le-Château.

La comparaison s'impose d'elle-même : Emma Calvé est l'équivalent absolu de la Callas. Tout y est : une extraordinaire voix de soprano dramatique, une grande beauté, beaucoup d'allure et un talent de comédienne tout à fait étonnant. Aussi, dans les deux dernières décennies du XIXe siècle et la première du XXe, remporte-t-elle d'aussi fabuleux triomphes que notre prima donna. Mieux encore, si Maria Callas a rencontré Onassis, c'est-à-dire l'argent fait homme, Emma Calvé, elle, a côtoyé de fort près un personnage qui a l'air sorti d'un conte fantastique et qui a disposé d'une mystérieuse fortune que d'aucuns ont qualifié « d'or du diable ».

Au printemps de 1893, Emma Calvé, dont la carrière fulgurante a débuté, onze ans plus tôt, à la Monnaie de Bruxelles, avec le rôle de Marguerite de *Faust,* arrive à Paris revenant tout juste de Londres où elle a été, en quelque sorte, consacrée comme la plus grande cantatrice vivante. La reine Victoria qui l'a applaudie dans *Carmen* a même ordonné qu'on sculpte son buste. Manière comme une autre de garder un souvenir à une époque où les disques n'existaient pas...

Au même moment, arrive dans la capitale un curé de campagne et même de montagne : l'abbé Bérenger Saunières, pasteur d'une des plus pauvres paroisses de France : Rennes-le-Château, perchée, non loin de Carcassonne, sur un piton du Rhazès dominant les deux vallées de l'Aude et de la Sals. Quelques maisons, la ruine d'une vieille forteresse et une église qui ne vaut guère mieux alors qu'à cet endroit se campait, au temps des Wisigoths, une ville de trente mille habitants ceinturée de remparts qui était, avec Tolède, la cité principale du royaume. À la fin du siècle on n'y accède plus que par un mauvais chemin muletier.

Bérenger Saunières a 33 ans lorsqu'il débarque à Rennes-le-Château, en 1885. On l'y envoie plus ou moins en pénitence après qu'il eut enseigné au séminaire de Narbonne : trop d'indépendance d'esprit et de manières pour être vraiment goûté de ses supérieurs. D'autant que sa vocation n'est peut-être pas des plus solides mais, quand on appartient à une famille de sept enfants, qu'on souhaite faire des études, il n'y a guère que l'Église pour vous éviter de gratter sempiternellement une terre ingrate.

Dans ce village perdu, Bérenger va vivre l'enfer si l'on s'en rapporte à ses comptes : pour seize mois, quatre-vingt-dix francs de dépenses... et vingt-quatre de rentrées ! Mais c'est un homme solide, un chasseur, un pêcheur... et un séducteur. Son portrait est éloquent : grand, carré, large d'épaules, le visage accentué par une mâchoire « carnassière mais corrigé par un front large et haut couronné de cheveux noirs et drus. Les sourcils sont épais, les yeux noirs, beaux et vifs, le regard profond, inquiet et inquiétant. Le menton énergique s'adoucit d'une fossette... »

Les femmes du village tomberaient volontiers dans ses bras n'étaient leurs hommes plutôt rudes. Cependant il en est une qui ne doit rien à personne : Marie Denarnaud a 18 ans. De son métier, elle confectionne des chapeaux mais elle les abandonne sans regrets pour se faire la « peu canonique servante » de l'abbé. À eux deux, ils arriveront bien à subsister.

Si le sort de Bérenger Saunières est peu enviable, celui de son église l'est encore moins car elle est misérable et si l'abbé n'a pas une vraie vocation, du moins il aime Dieu et se désole de le voir si mal logé. Décidé, alors à faire quelques travaux, il commence par déplacer la dalle servant d'autel qui, d'ailleurs est cassée mais qui repose sur deux piliers wisigothiques couverts de croix et de dessins bizarres. Or, à sa grande surprise, il s'aperçoit que l'un de ces piliers est creux, bourré de fougères séchées et qu'au milieu il y a trois tubes de bois scellés à la cire. Ouverts, ceux-ci révèlent des parchemins couverts de signes incompréhensibles.

Le maire qui assiste à la découverte propose de garder ces documents à la mairie mais l'abbé pense autrement : le village est trop pauvre pour s'offrir un musée. Peut-être qu'en vendant, on pourrait tirer un bon prix.

Le maire se laisse convaincre mais insiste pour obtenir un calque, travail de bénédictin auquel se livre Saunières avant de partir pour Carcassonne afin d'y montrer sa trouvaille à l'évêque, Mgr Billard.

Celui-ci décide d'envoyer l'abbé à Paris pour y consulter des spécialistes paléographes. Il lui paie son voyage et le recommande à l'abbé Bieil qui dirige le séminaire de Saint-Sulpice et auquel Bérenger confie les parchemins pour une durée de huit jours afin qu'il les fasse examiner.

L'abbé Bieil est un brave homme. Il devine que ce paysan va être perdu dans la grande ville. Il le présente à son neveu, l'éditeur religieux Ané et à son petit-neveu Émile Hoffet, jeune oblat versé dans la paléographie, la cryptographie – il parle déjà plusieurs langues – qui travaille avec le célèbre abbé Baguès. Grâce à Hoffet – qui connaît beaucoup de monde – notre curé va découvrir les beautés du musée du Louvre, de l'église Saint-Sulpice et l'agrément de quelques salons musicaux. Hoffet est, en effet, ami de Claude Debussy qui est des intimes d'Emma Calvé. C'est chez lui que la cantatrice et le prêtre se rencontrent.

Rencontre volcanique, tout de suite passionnée. Ils sont du Languedoc tous les deux car si Saunières est né à Montazels, dans l'Aude, Emma a vu le jour à Decazeville. Et quand muni des précieux renseignements Bérenger Saunières regagne ses montagnes, trois semaines après son arrivée, il est l'amant de la prima donna.

L'histoire du trésor de Rennes-le-Château a déjà fait couler beaucoup d'encre au point d'attirer même l'attention de la télévision qui lui a consacré une « série » fort bien faite, encore mieux interprétée par Jean-François Balmer et Arielle Dombasle, dans le rôle de la cantatrice pour que je m'y attarde. Retenons seulement que, dans les années qui suivirent, Bérenger Saunières et Marie Denarnaud, qui ne l'abandonnera jamais, réussiront à découvrir une masse d'or grâce à quoi l'abbé pourra couvrir son village de réalisations plus ou moins délirantes : une tour contenant une immense bibliothèque, une villa nommée « Béthanie » entourée d'un parc agrémenté de jets d'eau, une église enfin refaite – à l'intérieur heureusement ! – dans un style cauchemardesque.

Emma Calvé, dans les vingt années qui suivront, viendra souvent à Rennes-le-Château où d'ailleurs Saunières tient table ouverte et reçoit avec un luxe impressionnant. Mais ce qui est plus intéressant encore c'est qu'un an tout juste après leur rencontre, Emma dont Saunières est très amoureux – avec là-dedans une solide dose d'orgueil – achète près de Millau, dans l'Aveyron, un vieux château-fort en assez mauvais état, perché sur un rocher inaccessible au-dessus de la RN 9 et dominant de haut les monts du Rouergue. C'est Cabrières, autrement dit, la montagne des chèvres.

Cabrières c'est « après trois enceintes de murailles, un jet de tours en faisceau sous un ensemble de toits presque plats arrêtés à tous les niveaux. Sur un angle, en avant, un corps de logis rectangulaire, plus bas que les autres, s'encadre d'échauguettes rondes. Deux grosses tours arrondies les flanquent en surplomb ainsi qu'un massif donjon carré. Chaque ouvrage se coiffe d'une couronne de machicoulis portés en saillie par un rang de corbeaux. » Ce n'est pas là fantaisie d'esthète en mal de style troubadour. Depuis l'an 1070, les archives gardent traces des seigneurs de Cabrières et l'on sait qu'un temps le fameux routier Rodrigue de Villandrando tenta vainement de s'en emparer vers la fin de la guerre de Cent Ans. Et c'est ce formidable bastion, dressé devant un paysage admirable que cette jolie femme va acheter, qu'elle va restaurer avec un soin extrême et un profond respect de l'architecture ancienne. Seule fantaisie, mais grandiose, elle agencera sur deux étages une salle de musique haute comme une nef où elle travaillera et fera, plus tard, travailler ses élèves lorsque sera venu le temps de quitter la scène.

Les travaux de Cabrières ont dû coûter une fortune. Les cachets, royaux sans doute, de la cantatrice y ont-ils suffi ou bien l'or de Rennes-le-Château y a-t-il contribué ? Fastueux comme il s'est révélé, Bérenger Saunières a dû prendre plaisir à aider son amie dont, fort heureusement, le goût était beaucoup plus sûr que le sien.

Naturellement, pareil pactole ne pouvait qu'attirer l'attention des autorités ecclésiastiques. Le curé de Rennes-le-Château eut de gros ennuis qui ne le touchèrent pas beaucoup. Il fut remplacé par un prêtre dont l'église demeurait vide alors que les paroissiens se retrouvaient dans la chapelle construite un peu plus loin par leur curieux pasteur. Celui-ci fut même interdit mais ne s'en soucia pas et poursuivit son existence comme si de rien n'était. On dit qu'un archiduc d'Autriche vint même le visiter dans sa thébaïde.

L'amour avec Emma Calvé – qui fut, ne l'oublions pas, la grande inspiratrice de Massenet – s'éteignit avec le temps pour laisser place à une amitié qui jamais ne se démentit. En 1914, Emma faisait une fin en épousant un camarade, le ténor Gasbarri, après une tournée de quatre ans aux États-Unis. C'en était fini de la scène : il lui restait Cabrières. L'abbé Saunières, lui aussi, allait quitter le théâtre : le 22 janvier 1917, il mourait d'une congestion cérébrale en sortant de sa maison. Son unique héritière était Marie Denarnaud à qui, jamais, on ne put arracher le secret d'un trésor dont elle avait toute la confidence et qu'elle avait d'ailleurs aidé Saunières à transporter. L'un des vieux piliers wisigothiques de l'ancien autel avait été offert à Emma Calvé et doit encore se trouver à Cabrières. C'est là qu'en 1942, mourut cette grande artiste dont le nom est tombé dans l'oubli.

Rosa Bonheur au château de By.

Lorsqu'en 1859, le peintre Rosa Bonheur achète le petit château de By, elle fuit Paris et les amateurs qui, autant que les curieux, ne cessent d'assiéger son atelier de la rue d'Assas... Cette Bordelaise de 37 ans – née en 1822 au n° 55 de ce qui était alors la rue Saint-Jean-

Saint-Seurin devenue la rue Duranteau – connaît, en effet, une célébrité comme bien peu de peintres en ont rencontrée de leur vivant. Elle a reçu, à 25 ans, sa première médaille d'or pour un grand tableau intitulé *Labourage nivernais* qui se trouve au Louvre. Peintre animalier, elle joint une grande observation naturaliste à une totale adresse manuelle. De nombreuses commandes lui viendront d'Angleterre où la reine Victoria l'apprécie hautement. Quant à l'Amérique, elle achètera 268 500 F-or son *Marché aux chevaux* qui se trouve au Metropolitan Museum. Dans les années 20, ses œuvres, taxées de pompiérisme, connurent une sorte de chute libre. Mais sa cote remonte, sérieusement depuis quelques années. Voilà pour le peintre ! Maintenant la maison et le personnage. By, un hameau qui appartient à la commune de Thomery, est situé en bordure de la forêt de Fontainebleau et tout près du grand arc tracé par la Seine autour des vignes qui produisaient le fameux chasselas de Fontainebleau. La demeure est « au fond d'une cour, une grande maison de style Louis XIII encadrée de communs que l'artiste transformera avec, derrière, un beau parc de trois hectares plantés d'arbres se prolongeant par la forêt avec en outre un petit pavillon de jardin à l'antique ». L'endroit est charmant, la maison est belle mais il y manque un atelier que, bien entendu, Rosa Bonheur fait construire aussitôt. « C'est ainsi, explique Georges Poisson, orfèvre en la matière, qu'au-dessus de l'ancienne buanderie s'éleva la construction pittoresque que nous avons la chance d'avoir conservée, sorte de pièce montée traitée dans le style faussement normand cher à l'époque et qui se couronne, comme de deux immenses bougies, d'une cheminée monumentale et d'un clocheton portant la vue vers l'immensité de la forêt... »

En 1860, l'artiste prend possession de son nouveau domaine en compagnie des deux femmes qui partagent sa vie : une amie d'enfance, Nathalie Micas, et la mère de celle-ci.

En dépit de son nom charmant – qui est en réalité Rosalie – le peintre n'est pas une femme séduisante : elle est lourde, solide comme ces percherons qui naissent si naturellement sous son pinceau. Peu soucieuse de son extérieur, elle opte le plus souvent pour le pantalon lorsqu'elle est dans son atelier mais là s'arrête la ressemblance. Elle n'est pas plus masculine que ne l'était George Sand et n'a jamais appartenu aux amies de Lesbos. L'amour, quel qu'il soit d'ailleurs, elle ne l'a jamais connu et s'en est toujours méfiée comme de la peste. « Féministe convaincue, peu sensuelle, pratiquant une morale à la Rousseau héritée de son père, saint-simonien convaincu, elle n'a, dans sa vie privée, fait place qu'à une amitié féminine parfaitement chaste : celle de Nathalie Micas qu'elle a connue à l'âge de 12 ans. » Et qui est, elle aussi un cerveau. Passionnée de mécanique, Nathalie a entrepris de mettre au point un frein capable d'arrêter un train en pleine vitesse. L'invention paraît si intéressante à Rosa qu'elle fait établir dans son parc une petite voie ferrée. « L'essai officiel eut lieu le 13 juillet 1862. Ce fut un succès mais les ingénieurs ne voulurent pas adopter cette invention féminine et le procédé passa en Angleterre. » Comme beaucoup d'autres, hélas ! La France est sans doute le pays qui disperse sans avantage les inventions dont elle aurait le plus besoin.

Voilà donc les trois femmes installées à By ! Mme Micas se charge de l'intendance, fait marcher la maison, dirige les domestiques, surveille la cuisine et le linge cependant que les deux autres se livrent à leurs tâches personnelles. Rosa s'occupe beaucoup de son domaine. Elle a fait construire au fond du parc des enclos et des abris pour les nombreux animaux qu'elle veut élever et qui lui servent de modèles. Des chevaux et des bœufs, bien sûr, mais aussi des mouflons, des cerfs, des biches, des sangliers, des moutons. Il y a également des invités : comme le lion Brutus, emprunté à son dompteur Bidel. Par contre, la lionne Pierrette, totalement apprivoisée, fait partie de la maison où elle affectionne les toilettes, « ce qui causait une certaine émotion au visiteur non prévenu car elle ne verrouillait pas la porte ». En somme, le château de By offrait une retraite paisible et douce où les habitantes vivaient en toute sérénité. Chaque soir, Rosa se retirait dans sa chambre qui était aussi celle des oiseaux. Plusieurs volières l'encombraient ainsi que la galerie qui y menait. Elle aimait se sentir enveloppée de leurs chants et des chatoiements de leurs plumages.

Naturellement, elle faisait peu de frais de toilette. Chaque jour, elle revêtait des pantalons de velours et, par-dessus, une grande blouse brodée au col. Mais elle tenait en réserve une jaquette et une longue jupe de velours noir au cas où elle recevrait une visite importante. Ce qui se passait souvent lorsque la Cour séjournait à Fontainebleau. L'impératrice Eugénie vint une première fois, le 14 juin 1864, et invita Rosa à déjeuner au palais quelques jours plus tard. Une seconde fois, la visite fut beaucoup plus officielle, la souveraine venait remettre au peintre la croix de la Légion d'honneur faisant ainsi d'elle la première femme à recevoir cette distinction alors très rare. Autre visiteur beaucoup plus fréquent : le petit prince impérial attiré par les animaux qui, chez Rosa Bonheur la bien nommée, semblaient presque en liberté.

La guerre de 70 bouleversa le peintre. Se sentant pousser des ailes d'héroïne, elle se précipita chez le maire de Thomery pour lui « faire part de son intention de recruter un bataillon et de le mener au combat. Le magistrat, en souriant, la dissuada, malgré son pantalon, de jouer les Jeanne d'Arc mais l'artiste transforma en centre d'accueil pour blessés et fuyards sa maison que le prince royal de Prusse avait spécialement ordonné d'épargner ».

Après la guerre, tout recommença comme par le passé avec ces quelques différences qui creusèrent autant de blessures. Mme Micas mourut, déjà très âgée, mais, surtout ce fut Nathalie, la chère amie, la compagne de quarante années d'existence qui s'éteignait, le 21 juin 1889. La maison se retrouva vide et Rosa, âgé de 69 ans, se sentit désemparée. Allait-elle demeurer là, dans sa thébaïde au creux de la forêt, à vieillir tristement avec ses animaux familiers ? Même sa passion de la peinture s'affaiblissait. C'est alors que le destin lui envoya une autre amie.

Trois mois après la mort de Nathalie, Rosa Bonheur recevait la visite d'une jeune Américaine, Anna Klumpke, une artiste, elle aussi, avec qui elle avait déjà échangé quelques lettres. « Celle-ci, boiteuse, de visage ingrat, témoignait à Rosa Bonheur une admiration totale qui ne demandait qu'à se muer en affection. » Pendant neuf ans, les deux femmes correspondirent. Anna vint à By dans les intervalles de ses séjours aux États-Unis et, en juin 1898, désireuse de faire le portrait de la maîtresse des lieux, profita de son hospitalité. Six semaines plus tard, Rosa proposait à la jeune fille de demeurer définitivement avec elle. Elle acceptait.

Du jour au lendemain, le peintre retrouve tout son goût pour le travail. La présence d'Anna va lui permettre de se lancer dans une œuvre gigantesque déjà esquissée en partie : *La Foulaison,* c'est-à-dire le battage du blé par les chevaux comme il se pratiquait encore dans certaines régions. Mais, pour réaliser ce monument, elle avait besoin d'aide. Ainsi, il fallait quelqu'un d'assez agile pour grimper à l'échelle et travailler au ciel, ce dont ses rhumatismes la rendaient incapable. Anna, jeune et solide, pourra parfaitement accomplir ce travail.

Pour mieux le mener à bien, on décide de construire un autre atelier, plus grand et plus commode, où l'immense toile sera installée pour être achevée en vue de l'Exposition Universelle de 1900. « La première pierre de ce nouvel atelier gravée aux quatre initiales des deux femmes fut posée, le 29 août 1898. »

Rosa débordait de projets et retrouvait l'envie de voyager. Après la visite que lui fit la reine Isabelle II d'Espagne, énorme dame pour laquelle on eut quelque peine à trouver un fauteuil qui ne se transforme pas en piège comme c'était arrivé, certain soir, au château de Chaumont, elle décida, tout d'abord, de faire d'Anna sa légataire universelle et, pour cela, l'emmena chez son notaire au mois de novembre puis décida qu'on irait se reposer au soleil de la Côte d'Azur, tandis que les ouvriers achèveraient le nouvel atelier. Les deux femmes allèrent s'installer au grand hôtel du Cap Martin, dans le voisinage de la villa « Cyrnos » qu'avait fait construire l'impératrice Eugénie et où elle passait l'hiver chaque année. L'artiste et l'ancienne souveraine se retrouvèrent avec joie.

En vérité, la vie souriait de plus en plus à Rosa Bonheur. Quand revint le printemps, Anna et elle regagnèrent By où l'atelier était achevé. *La Foulaison* y fut enfin transportée. Elle ne sera jamais achevée. Au cours d'une promenade dans la forêt, Rosa Bonheur prit froid, contracta une violente congestion pulmonaire qui l'emporta en quarante-huit heures. C'était le 25 mai 1899.

Restée seule, Anna aura quelques démêlés avec la famille de l'artiste, déshéritée depuis six mois. Non sans injustice ; il s'agit d'une famille de savants et de chercheurs pour qui l'argent était simplement synonyme de recherches facilitées. Il n'y aura d'ailleurs aucun tapage de mauvais goût et l'on arrivera assez vite à un accord : l'Américaine gardera By tandis que l'énorme collection d'études accumulées par Rosa Bonheur en quelque soixante années de travail sera vendue pour la somme d'un million-or. Et c'est seulement aux approches de la Seconde Guerre mondiale qu'Anna Klumpke abandonnera son rôle de gardienne volontaire pour regagner les États-Unis et y mourir quelques années plus tard. Revenue à la famille, la vieille demeure et son atelier intacts sont désormais l'objet de soins attentifs.

Le « Sarahtorium » de Belle-Île.

Depuis que j'ai entendu, chez ma grand-mère, la voix de Mme Sarah Bernhardt transmise par un vieux phonographe à rouleaux, je me suis souvent demandé si j'aurais aimé cette reine du théâtre français à la Belle Époque. Pas à première audition en tout cas ! Le ton grandiloquent, incantatoire et déclamatoire portait plutôt à rire avec, très vite, un rien d'agacement. Mais c'était, apparemment, ce qui plaisait à l'époque et des auditions d'Albert Lambert et de Le Bargy donnaient à peu près le même résultat. Il faut, bien sûr, faire la part du feu. Notre temps, épris avant tout de naturel et de vérité humaine n'aurait pas apprécié davantage. Seulement, comme dans un monstre sacré de cette dimension, existe tout de même le feu intérieur, il est probable qu'élève de Dullin, de Jacques Copeau ou de Louis Jouvet, Sarah Bernhardt aurait dit ses textes différemment et qu'elle eût atteint la même célébrité. Le génie se joue des modes.

Pourtant, même au temps de sa plus grande gloire, il s'en trouvait qu'elle insupportait. Marcel Proust était de ceux-là, ainsi que l'exprime Ghislain de Diesbach : « Avec le bon sens des enfants, il ne cache pas sa déception en voyant jouer Sarah Bernhardt, à peine audible tant elle déclame vite, passant au rabot d'une mélopée uniforme toute une tirade, ignorant dans sa candeur que la réputation de l'actrice est due surtout au fait qu'elle est bien meilleure comédienne à la ville qu'à la scène et que son triomphe est sa vie, luxueuse et folle, pleine de drames risibles et de personnages bizarres, qui fait d'elle le sujet favori des journalistes, certains, avec elle, d'écrire un article pittoresque. »

Rude critique venant d'un tel homme et d'un tel écrivain, peu perméable à ce genre de charme féminin ! Car Sarah dut en avoir beaucoup, longue sylphide du portrait de Clairin enroulée de reflets d'où émerge, triangulaire et mystérieux, un fin visage où rêvent de larges yeux d'un bleu-vert envoûtant.

Sarah Bernhardt à Belle-Île.

Une chose est certaine, elle conquiert tous ceux qui l'approchent. Même Jules Renard, cependant prévenu contre elle au point de s'être promis, « Pas moi ! Elle ne m'aura pas ! » Et pourtant ! Suivons-le chez Sarah, le 2 janvier 1896 : « Chez Sarah Bernhardt. Elle est couchée près d'une cheminée monumentale sur une peau d'ours blanc. D'ailleurs, chez elle, on ne s'assied pas : on se couche. Elle me dit "Mettez-vous là, monsieur Renard !" Là ? Où ? Entre elle et Mme Rostand il y a un coussin. Je n'ose m'y asseoir et je m'agenouille aux pieds de Mme Rostand et les miens dépassent comme dans un confessionnal... Pour passer dans la salle à manger Sarah me prend le bras. J'en oublie de lever les tentures. Je la lâche à la première assiette mais c'est tout là-bas qu'il faut aller, vers cette grande chaise à dais. Je m'assieds à la droite et je ne vais pas beaucoup manger. Sarah boit dans une coupe d'or. Je ne me décide pas à ouvrir la bouche même pour réclamer ma serviette qu'un garçon m'a enlevée et je mange ma viande avec ma fourchette à fruits. Tout à l'heure, je me surprendrai à déposer proprement sur mon porte-couteau mes asperges sucées. Certain plateau de verre m'intriguera aussi : on y met sa salade. Heureusement, il y a à la gauche de Sarah un docteur, l'inévitable docteur des romans, des pièces de théâtre et de la vie. Il explique à Sarah pourquoi elle a entendu, cette nuit, frapper vingt et un coups et pourquoi son chien a aboyé vingt et une fois... Puis Mme Maurice Bernhardt (la belle-fille de Sarah, née princesse Jablonowska) renverse sur la nappe un verre où il y a des fleurs et de l'eau. Me voilà inondé. Vite, Sarah trempe ses doigts dans l'eau et me frotte la tête. Me voilà heureux pour longtemps... Au salon, des palmiers avec une lampe électrique sous chaque feuille. Une petite fille en terre brune sous cloche que Sarah finira à son retour (elle faisait de la sculpture). Des portraits et des tas de choses de musée... » Des bêtes aussi ! À Paris il y aura cinq pumas et deux énormes chiens « qui mangeraient chacun un enfant pour leur souper ». À Belle-Île, il y aura bien autre chose.

Vers la fin des années 80, en effet, Sarah visitant le sud de la Bretagne est tombée en arrêt devant l'un des plus beaux sites de l'ancien fief du surintendant Fouquet : la pointe des Poulains. Un amoncellement de rochers cyclopéens qui s'écroulent dans une mer écumeuse. Il y a là un vieux fortin que Sarah décore aussitôt du titre de « château de la mer ». Elle l'achète sur l'heure, l'installe. C'est là que, face au vent de galerne, elle installera ses pénates durant l'été. Des pénates singulièrement encombrantes parce qu'elles ne sauraient se séparer de la cour qui en tous lieux escorte la comédienne. « Coûteusement réaménagé par ses soins, l'endroit tient de l'atelier d'artiste et du cirque car on y voit, en plus des personnages bizarres qu'elle collectionne, toute une collection d'animaux empaillés ou vivants... » Et quels animaux vivants !

Au cours d'une tournée en Amérique du Sud, Sarah n'a-t-elle pas eu l'idée d'acheter un énorme boa qui, selon l'avis du vendeur, ne devait pas se réveiller avant plusieurs mois à condition de l'avoir auparavant gavé de nourriture. Dûment emballé, l'animal prend le chemin de Belle-Île où d'ailleurs il ne séjourna guère. Au moment où il sortit de sa léthargie, la comédienne et ses amis jouaient aux dominos. La bête ouvrit une large gueule et entreprit d'engloutir les coussins du canapé. « Sarah prétend qu'elle n'eut que le temps de saisir son revolver, de viser le monstre, et de le "tthuer, de le tthuer là, là, au milieu des coussins". »

Autre aventure exotique : celle du crocodile. Visitant un jour, en Louisiane, le parc d'un ami, Sarah se persuada qu'il y avait des « crocodiles » dans le ruisseau qui traversait ce jardin. Et, sans attendre la réponse de son hôte, elle déclara qu'elle tenait, dès le lendemain matin à chasser le crocodile.

Affolement. Il n'y a pas le moindre alligator dans le coin mais en cherchant bien, l'ami généreux réussit à en trouver un « grand comme un baby qu'on se hâta d'aller enfouir dans la vase de la rivière ». Le lendemain matin, grand branle-bas de combat ! À l'aube, la chasseresse hardie apparaît sous un attirail complet, « embottée, emplumée, couverte de cuir des rotules au chignon, six cartouchières, des fusils de rechange et, sur la poitrine, d'un rouge défaillant, un dahlia qui se mourait ». Et l'on partit. Sarah espérait de décoratives pirogues, elle dut se contenter d'un canot à vapeur avec lequel on sillonna le cours d'eau durant toute la journée. Sans rien trouver. Ce fut un garde, raconte André Castelot, qui découvrit le crocodile baby à la nuit venue. Il dormait profondément, On l'apporta à Sarah :

« Il ne mord pas ?

– Non, il dort. Il dormira pendant trois mois ; c'est sa période.

– Il dort quatre mois ? Cher ami, je l'emporte. Il dort six mois ! Je veux ma chasse. » Le crocodile bien empaqueté arriva à Belle-Ile.

Et l'historien de Sarah de poursuivre :

« Mon crocodile ! s'extasia Sarah. Mon crocodile ! Non pas dans le jardin... Dans le hall ! Dans le hall ! Laissez-moi le délier ! »

On défit le paquet. L'un des petits chiens de Sarah se mit à aboyer sous le nez du crocodile qui ouvrit la gueule et l'avala en une seconde. Sarah grimpa sur le piano et le secrétaire – Pitou – tua le crocodile à coups de fusil. On l'empailla et Sarah ne pensa plus qu'à la mort de son chien : « Sa tombe ! » murmurait-elle en montrant le crocodile empaillé et accroché au mur du hall...

Car, à présent, il y avait un hall et bien d'autres pièces par-dessus le marché. Trouvant le « château de la mer » trop exigu, Sarah fit construire une hideuse villa du type caserne en partant des bases d'un hôtel seulement ébauché. Ce monument à chaînages de briques sur crépis blanc posé sur ce site admirable était aussi affligeant pour la vue qu'une station d'essence au milieu d'un parc à la française mais, tel qu'il était, Sarah s'y plaisait beaucoup au milieu d'une pléiade d'amis tels que Reynaldo Hahn, Rostand et sa femme, le cher Clairin surnommé « Jojotte » qu'elle a élevé au poste de grand chambellan, et le peintre Louise Abbema à celui de dame d'honneur.

La vie s'y écoule sans grande variété : après le déjeuner on se rend dans un coin du jardin, planté de tamaris, que la comédienne a baptisé Sarahtorium et où, en principe, on fait la sieste. Cela consiste, pour Sarah, à s'étendre sur une chaise longue et à fermer les yeux en répétant : « Je dors... je dors... » Pendant ce temps, ses compagnons lisent les journaux, bavardent ou jouent aux dames. Pas question pour eux de dormir ! Ils doivent guetter les touristes qui viennent armés de longues-vues pour essayer de surprendre la grande artiste. Quand elle veut vraiment se reposer, Sarah reste dans sa chambre et prie Louise ou une autre de s'envelopper la tête de ses éternelles voilettes et de s'installer à sa place dans la chaise longue. Le reste du temps, on se promène, on pêche la crevette, ou on écoute de la musique. Le piano-refuge en cas d'attaque d'alligator n'est pas là pour rien.

Le dimanche, très pénétrée de ses devoirs de châtelaine, Sarah se rend à l'église de Sauzon pour se montrer aux fidèles « bouleversante de simplicité ». Après quoi, on remonte déjeuner dans le fortin d'abord, dans la caserne ensuite, sur le toit desquels, dès l'arrivée de Sarah, on hissait un drapeau blanc portant sa devise « Quand même ! » brodée en or.

Chaque année, fidèlement, Sarah revient à Belle-Ile et il n'est pas impossible que la grande gifle salée de l'océan ne soit pour quelque chose dans son étonnante vitalité. C'est une femme d'une énergie indomptable qui, bien en avance sur son temps, a su découvrir en quelque sorte les bienfaits de la thalassothérapie. Pourtant, à partir de 1905, elle souffrira le martyre à cause du drame – pas risible le moins du monde celui-là ! – qui en fera une infirme.

Tout commença à Rio-de-Janeiro où l'artiste jouait *La Tosca* de son ami Victorien Sardou. À la fin du dernier acte, la Tosca se jette du haut du château Saint-Ange pour ne pas survivre à son amant qu'on vient de fusiller sous ses yeux. En réalité, bien sûr, la comédienne se contentait de franchir le parapet pour arriver sur un petit escalier préparé à son intention. Ce soir-là, Sarah glissa, manqua les marches et se blessa sévèrement au genou mais traita la chose à sa manière désinvolte : pas question de se faire soigner à Rio ! On l'attend à New York et elle compte sur le médecin du bateau qui va l'emmener. Néanmoins, celui-ci montrant des ongles noirs au bout de mains peu soignées, elle refuse de se laisser toucher par lui. Aussi quand enfin elle arrive à New York, son genou est dans un tel état qu'il faut remettre de quinze jours la première représentation. Elle remplit « quand même » son contrat mais au prix d'horribles souffrances et, jouant assise le plus souvent possible. « Mais, écrit Louis Verneuil qui épousa sa petite-fille Lysiane, elle était si prodigieusement habile, à la fois d'une grâce et d'une adresse si parfaites que nul dans le public ne pouvait se douter de l'effort inouï qu'elle devait fournir pour avoir l'air de marcher d'une façon normale. Dès qu'elle sortait de scène, elle tombait épuisée sur une chaise... »

Le genou blessé ne guérira jamais en dépit de l'air marin de Belle-Île et de tout ce que ses amis tenteront pour lui apporter soulagement et apaisement. Sarah ne changea cependant rien à sa vie professionnelle ou à sa vie de femme. Seulement, au bout de dix ans – oui dix ans ! – elle en vint à juger que ce n'était plus supportable et elle déclara à son fils : « Choisis ! Ou je me tue, ou je me fais couper la jambe... » Le 22 février 1915, à Bordeaux, le docteur Denucé procédait à l'amputation Sarah avait 71 ans.

Choisit-elle alors de se retirer, de se reposer ? En aucune façon ! La vie continuait. Elle devait jouer, jouer encore pour soutenir son incroyable train de maison. Et voyager, et créer d'autres pièces ! Incapable de supporter une prothèse telle qu'on les faisait à l'époque, elle choisit de vivre sur « une seule patte » et se fit construire une chaise à porteurs de style vaguement Louis XV mais sans toit qui était en fait un fauteuil laqué et orné de rinceaux sur les côtés duquel on fixait deux brancards. Sarah se fit porter ainsi partout « comme une impératrice » et jusque dans les tranchées où, en 1916, elle se rendit pour réciter des vers aux soldats et les distraire un moment. Sa voiture avait été aménagée de façon qu'on pût y glisser la chaise. « J'avais vu le génie de Sarah, raconte Mme Dussane qui l'accompagnait dans sa tournée des popotes, je vis son courage... »

Quand, au début de l'été 1922, les gens de Belle-Île virent hisser la bannière blanche et or au-dessus de l'ancien fortin, ils en éprouvèrent la joie habituelle. Sarah était une manne pour l'île et, là aussi, on admirait sa vaillance. Les Bellilois ignoraient alors qu'ils la voyaient pour la dernière fois. Comment imaginer qu'elle allait mourir cette femme étincelante qui annonçait qu'à l'automne elle repartait pour une tournée à travers le sud de la France et l'Italie ? À Turin, le 30 novembre, elle jouait *Daniel*. Ce fut la dernière fois qu'on vit la grande Sarah sur une scène. Elle voulait vite regagner Paris pour répéter *Un sujet de roman* de Sacha Guitry qu'elle devait jouer avec Lucien Guitry. Une brutale crise d'urémie vint balayer ces beaux projets. Sarah dut rentrer chez elle.

Cependant elle se rétablit, commença d'examiner, sur le conseil de Sacha Guitry et puisqu'elle ne pouvait monter sur scène, le tournage d'un film, *La Voyante*. Elle avait alors 78 ans, était handicapée de tous côtés. Cependant elle accepta. Le premier tour de manivelle a lieu le 15 mars 1923. Une nouvelle crise d'urémie arrêta le tournage qui ne reprit pas. Cette fois, c'était bien la fin... et pourtant pas tout à fait ! C'est seulement le 23 qu'elle se mit au lit pour ne plus le quitter sinon pour le cercueil d'acajou acheté depuis de longues années, installé dans un coin de sa chambre et où il lui arrivait de s'étendre pour répéter ses rôles.

À 8 heures du soir, le 26, le médecin, qui ne la quittait plus, ouvrit une fenêtre pour annoncer à la foule stationnée là depuis trois jours que Mme Sarah Bernhardt venait de mourir.

L'horrible villa-caserne de Belle-Île qui avait vaillamment supporté la guerre de 14 ne résista pas à la seconde. Elle cessa d'offenser un paysage qui n'avait vraiment pas besoin d'elle pour se souvenir de Sarah.

Les « Nymphéas » de Giverny.

Quiconque a visité la maison de Claude Monet à Giverny ne peut que demeurer sous le charme et souhaiter y retourner car si jamais demeure semble créée pour le bonheur et la douceur de vivre c'est bien celle-là. Bien sûr, il ne s'agit pas d'un château mais cette longue maison d'un rose si doux avec son fronton triangulaire a plus que des allures de manoir et les jardins sont un enchantement. L'impression de se promener dans un immense Monet vivant !...

Lorsque le peintre s'y installe en 1883, il n'a pas encore réussi à s'imposer vraiment. Il a 40 ans et « à part la brève époque de succès d'Argenteuil, sa peinture se vend toujours aussi mal et aussi peu ». En outre, sa vie n'est pas facile. En 1870, il a épousé son modèle, la charmante Camille dont il aura deux fils. Ce ménage-là était heureux. Hélas, neuf ans plus tard, Camille meurt laissant Claude désemparé, et un peu repentant.

Quelques années plus tôt, en effet, il a lié amitié avec un homme d'affaires, Ernest Hoschedé et sa femme Alice qui, en 1876, devenait la maîtresse du peintre. Or, un an après, Ernest Hoschedé, ruiné, déclaré en faillite, prend le large abandonnant femme et enfants – il en a six – et disparaît. Camille qui est bonne et généreuse se prend d'amitié pour Alice pendant l'été suivant. En effet, « les Impressionnistes étaient condamnés à passer l'été à la campagne à la recherche du motif de plein air, remarque Georges Poisson. Il fallait à Monet la vallée de la Seine avec ses mille effets de lumière et d'eau ». Alice et ses enfants ont partagé cet été 1878 avec la famille Monet et, lorsque Camille s'éteint, le veuf et l'abandonnée décident tout naturellement de mettre en commun leur peu de fortune et leur marmaille : huit en tout. Et comme la vie de Paris est vraiment trop chère, l'idée vient au nouveau couple de s'installer définitivement dans un coin de campagne où l'artiste pourra observer les changements de lumière suivant les saisons.

On choisit d'abord Poissy mais Monet ne s'y plaît pas. Il préférerait se rapprocher de la Normandie qu'il aime pardessus tout. En 1892, il peindra quarante fois la façade de la cathédrale de Rouen sous différents éclairages !

« Du petit train reliant Vernon à Gisors, le peintre découvrit le village de Giverny et, avec Alice et les enfants, s'installe d'abord à l'auberge puis loue une maison » qu'il achètera ensuite, en 1890. Le jour même de son installation, il apprend la mort de Manet...

Et tout de suite la charmante demeure va lui porter chance. Les cinquante-six toiles qu'il expose chez Durand-Ruel vont enfin forcer l'admiration, lui valoir des amateurs de plus en plus convaincus mais ce sera surtout le marché américain qui fera de lui un homme riche en attendant que la France se décide à le consacrer.

L'intérieur de sa maison est aux couleurs de sa palette : la salle à manger est jaune avec des rechampis d'un jaune plus soutenu et tout y est vraiment jaune : les murs, la cheminée, les meubles et les vaisseliers vitrés. C'est une tache chaleureuse, comme l'accueil de Monet, qui éclate au milieu d'autres pièces d'un bleu très doux. La cuisine est tapissée de carreaux dans le style de Delft. Les volets, eux, sont d'un vert que le peintre a longuement choisi pour qu'il s'accorde au ton de chair des murs. Quant au jardin, c'est une débauche de fleurs.

À l'ouest de la maison, il y a une grange qui, tout naturellement, est devenue l'atelier où Alice a installé des meubles de rotin. Car elle va rester définitivement avec Monet qui, en 1892, l'épouse devant Monsieur le Maire, avec Helleu et Caillebotte comme témoins. Cependant son domaine ne satisfait pas encore le peintre. Au bas de son jardin – à peu près un hectare – il y a la ligne de chemin de fer que longe une petite route appelée le chemin du Roy. Un an après son mariage, Monet achète le terrain qui est de l'autre côté et « après des démarches administratives, il obtenait d'y détourner un bras de l'Epte pour alimenter un étang que franchit, en 1895, le fameux pont japonais ».

Mais, à cette époque, il y a déjà longtemps que Monet, parvenu au sommet d'une gloire dont il ne descendra plus, mène à Giverny une existence chaleureusement conviviale et même un brin seigneuriale. Il aime à recevoir ses relations et, autour de sa table qui a toujours l'air d'être baignée de soleil, bien des amis viendront s'asseoir pour déguster une cuisine raffinée car le peintre est gourmand : Helleu et Caillebotte, déjà nommés, mais aussi Renoir avec lequel Monet a fait un grand voyage aux rives de la Méditerranée ; Pissaro, Mary Cassatt, Berthe Morisot qui vient avec son époux et qui amène Mallarmé. C'est la période la plus heureuse de la vie du peintre et lorsqu'en 1897, son fils, Jean, épouse Blanche Hoschedé il pense qu'il est vraiment le plus heureux des hommes. Signe de cet épanouissement : c'est alors qu'il peint les premiers *Nymphéas*.

Malheureusement, il n'est pas d'existence sans épreuves. Celles qui vont s'abattre sur Monet sont cruelles. C'est d'abord Suzanne Hoschedé qui meurt en 1899. Alice ne se remettra jamais de cette déchirure. En 1911, c'est elle qui disparaît laissant son vieux compagnon – il a maintenant 71 ans – accablé de chagrin. Un chagrin qui n'aura pas le temps de s'apaiser : en 1914, Monet perd son fils Jean, celui qu'il aimait le plus.

Encore une fois, il va trouver un ange consolateur : Blanche, la jeune veuve à qui il a appris la peinture, revient s'installer dans la maison rose pour veiller sur « son deux fois beau-père » qu'elle ne quittera plus.

La maison compte à présent deux ateliers mais ce n'est pas suffisant. De même que Rosa Bonheur voulut un abri aux dimensions de sa *Foulaison*, Monet veut développer immensément son thème des *Nymphéas* et, dans ce but, construit un troisième atelier à l'est de sa demeure. On est en pleine guerre et Jean vient de mourir. Monet, peut-être pour échapper à l'aiguillon de la douleur est pris d'une activité intense. Des *Nymphéas*, il en voit partout, il en veut partout...

Le retour de la paix amènera d'autres amis : Gallimard, Clemenceau, Paul Valéry, Signac, Vuillard, Roussel, Bonnard et l'universel Sacha Guitry qui viendra avec sa première femme, Charlotte Lysès, puis avec la deuxième, Yvonne Printemps. L'affection de ses amis peintres enrichira la collection de tableaux du vieux maître, une collection commencée en 1871, alors qu'il était loin d'être riche, par des gravures japonaises d'une grande qualité. Monet pourrait être encore heureux si seulement sa vue n'était menacée et ne le désespérait. Pourrait-il imaginer seulement de vivre privé des couleurs ? « Il concentrait son regard menacé par la cataracte sur les herbes et les fleurs de son jardin et sur un bassin qui deviendra l'alambic d'une prodigieuse mixture alchimique de plantes, de reflets et d'eau », dit Jean Cassou.

En 1923, il n'y tient plus et se résigne à l'opération. Elle réussit à tel point que Monet exulte de joie. Il voit ! Il voit bien mieux qu'avant ! Il déclare même qu'à présent, il désire vivre cent ans... Seulement les heures sont comptées aux génies comme aux autres humains. Le 5 décembre 1926, les yeux de Claude Monet se ferment à la lumière terrestre pour s'ouvrir à celle de l'autre monde...

Son fils, Michel, hérita de la maison et des œuvres mais ne voulut pas habiter Giverny : son père ne l'avait jamais aimé autant qu'il aimait Jean. Ce fut Blanche qui en devint la gardienne jusqu'à sa mort, après laquelle le paradis de Monet fut laissé à l'abandon ce qu'on a peine à croire. Fallait-il que Michel Monet éprouvât de la rancune !

Grâce à Dieu, l'héritier avait eu la bonne idée de léguer la propriété et sa collection d'œuvres de Monet à l'Académie des Beaux-Arts qui, après sa mort accidentelle survenue en 1966, la prit en main. On réalisa les travaux les plus urgents mais pour que Giverny retrouve sa fraîcheur et son éclat il fallait un magicien. Ce fut celui qui avait ressuscité les Trianons, remeublé Versailles, refait la Chambre de la Reine, la Chambre du Roi grâce en grande partie aux dons recueillis aux États-Unis par sa femme américaine : Gerald Van der Kemp, devenu conservateur de Giverny entreprit une restauration minutieuse, à l'identique de la maison et des jardins dans lesquels l'ombre de Monet peut, à présent, se promener en souriant...

Les seigneurs de l'office

Qui dit château dit domesticité nombreuse, encore qu'à niveau variable. Il y a les gens attachés au domaine. Ils y demeurent toute l'année et ce sont l'intendant, les jardiniers, les gardes-chasse, plus le personnel d'entretien fourni en général par le village voisin. Mais, quand revient le mois de juin, la majeure partie des serviteurs de l'hôtel parisien arrive en corps avec les voitures, leurs chevaux très différents des chevaux de chasse, la vaisselle, l'argenterie, les objets personnels, quelques bibelots, des tapis et quelquefois le piano à queue. Sans oublier la montagne de malles contenant les effets de la famille. C'est au tour de la demeure urbaine de s'enfoncer dans le silence sous la garde du concierge. Seuls, de nos jours, certains hôtels de luxe peuvent donner une idée de ce qu'était alors le service d'un grand château.

En 1900, sur une population française s'élevant à trente-neuf millions d'habitants, on ne comptait pas moins d'un million de personnes « en place ». On ne saurait trouver la même proportion en 1991. Trois révolutions et une révolutionnette – celle de mai 1968 – ont fini par implanter un dédain affreusement bourgeois pour le métier de domestique. Chez nous, service est devenu synonyme de servitude alors qu'autrefois on savait reconnaître la noblesse, réelle, attachée aux gens de maison, une noblesse faite d'attachement à une famille, à des traditions ou à une ancienne demeure. Il n'était pas plus dégradant d'être le maître d'hôtel ou même le valet de chambre d'un comte, par exemple, que ce ne l'était pour l'ancêtre de ce même comte d'offrir sa chemise au roi ou de l'aider à prendre place sur un trône d'un genre particulier. Il y avait alors des dynasties de serviteurs qui, souvent d'ailleurs, faisaient la loi dans le château et qui, pour rien au monde, n'auraient renoncé à leur situation. Seule l'Angleterre conserve encore d'intéressants spécimens de cette race en voie de disparition. Il est vrai qu'il s'agit d'un royaume et que des armes royales en tête de papiers officiels sont tout de même un sûr garant du maintien des traditions. Chez nous, les serviteurs français de haut vol sont devenus d'une grande rareté. La domesticité se recrute encore un peu chez les Espagnols mais de plus en plus souvent en Extrême-Orient. De même pour un poste de concierge, souvent profitable pourtant, qui est devenu l'apanage des pays latins.

Prétendre que tout était rose dans la vie des serviteurs d'autrefois relèverait de la puérilité. Il a toujours existé une hiérarchie des gens de maison, comme il en existe dans toutes les professions : on est toujours le serviteur de quelqu'un même si l'on ne s'en rend pas compte ou si on refuse de l'admettre ! À l'époque, on l'admettait non seulement sans honte mais souvent avec orgueil. Ce qui était le cas de la catégorie sociale qui nous intéresse puisqu'il ne s'agit pas ici d'examiner la vie ancillaire à la Belle Époque sur tous les échelons de la société. Il est bien certain que la petite bonne de l'épouse d'un chef de bureau dans un ministère et la camériste d'une grande dame vivaient sur des planètes différentes. Et puisque « gratin » il y avait, intéressons-nous donc au gratin des domestiques.

Les mémoires du temps sont remplis d'exemples de la considération portée par les grandes familles à leurs serviteurs, considération qu'on s'efforçait d'inculquer aux enfants. J'ai déjà parlé de cette gouvernante anglaise qui repose pour l'éternité dans le caveau de famille des

Broglie. Il en est d'autres exemples. Aussi à présent, souhaitai-je rapporter la petite scène appartenant aux souvenirs d'enfance du duc d'Harcourt :

« Il arrivait qu'après le déjeuner ma mère ou ma grand-mère me demandait de transmettre un message au maître d'hôtel. Un peu ému, je descendais par l'un des grands escaliers au long couloir du rez-de-chaussée et, passant devant les pièces réservées à la lingerie, à la buanderie, à la lampisterie, je parvenais aux grandes salles voûtées où se trouvaient les cuisines. Je traversais la première qui comprenait six fenêtres en lanterne et où étaient les fourneaux, une grande broche et d'innombrables ustensiles de cuisine. La dernière était la salle à manger réservée au personnel. Une vingtaine de domestiques étaient assis autour d'une grande table présidée par le chef, couvert de sa haute toque blanche. Intimidé par cette nombreuse assistance, j'étais accueilli par des sourires bienveillants et légèrement caustiques. Je balbutiais mon message et retournais ensuite au salon en galopant... »

Impression enfantine mais tenace et qui laisse bien sentir l'« intimidation » du petit garçon en face d'un aréopage dont la dignité est soulignée par la toque blanche couronnant le président de l'assemblée. Tout au long de ses *Mémoires*, d'ailleurs, le duc laisse transparaître l'estime, le respect que lui et les siens portaient à leurs serviteurs : « Nous jouions au tennis devant le pavillon de Fantaisie, ancienne maison de plaisance construite au XVIIIe siècle. Elle était occupée à l'époque par le jardinier en chef, M. Chauffray et sa femme Félicie, nom prédestiné car elle distillait le bonheur autour d'elle. [...] Mme Chauffray était pour moi une deuxième grand-mère et je crois pouvoir dire que j'étais pour elle un autre petit-fils... C'est pour moi une joie, en écrivant ces lignes, de pouvoir lui rendre un témoignage de reconnaissance... Dans les grandes maisons de cette époque, maîtres et serviteurs partageaient leurs joies et leurs peines. »

La dignité, quoique puissent en penser certains esprits chagrins, étant le bien le plus précieux d'un serviteur, il n'était pas rare que le dévouement vînt payer ceux qui savaient la reconnaître et la respecter. J'ai déjà raconté comment M. Mérimée, grand-père de *Carmen* et de *Colomba*, sut préserver pendant la Révolution le château de Broglie et certains de ses biens, en voici un autre exemple avec le duché d'Uzès qui, à cette dramatique époque, fut saisi et vendu.

« Lors de la vente, le régisseur, M. Gibert, obtint, en quittant son poste, la permission des autorités révolutionnaires d'emporter ses meubles et son vin à la maison qu'il possédait en ville. Or, les tonneaux qu'il déménagea ne contenaient pas de vin mais tous les papiers de la famille d'Uzès. C'est ainsi, écrit la duchesse, que nos précieuses archives sont restées intactes. J'ai connu la fille de ce régisseur, Mlle Gibert, jusqu'en 1870 où elle est morte presque centenaire... »

On peut, d'ailleurs, se demander où l'on a pu trouver des révolutionnaires à Uzès car au moment de la vente ce furent tous les pères de famille de la ville qui se cotisèrent pour racheter le château et le rendre plus tard à la famille. En attendant, ils en firent un collège. La Terreur passée, le duc ne voulut pas qu'on renvoyât « les professeurs ni les enfants tant qu'un autre collège n'eût été bâti », explique la grande chasseresse qui ajoute « Le père du président Doumergue y fut élevé : c'est lui-même qui me l'a raconté. »

Tout au long du XIXe siècle, et surtout durant les guerres, les traits de dévouement d'un piqueur, d'un garde-chasse ou d'un valet de chambre devenu compagnon d'armes de son maître sont légion. Les œuvres de Jean de La Varende en présentent un certain nombre d'exemples mais il s'agit alors de ce qu'on pourrait appeler le côté romantique et il nous faut revenir à la vie quotidienne.

À qui la préséance ?

Qui, des deux, était le plus important ? Nous avons vu, chez le duc d'Harcourt, la « grande toque » présider en majesté la tablée dans la salle à manger particulière des domestiques. Pourtant, si l'on en croit Paul Chabot et si l'on retourne à Sainte-Eusoge chez le marquis d'Harcourt : « Tout reposait sur le maître d'hôtel. Prévoir devait être sa grande préoccupation et le marquis s'en remettait entièrement à lui. Il devait trouver une solution à toute éventualité. Il devenait ainsi le véritable homme de confiance et débordait de son rôle de premier pour se muer en factotum. Le "Voyez Monsieur Félix !" était souvent la réponse à bien des problèmes... »

Même chose chez les Broglie. « Le maître d'hôtel qu'on appelait pompeusement "Monsieur" Lepage constituait le personnage le plus important de la maison ; il était essentiel de mériter ses bonnes grâces. Entré tout jeune au service de ma grand-mère, il est resté plus de cinquante ans dans la famille et ne nous a quittés que pour mourir. Il était au courant de tout et on le surnommait "Le Prince". Ma mère prétendait qu'il copiait les gestes et l'intonation du prince de Sagan qu'on rencontrait souvent à Dieppe. En parlant de la maison et de la famille, il disait toujours "nous" et commandait avec autorité les innombrables valets de chambre, valets de pied et filles de service. »

On imagine mal un personnage de cette importance acceptant de s'asseoir n'importe où à une table où un autre tient le haut bout, le chef fut-il le meilleur d'Europe. La cuisine était d'ailleurs un monde à part, tout comme l'écurie. « Jamais, reprend la comtesse de Pange, je n'entrais dans la cuisine qui était dans les sous-sols, mais je me souviens du cuisinier-chef toujours coiffé d'un haut bonnet blanc exerçant sa tyrannie sur plusieurs marmitons et tournebroches. Le cocher avait aussi ses valets d'écurie pour s'occuper des chevaux. Tous ces serviteurs étaient plus ou moins parents entre eux. La femme de chambre de ma grand-mère était la sœur du maître d'hôtel, le valet de chambre de mon père était le neveu du cocher. En plus de ce peuple de domestiques logés à la maison il y avait bien d'autres auxiliaires : l'argentier qui venait frotter les couverts et les plats, le porteur d'eau, la raccommodeuse de linge, sans compter la gentille jeune fille qui venait de temps en temps le matin pour finir les nombreux "ouvrages de dames" que ma mère entreprenait sans jamais les terminer. Le plus comique était l'horloger qui venait tous les huit jours remonter les pendules. Il y avait beaucoup de pendules dans la maison, presque toutes des objets de prix. Si par malheur une pendule s'arrêtait pendant la semaine, personne n'osait y toucher malgré la clé toujours visible dans un coin. Il fallait attendre le retour de M. l'Horloger. À la campagne, même, on faisait venir l'horloger de la petite ville voisine distante de sept kilomètres. Il arrivait dans la voiture aux provisions et s'en allait par le train... »

Si l'on en croit le baron Guy de Rothschild, le comble de la spécialisation domestique – et donc du raffinement – se situait au château de Ferrières : « Parmi tous ces emplois de gens de maison il en était de particulièrement prisés. On racontait qu'à l'époque de mon grand-père, le poste le plus recherché était celui de "grand amiral": la fonction consistait à ramer sur le lac durant les heures de repas, dans une barque qui circulait lentement au milieu des cygnes, afin d'animer le paysage et d'offrir aux invités un spectacle poétique et charmant.

« Il y avait également un membre du personnel dont l'unique fonction était de préparer les salades. Mon père, palais délicat, avait dû trouver un jour une salade particulièrement à son goût, et sans doute avait-il décidé que l'auteur de cette réussite serait désormais le préposé à l'assaisonnement. Il y avait encore une *still-room maid,* une Anglaise ni tout à fait pâtissière ni tout à fait boulangère, qui avait la charge de préparer des *muffins,* des *scones,* des *buns,* toute cette boulangerie spéciale dont raffolent les aristocrates d'Outre-Manche. Mon père qui allait souvent en Angleterre – sa mère était anglaise – avait toujours adoré ces gâteaux ; un beau jour, il avait décidé de faire venir une spécialiste à Ferrières. Une dame, je la revois encore, rousse comme dans le proverbe, préparait chaque jour dans un local spécial cette pâtisserie... dont personne ne mangeait car on prétendait qu'elle faisait grossir.

« Je me souviens aussi d'un homme qui, tous les lundis, venait du village voisin de Lagny, afin de remonter, vérifier, faire sonner les très nombreuses pendules et horloges du château. Il y passait la journée entière... »

Autre personnalité importante du personnel : la femme de chambre de Madame. Elle devait savoir tout faire : lire, écrire, compter, blanchir, repasser, travailler sur le linge ou les robes, faire les reprises les plus délicates, arranger les cheveux de sa maîtresse avec suffisamment de talent pour les jours ordinaires. Pour les autres, un coiffeur se déplaçait. « C'est un métier parfois délicat, car il faut être aussi la confidente discrète, et même la conseillère. » Écoutons Mgr Ozanam qui sait fort dire les choses à mi-mot, propose Pierre Guiral. « Une femme de chambre a besoin d'un plus grand dévouement que les autres serviteurs de la maison car, pour être plus souvent avec ses maîtres et dans une intimité plus grande avec eux, elle n'aura que plus de sacrifices à faire de sa volonté, pour obéir aux désirs si multipliés et si changeants de sa maîtresse. Il faut donc qu'elle s'affectionne à supporter les peines de son état... » « Il y avait toute une hiérarchie des femmes de chambres suivant l'habileté, la beauté, les talents : les femmes de chambre des demimondaines qui se destinaient à la galanterie ou faisaient les entremetteuses, les femmes de chambre des grandes maisons qui ont pris des manières aristocratiques, les dévotes qui ressemblaient à des sœurs grises. Toutes les gradations existaient. Jeune, coquette et spirituelle, la femme de chambre fera peut-être un beau mariage : c'est l'espoir de toutes... »

Le valet de chambre remplissait, au masculin, des fonctions analogues à celles de la cameriste. Il est donc inutile d'y revenir. Signalons seulement qu'il arrivait qu'une certaine connivence s'établît entre maître et valet, allant parfois jusqu'à la camaraderie. Ainsi, Ghislain de Diesbach dépeint-il Marcel Proust, réfugié à l'hôtel des Réservoirs, à Versailles, après avoir quitté subrepticement Cabourg parce qu'il ne se sentait pas bien, écrivant seulement à trois amis pour leur demander de n'en rien dire à personne : « Satisfait d'avoir ainsi créé le mystère pour le plaisir de voir ses amis s'en inquiéter, il s'enferme dans sa chambre où son chauffeur, Agostinelli, et son valet de chambre, Nicolas Cottin, le distraient en jouant aux dominos avec lui. »

Sur un autre plan domestique, c'est la comtesse de Noailles qui parle avec émotion des concierges de sa mère, la princesse Brancovan : « Il y avait, dès le portail de l'avenue Hoche franchi, une vaste pièce transparente qu'occupaient deux personnages importants : M. et Mme Philibert, les concierges. M. Philibert était un vieil homme tout en relief et sa femme présentait, sous des bandeaux de cheveux gris, un charmant visage aplani de vieille mousmé normande. M. et Mme Philibert, installés, comme plantés à l'entrée de l'hôtel, bénéficiaient justement d'une réputation sans égale. Leur honnêteté, leur bonhomie, la rudesse pittoresque du mâle, son francparler respectueux, l'obligeance et l'empressement soumis de la femme, plus courtoise et qui gourmandait son mari pour la familière verdeur de ses propos, dictaient une loi à notre maison... »

Mais nous nous attardons ici à une maison de ville, oubliant un peu le château. Pour le retrouver, rejoignons encore une fois le baron Guy de Rothschild qui, lui, estime par ailleurs que le pouvoir domestique se partageait entre le régisseur et le maître d'hôtel : « Le personnage le plus important de Ferrières était le régisseur. S'il n'avait aucun droit de regard sur l'intérieur du château – responsabilité du maître d'hôtel en chef – en revanche il régnait en seigneur sur le parc, la forêt, les fermes. Il avait donc sous ses ordres des centaines d'hommes depuis les jardiniers jusqu'aux fermiers, en passant par les bûcherons, les gardes-chasse, les cochers, les lingères (?), les gens de la faisanderie. D'origine anglaise, M. Hunter avait trois enfants qui étaient nos camarades de jeux et, de par les circonstances, nos seuls amis d'enfance. »

Ce qui ne l'empêche pas, d'ailleurs, de rendre au chef cuisinier – un artiste envié par plus d'une cour royale ! – l'hommage qui lui est dû. En fait, dans un château, chacun était le maître de son département et n'empiétait pas sur celui de l'autre. Maître d'hôtel et chef cuisinier se respectaient généralement et se vouaient une mutuelle considération, toute autre attitude étant susceptible de mener la grande demeure à une irrémédiable pagaille.

Ces messieurs de l'écurie.

Nous avons vu qu'à Chaumont-sur-Loire, la princesse de Broglie abritait quatre-vingts chevaux. À Ferrières, les écuries pouvaient en contenir une centaine... ce que l'Ancien Régime n'eût pas admis. Seul le roi pouvait avoir cent chevaux et plus – voir les écuries de Versailles et celles des princes de Condé à Chantilly, sans doute les plus belles du monde mais chez les Condé on se prenait assez volontiers pour le roi. C'est la raison pour laquelle, dans cet autre Chaumont, situé près de Saint-Bonnet-de-Joux en Saône-et-Loire, les écuries du marquis de La Guiche, troisièmes au palmarès monumental et artistique des écuries françaises, ne comportaient que quatre-vingt-dix-neuf stalles.

À Ferrières, donc, les écuries – en fait il y en avait trois – ne pouvaient, justement parce qu'elles n'offraient pas d'unité, prétendre former un ensemble aussi harmonieux qu'à Sassy par exemple, chez le duc d'Audiffret-Pasquier, à Bizy ou à Montgeoffroy, chez le marquis de Contades dont le superbe domaine est voué au cheval.

Le landau, voiture de prestige.

Pas d'unité non plus dans le commandement. L'écurie des chevaux de selle, aménagée dans le prolongement d'un ancien pavillon de chasse, relevait de l'écuyer du château «un ancien sous-maître du Cadre Noir». Celle des chevaux de trait, installée le long de la rue du village qui bordait une partie du parc, comme celle des chevaux de ferme, qui se trouvaient partagées en deux fermes, justement, relevaient du régisseur.

Dans tous les châteaux, d'ailleurs, l'importance du régisseur en matière d'écuries ne se peut contester. Pas plus qu'on ne peut mettre en doute celle du premier cocher lorsque «la famille» se trouvait au château.

Jusqu'à ce que l'automobile eût acquis vraiment droit de cité et fût devenue suffisamment fiable, l'écurie revêtait une extrême importance. Pour certains, même, irréductiblement hostiles aux chevaux vapeur elle la conserva. D'autres firent cohabiter les stalles et le garage. Il fallut longtemps pour que la beauté d'un attelage fut battue par celle d'une carrosserie étincelante...

Chez les La Rochefoucauld, le duc de Doudeauville, dans son hôtel de la rue de Varenne (aujourd'hui l'ambassade d'Italie), disposait de deux cochers anglais pour lui-même et la duchesse. Chacun, en effet, avait sa voiture nécessitant une paire de chevaux qui ne sortaient jamais deux jours de suite afin de demeurer fringants. « Il fallait donc huit chevaux pour leur usage personnel sans compter les chevaux de selle, ceux réservés pour le transport et pour le polo de mon oncle, raconte le duc d'Harcourt. À la campagne, une quinzaine de petits poneys servaient aux promenades. » Naturellement, le nombre de palefreniers était important puisqu'il fallait un homme pour deux chevaux.

Les soins des locaux en exigeaient d'autres. Une tradition curieuse persistait alors : à l'entrée des écuries, les armes du châtelain étaient représentées au moyen de sables de couleurs variées. Chaque jour, il fallait recommencer le fragile tableau qui ne résistait pas aux allées et venues et aux courants d'air. Ce genre de raffinement se retrouvait d'ailleurs dans presque toutes les grandes maisons.

En ce qui concerne la vie intérieure d'une écurie, l'entrée en service d'un jeune cocher est pleine d'enseignement, surtout racontée par les enfants dudit cocher Paul et Michel Chabot.

En 1877, le jeune Jean Chabot, venu du centre de la France où il avait servi plus ou moins au château de Pully chez le vicomte du même nom puis au Blanc, chez un notaire, noua quelques relations avec un garçon coiffeur du Blanc dont le frère, monté à Paris depuis vingt ans, avait fini par devenir maître d'hôtel chez le prince de Sagan. C'est par lui que notre jeune homme fut introduit chez le marquis d'Harcourt qui venait de quitter son fief de député dans le Loiret pour s'installer à Paris et dont le personnel d'écurie n'était pas au complet.

Voilà donc notre provincial débarquant à la gare d'Austerlitz et prenant un fiacre pour se faire conduire au 142, rue de Grenelle où il était attendu. À cette époque, le « mur d'Harcourt » n'était pas encore construit rue de Constantine et le marquis habitait un hôtel qu'il partageait avec le prince de Montholon.

À l'appel du concierge – un « pays » – Jean est remis aux soins du maître d'hôtel, l'important M. Félix qui l'accueille à l'anglaise d'une brève inclination du buste et lui demande ses certificats avant de le conduire chez « Madame la marquise ». Celle-ci le reçoit dans un petit salon « toute vêtue de noir jusqu'à l'un de ces chapeaux à plumes qu'elle arbore toujours. Jean devait bientôt s'apercevoir que le noir était la couleur la plus fréquente de la maison. Il est vrai que les d'Harcourt comptaient une famille nombreuse et étendue ».

Mme la marquise lit le certificat que M. Félix lui a présenté sur un plateau d'argent, examine le jeune homme, le trouve un peu petit pour faire un valet de pied mais, eu égard au bien qu'on lui dit du postulant, elle décide qu'il entrera à son service comme troisième cocher. Ce qui fait bien l'affaire du garçon car il s'est toujours beaucoup occupé de chevaux et il les aime. Et le voilà dirigé vers l'écurie toujours cornaqué par le solennel M. Félix qui a bien voulu approuver la décision de Mme la marquise. Et il se retrouve sous la coupe d'Alfred, le premier cocher !

Celui-ci « se présentait comme une véritable caricature de voiturier : large, courtaud, le visage joufflu et tranché d'une énorme paire de moustaches, il se croyait un personnage d'importance. Obséquieux avec les maîtres, il déversait pour un oui, pour un non sa mauvaise humeur et le flot de ses colères sur le palefrenier ou les deux autres cochers, Edmond et Jean. Tout lui était bon : les couvertures des chevaux étaient mal pliées, son fouet de néflier ou d'épine lui tombait mal dans la main, les frontaux étaient mal astiqués... bref, rien n'allait et il valait mieux se garer. Oh, naturellement, tout se passait en coulisse et pourtant celle qui en souffrait le plus c'était encore sa femme. Il réussissait même à inspirer une crainte farouche aux enfants du marquis. Heureusement, le matin, Alfred n'était pas trop bousculé. La marquise ne requérait souvent ses services qu'au début de l'après-midi ; quant au marquis il n'était pas trop fier et, s'il sortait le matin, il faisait volontiers de la marche à pied...

« Les communs se partageaient entre le prince de Montholon et les d'Harcourt. Pour sa part, le marquis avait huit chevaux et un poney pour les enfants. Des bêtes magnifiques dont les robes allaient par pair car il était inconcevable de sortir avec une voiture sans attelage, c'est-à-dire au minimum deux chevaux... Le fin du fin c'étaient les chevaux roses – les pêchards en langage familier – et Emmanuel d'Harcourt, le frère du marquis, qui éprouvait une véritable passion pour les chevaux, en possédait deux paires. »

Deux corps de bâtiments cernaient l'univers de Jean, reprend Paul Chabot. « La remise occupait l'une des ailes et dans cette salle immense trouée de quatre ouvertures donnant sur la cour, les cochers, une fois les chevaux dételés, alignaient les voitures. En vis-à-vis, des stalles de bois rouge dont les bat-flanc s'habillaient de tapis pour protéger les bêtes et éviter que, par les soirs d'orage, elles ne s'abîment. Adjacentes aux stalles, la "cave", la "resserre" et la sellerie où fleurait si bon l'odeur du cuir, fermaient le bâtiment... »

L'affreux Alfred règne en tyran sur l'écurie et sur sa femme qui est l'une des femmes de chambre. Le couple occupe un logement de trois pièces au-dessus de la remise. Le premier cocher a, il est vrai, des responsabilités : c'est lui qui règle les gages, l'avoine et le vétérinaire, ainsi que, quand le besoin s'en fait sentir, le bourrelier et le maréchal-ferrant. Naturellement, il consigne tout cela dans un livre sur lequel il veille avec un soin jaloux.

Jean, pour sa part, est logé dans une petite chambre, coincée entre celle d'Edmond, le second cocher, et le logement des « Alfred ». C'est une pièce blanchie à la chaux, d'une scrupuleuse propreté, avec un sol pavé, un lit dans un coin, un poêle en fonte, un placard encastré et une table de toilette. Il y a un point d'eau à l'étage. Ce n'est pas le luxe mais c'est suffisant pour un jeune homme à cette époque. Et Jean n'y fut pas malheureux car il savait mener les chevaux et acquit, de ce fait, la considération d'Alfred. Le plus difficile pour lui fut, comme pour un chauffeur de taxi de nos jours, d'apprendre à se retrouver dans une ville aussi vaste que Paris. Edmond lui fit reconnaître d'abord les itinéraires habituels de la famille mais, pour le reste, il fallut bien qu'il apprenne à se débrouiller avec le plan de la capitale. Cependant la majorité de ses parcours se situait surtout dans cinq ou six arrondissements : le sixième, le septième, le huitième, le seizième et le dix-septième, sans oublier, bien sûr, le bois de Boulogne, les Tuileries et le quartier de la place Vendôme avec un morceau des boulevards.

Et le voilà parti bien campé sur son siège, paré de la superbe tenue qu'on lui a commandée au magasin de La Belle Jardinière, dès son arrivée. « Monsieur Félix l'avait accompagné au magasin pour passer commande. En général deux essayages s'avéraient nécessaires ; le maître d'hôtel ne venait que pour le premier, présenter le "nouveau" et donner la caution de la maison... Le monde de l'écurie se localisait au premier étage ; des capes en caoutchouc aux accessoires pour chevaux, surfaix, caveçons, couvertures d'attente en drap Moskova, piquées ou passepoilées dont les multiples nuances s'harmonisaient avec la robe des chevaux. On s'affaira beaucoup au salon d'essayage à lui ajuster le pantalon et un gilet croisé vert que fermaient quatre boutons aux armes de la famille. Agry, rue de Castiglione, composait sur les boutons dorés les entrelacs des initiales, véritables arabesques difficiles à déchiffrer mais d'une grande finesse dans l'exécution. Pour habiller Jean, il en coûtait une véritable petite fortune. À elle seule, la grande pelisse d'hiver fourrée d'agneau, col chevalière et parements d'astrakan valait trois cents francs. C'est que tout permettait d'évaluer le rang d'une maison, de l'élégance de l'attelage au blason sur les portières en passant par les parements d'astrakan du cocher. » Ajoutons qu'un chapeau haut de forme miroitant et orné d'une cocarde couronnait superbement le jeune cocher.

Si l'on faisait abstraction d'Alfred, la vie rue de Grenelle fut assez agréable pour Jean. Avec Edmond, il prenait ses repas dans la salle des gens. Célibataires tous les deux, ils trouvaient là une ambiance et une chaleur que le premier cocher ne troublait pas car, sitôt son travail achevé, il s'enfermait chez lui. C'était alors aux gens de cuisine de servir ces messieurs de l'écurie et Dieu sait qu'on mangeait bien chez le marquis d'Harcourt qui, outre son chef cuisinier, l'admirable M. Paul, entretenait un chef pâtissier qui faisait littéralement pleuvoir les gâteaux sur les tables.

La seule dont le sort tenait un peu de l'esclavage, dans la maison, c'était la femme chargée de la vaisselle. « Elle abattait un travail colossal et ingrat. Elle voyait converger vers elle et se déverser des flots de plats et des montagnes d'assiettes ; du consommé au dessert on en changeait jusqu'à huit fois et il fallait tenir la cadence ! Heureusement pour elle, la vaisselle délicate, les verres et l'argenterie étaient du ressort du valet de chambre. Il appartenait au maître d'hôtel de les ranger avec un soin méticuleux dans les grands placards de l'office gainés de velours rouge... »

Quand revenait le temps du départ pour le château de Sainte-Eusoge auquel nous avons déjà assisté, « l'hôtel se dépouillait de ses charmes dans un effeuillage dont M. Félix était le maître d'œuvre ». Là-bas, la vie se révélait moins confortable. Les cochers logeaient dans les communs attenant aux écuries. Ils y retrouvaient le « charretier » qui avait la responsabilité des chevaux de selle ne quittant le château que pour la saison des chasses. Alfred occupait un logement similaire à celui dudit charretier avec sa femme et sa fille tandis que les deux autres cochers s'installaient dans deux « pièces étriquées dépourvues de tout confort, où pénétrait l'air lénifiant de la campagne ».

Comment s'étonner, dans ces conditions, que le personnel parisien fût toujours enchanté, la saison de chasse terminée, lorsqu'on rentrait à la maison...

Quelques figures.

Restons encore un peu chez le marquis d'Harcourt pour faire la connaissance de Célestin, l'ancien maître d'hôtel qui avait servi deux générations mais qui après un accident à la jambe, ne pouvait plus assumer ses fonctions. Les relations continuaient cependant entre lui et ceux qu'il considérait toujours comme ses maîtres. Chaque mois, il recevait la visite de la marquise. « Il n'était pas question de la part du marquis de l'abandonner ; sans l'avoir jamais dit, il considérait un peu Célestin comme faisant partie de la famille. Le vieux majordome s'était donc retiré dans cet appartement où il aimait accueillir la marquise et ses enfants. Il les recevait toujours en habit. Il avait été tellement marqué par le cérémonial de sa fonction que c'en était devenu chez lui une seconde nature. Tout, dans sa manière de servir le thé et de présenter les gâteaux trahissait l'ancien maître d'hôtel. Il avait quelques économies et, jusqu'à la fin de sa vie, a continué de figurer sur le livre de comptes du marquis... Quand il est mort, c'est son ancien maître qui a réglé les formalités : il a prévenu sa sœur qui habitait la province et conduit lui-même le service à l'église... » Ce faisant, le marquis accomplissait ce qu'il considérait comme un simple devoir. C'était l'usage de ne point congédier un serviteur sans lui assurer des moyens d'existence. Les liens tissés durant de longues années demeuraient solides.

Il est donc définitivement admis que, dans les demeures des grandes familles, non seulement les domestiques n'étaient pas malheureux mais encore ils étaient fiers de leur position. Peut-être parce qu'ils savaient ce que servir voulait dire au juste sans y voir le moins du monde une source d'humiliation.

Ces gens de haute qualification, « s'ils trouvent aujourd'hui des salaires dont ils n'avaient jamais rêvé, remarque Pierre Daninos, pleurent les fastes du temps passé où des Irlandais lustrés attelés a des coupés capitonnés de satin, menés par des cochers en haut de forme à cocarde et cuissards de daim blanc, vous steppaient le mètre et demi au rythme cadencé de leurs sabots et franchissaient le seuil d'une monumentale porte cochère au-dessus de laquelle on pouvait lire, par exemple, "Hôtel de La Rochefoucauld-Doudeauville". »

À l'appui de ses dires, notre grand humoriste, rapporte les confidences du concierge de ce palace vénitien où logèrent jadis George Sand et Alfred de Musset et qui, assez âgé pour avoir connu l'avant-guerre et même l'avant-deux-guerres, soupirait : « Si vous saviez comme nous pouvons souffrir ! Si je vous disais, monsieur, qu'on voit arriver ici des clients qui portent leurs valises ! Comment voulez-vous servir des gens comme ça ?... Songez qu'autrefois nous avions des clients qui arrivaient avec deux cents paires de souliers... une gouvernante... deux valets qui faisaient les chaussures à l'os, monsieur, à la double peau, à la brosse et à l'os ! De la belle clientèle sans même parler du comte Potocki... Vous savez ? celui qui faisait faire des crochets aux express internationaux pour venir le chercher dans sa gare personnelle... ou du duc de Westminster qui avait sa poste : trois courriers ; un auprès de lui, un autre près de la signora (c'est un Italien qui parle), un troisième qui tournait perpétuellement entre Londres, Rome et Paris. Jamais Sa Grâce n'aurait laissé souiller une lettre d'amour par les P.T.T. ! Non, monsieur, mais enfin, sans aller jusque-là, je me rappelle le temps où nous avions vingt-cinq chambres de courriers. Eh bien, monsieur, elles sont devenues des chambres de personnes. Il n'y a plus la belle clientèle d'autrefois !... »

Il n'est pas question d'affirmer ici que, dans la bourgeoisie, les serviteurs étaient tous mal traités et réduits à la portion congrue, mais c'était tout de même plus facile de se montrer chiches avec une ou même deux bonnes qu'avec une troupe de quinze, vingt, trente personnes ou même davantage. D'autant que les qualités se remarquaient, dans ce temps où l'on ne cessait de recevoir et d'être reçu et qu'une certaine surenchère pouvait tout de même se produire.

Autres catégories sociales où les serviteurs étaient traités avec déférence sinon amitié – et parfois même camaraderie ! – les artistes et les écrivains. Chez ceux-ci, le porte-drapeau de la profession est, bien entendu, la célèbre Céleste Albaret qui occupa auprès de Marcel Proust, durant les dernières années de sa vie, le double poste de gouvernante et de confidente.

Lorsqu'il se trouvait en Normandie, en général, et au Grand Hôtel de Cabourg, en particulier, Proust utilisait, depuis 1907, pour ses promenades à travers le pays, ce que nous appellerons en raccourci un chauffeur de taxi, jeune et beau garçon nommé Albert Agostinelli pour lequel on peut supposer sans trop de crainte de se tromper qu'il eut quelques complaisances. En 1913, voilà Agostinelli au chômage et, comme de juste, il vient demander à son « ami » Proust de le prendre définitivement à son service. « Or, explique Ghislain de Diesbach, Proust utilisait à Paris les services d'Odilon Albaret dont il était parfaitement satisfait – (pour des raisons différentes !) – car ce chauffeur se montrait d'une complaisance infinie, n'hésitant pas, après une journée de travail, à la prolonger au-delà de son temps pour aller le chercher boulevard Haussmann, le conduire quelque part et l'attendre s'il le fallait jusqu'à l'aube... Il joignait à cette discrétion une grande honnêteté, ne forçant jamais ses notes que d'ailleurs Proust réglait sans les examiner. Proust n'avait aucune raison de se séparer de lui d'autant plus qu'Odilon Albaret venait de se marier ce qui augmentait ses charges. Il avait épousé, le 27 mars 1913, une jeune fille d'Aurillac, Céleste Gineste... »

Dans ces conditions, l'écrivain reconvertit Agostinelli dans la dactylographie, bien au chaud dans son appartement, et laissa sa pratique à Odilon, installé à Levallois-Perret avec sa jeune femme. Il avait alors, pour le servir, Nicolas Cottin avec lequel il entretenait les meilleures relations.

La maisonnée finira par éclater. Prêt à tout pour faire plaisir à son cher Agostinelli, Proust lui offrit des cours de pilotage à Buc ce qui permit au jeune homme d'échapper à la guerre de 14 mais pas à la mort : il se tua dans un accident d'avion, le 30 mai 1914, au large d'Antibes. Nicolas et Odilon, eux, n'y échappèrent pas et durent répondre à l'appel. Du coup, Céleste Albaret va quitter son logement de Levallois pour s'installer boulevard Hausmann et s'attacher au service de l'écrivain qu'elle ne quittera plus, assistée par des valets de chambre divers.

Raconter l'histoire de Proust avec ses domestiques relève du roman picaresque, aussi en resterons-nous à la seule Céleste. « Peu à peu, dit Pierre Guiral, Céleste entra dans la confiance et l'amitié de Proust... Celui-ci, sauf quand il travaillait, avait besoin d'une présence qui ne fût pas pesante. Céleste devint la servante irremplaçable ou, comme a dit Robert Soupault, la servante inspirée... Proust, par amitié, aurait voulu lui faire lire Balzac et Stendhal mais Céleste n'avait pas encore compris le charme de la culture et préférait la routine de la broderie... Lors de l'avance allemande, tous deux partirent par le train pour Cabourg où Céleste fut ébaubie puis émerveillée des attentions dont son maître était l'objet. Elle-même se voyait accueillie comme une reine par le chef de réception quand elle allait quérir quoi que ce soit au nom du gentil mais tyrannique enchanteur... »

Céleste Albaret sera auprès de lui jusqu'à son heure dernière qui sonnera au mois de juillet 1923. Ensuite, elle se fera la gardienne du souvenir et, finalement, écrira ses mémoires sous le titre *Monsieur Proust*, parus en 1973. M. Proust eût été bien content de cette initiative... lui qui, au moment où il s'inquiétait de sa culture, incitait déjà Céleste à écrire ses souvenirs !

Ce genre de gouvernante, même si ce ne fut pas le cas de Céleste Albaret, arrivait parfois jusqu'à la mairie comme nous l'avons vu avec Emma Laprévotte qui en ressortit sous l'identité de Mme Anatole France, mais il s'agit là d'un cas exceptionnel. Dans les demeures et l'aristocratie d'avant guerre, le bon ton – car il existait aussi bien chez les serviteurs que chez les maîtres – voulait qu'on demeurât attaché à la maison ou à la famille dont on se voulait, librement, les artisans d'un certain bien-être et même les protecteurs contre les indésirables. Ainsi de l'histoire de ce bon M. Lecoq, concierge de l'hôtel de Broglie, et que la comtesse d'Armaillé, mère de la princesse, s'obstinait à appeler « le Suisse » bien qu'il fût auvergnat. « Il y avait chez lui la grande liste pour les jours de réception et la petite liste pour les intimes. Un jour, un fâcheux insistait pour entrer malgré un refus péremptoire : "La princesse ne reçoit pas ! – Mais je suis sûr que je suis sur la liste !" Le brave Lecoq prit ses lunettes et son papier et dit tout net : "Vous y étiez, Monsieur... mais vous n'y êtes plus !". »

On imagine, à distance, la dignité du vieux serviteur, éconduisant cet intrus d'une phrase dont la fermeté n'excluait pas une parfaite politesse...

Ces serviteurs-là faisaient partie intégrante d'un immense et fastueux décor qu'ils avaient conscience d'animer. Dans les châteaux qui changeaient de mains à la suite d'un décès, ils représentaient une continuité que la famille elle-même n'assumait pas toujours. Ils étaient la cheville ouvrière de la grande féerie sur laquelle la déclaration de guerre à l'Allemagne, au mois d'août 1914, va passer comme un ouragan. Maîtres et serviteurs prendront ensemble le chemin des champs de bataille dont beaucoup ne reviendront pas. On retrouve bien souvent leurs noms gravés ensemble aux obélisques des monuments aux morts, mais les corps, eux, ne reposent pas toujours au chaud de la terre ancestrale à laquelle ils étaient également attachés.

Lorsque sonnera, le 11 novembre 1918, le clairon de l'Armistice, le rideau se lèvera sur un paysage différent, des êtres différents, des richesses dispersées ou provenant de sources différentes, des serviteurs, enfin, qui ne seront plus les mêmes. Ou alors si rarement ! Tant d'entre eux sont tombés sur les champs de bataille !

Quant aux châteaux, que sont-ils devenus lorsque l'Europe se réveille du cauchemar ?

Restent deux certitudes : c'est que la civilisation des châteaux est trop profondément enracinée dans la terre de France pour qu'elle puisse la rejeter et que nos anciennes et nobles demeures sont restées bien vivantes...

Bibliographie

BENZONI Juliette, *Le Roman des Châteaux de France,* t. I, Plon, 1986.

—, *Le Roman des Châteaux de France,* t. II, Plon, 1986.

—, *Le Roman des Châteaux de France,* t. III Plon, 1987.

BERNARDY Françoise de, *Histoire des Princes de Monaco,* Plon, 1960.

BERTAUT Jules, *Les Dessous de la Troisième,* Tallandier, 1959.

—, *Les Dessous de la Finance,* Tallandier, 1959.

BOUVIER Jean, *Les Rothschild,* Club Français du Livre, 1967.

BRISSAC Elvire de, *La Comtesse Greffuhle,* Librairie Académique Perrin, 1991.

CASTELLANE Boni de, *Mémoires,* Librairie Académique Perrin, 1986.

CASTELOT André, *Ensorcelante Sarah Bernhardt,* Librairie Académique Perrin, 1961.

CHABOT Paul et Michel, *Jean et Yvonne, domestiques en 1900,* Belfond, 1980.

CHAFFANJON Arnaud, *Ces grandes familles qui ont fait la France,* Serg, 1976.

CHASTENET Jacques, *La France de M. Fallières,* Fayard, 1949.

CONTE Arthur, *Le 1er Janvier 1900,* Plon, 1975.

CROS-SAUSSOL Jacques, *Cabrières au temps de l'Histoire et de l'Opéra,* « Les Vieilles Maisons françaises », n° 101.

DANINOS Pierre, *Snobissimo,* Hachette, 1964.

DECAUX Alain, *Les Heures brillantes de la Côte-d'Azur,* Librairie Académique Perrin, 1964.

DIESBACH Ghislain de, *La Princesse Bibesco,* Librairie Académique Perrin, 1986.

—, *Proust,* Librairie Académique Perrin, 1991.

FOUQUIERES André de, *Cent ans de panache...,* Pierre Horay, 1951.

FRÉMY Dominique, *Guide des Présidents de la République,* Robert Laffont, 1981.

GRAMONT Élisabeth de, *Souvenirs du Monde, 1890-1940,* Grasset, 1966.

—, *Proust,* Christian de Bartillat, 1991.

GUILLEMINAULT Gilbert, *Le Roman vrai de la III*e *République,* Denoël, 1958.

HARCOURT (duc d'), *Regards sur le Passé,* Robert Laffont, 1989.

LA FORCE (duc de), *La Fin de la Douceur de vivre,* Plon, 1961.

LA VARENDE Jean de, *Pays d'Ouche,* Plon, 1936.

—, *Nez-de-Cuir,* Plon, 1937.

MORTON Frédéric, *Les Rothschild,* Gallimard, 1962.

MUGNIER (abbé), *Journal,* « Le Temps retrouvé », Mercure de France, 1985.

PANGE (comtesse de), *Comment j'ai vu 1900,* Grasset, 1975.

POISSON Georges, *Le Guide des Maisons d'Hommes célèbres,* Pierre Horay, 1986.

PRÉJELAN René, *Souvenirs d'un Fusil de Chasse,* revue « Adam », 1949.

PRINGUÉ Gabriel-Louis, *Trente ans de dîners en ville,* revue « Adam », 1948.

RENARD Jules, *Journal,* Gallimard, 1935.

ROTHSCHILD Guy de (baron), *Contre bonne fortune,* Belfond, 1983.

SEDE Gérard de, *Le Trésor maudit de Rennes-le-Château,* Julliard, 1967.

UZES (duchesse d'), *Souvenirs,* Plon, 1939.

VINCENOT Henri, *La Vie quotidienne des Bourguignons au temps de Lamartine*, Hachette, 1976.
—, *La Billebaude*, Denoël, 1978.
Merveilles des Châteaux de l'Île-de-France, Hachette, pour « Réalités », 1963.
Merveilles des Châteaux de Normandie, Hachette, pour « Réalités », 1964.
Merveilles des Châteaux de Bretagne, Hachette, pour « Réalités », 1965.

Table des matières

Cet ouvrage a été réalisé par

FIRMIN DIDOT

GROUPE CPI

Mesnil-sur-l'Estrée

pour le compte des Éditions Bartillat
en octobre 2001

Composition - Mise en pages
DV Arts Graphiques à Chartres

Imprimé en France
Dépôt légal : novembre 2001
N° d'impression : 57291
ISBN : 2-84100-270-5